CARTER

Die K9 Akten, Buch 7

Dale Mayer

CARTER: DIE K9-AKTEN, BUCH 7
Beverly Dale Mayer
Valley Publishing Ltd.

Copyright © 2020

ISBN-13: 978-1-773368-49-8
Print Ausgabe

Über dieses Buch

Willkommen zu brandneuen K9-Akten mit den unvergesslichen Männern aus SEALs of Steel in einer neuen Serie actiongeladener, romantischer Spannung, die Fans von USA TODAY-Bestsellerautorin Dale Mayer erwarten. Pssst … Sie werden auch andere Lieblingscharaktere aus SEALs of Honor und Heroes for Hire wiedersehen!

Sich fernzuhalten war schwieriger als gedacht …

Nach einem Unfall wieder gesund zu werden ist für jeden die Hölle, doch für einen Sturkopf wie Carter war es noch viel schlimmer. Auf keinen Fall wollte er jemandem zur Last fallen. Also hat er sich von Montana ferngehalten, wo sein bester Freund lebt … und die Schwester seines besten Freundes.

Bis Geir und Cade Carter bitten, nach einem Hund zu sehen, der in eine kleine Stadt in der Nähe gebracht wurde, jedoch nie an seinem Bestimmungsort angekommen ist. In Anbetracht der Tatsache, dass es sich bei diesem Hund um einen der vermissten Kriegshunde handelt, die Titanium Corp. aufspüren sollen, ist Carter gern bereit zu helfen. Vielleicht sogar erleichtert, da es ihm einen Grund gibt, an den Ort zu reisen, an den zurückzukehren er sich bisher gefürchtet hat.

Als sie die Leiche ihres Partners in seinem Büro gefunden hatte, hatte Hailey einen alptraumhaften Weg beschritten, der nicht enden zu wollen schien. Doch der hatte mit Carters Ankunft begonnen. Was hätte sie sonst von dem Mann erwarten sollen, den sie immer geliebt und der sie immer wieder zurückgewiesen hatte? Sie hatte gehofft, dass ihre Gefühle für ihn inzwischen nachgelassen hatten, doch sie waren nur noch stärker geworden.

Als die Zahl der Leichen steigt und die Stadt Partei ergreift, erkennt Hailey, dass Carter immer derjenige war, der sie unterstützt hat, selbst wenn es bedeutete, dass er in diesem verdammten Kampf draufgehen könnte. Vor allem, als Carter den vermissten K9 findet und sein derzeitiger Besitzer auf der falschen Seite des Krieges steht …

Aber Carter ist das egal, da er weiß, dass er immer auf der richtigen Seite stehen würde, doch *vielleicht* – wenn er diesmal Glück hätte – würde er nicht allein dastehen …

Melden Sie sich hier an, um über alle Veröffentlichungen von Dale benachrichtigt zu werden.
https://geni.us/DaleNews

CADE LIEß SICH auf der Treppe von Geirs Haus nieder und wischte sich den Schweiß aus dem Gesicht.

Geir setzte sich neben ihn. „Bist du okay, Mann?"

„Ja, ich schon. Ich denke nur an diese Hunde. Ich kann nicht glauben, was Parker und der arme Samson durchgemacht haben. Das ist einfach verrückt."

„Sie sind jetzt alle sicher zurück. Wir werden bestimmt noch viel mehr von ihnen sehen. Parker – und Sandy – haben erwähnt, hierher nach New Mexico ziehen zu wollen. Parker hat einen ziemlich guten Deal im Irak angeboten bekommen, aber er ist sich nicht sicher, ob er das ernsthaft in Erwägung zieht. Ich denke, dass der Verlust seines Bruders etwas für ihn verändert hat. Er will mehr Zeit mit seinem Vater verbringen, solange er ihn noch hat."

„Das wäre großartig", sagte Cade. „Er ist ein guter Kerl."

„Samson kommt natürlich mit", sagte Geir. „Es ist erstaunlich, wie viele unserer Jungs die Hunde am Ende behalten haben."

„Wenn der Hund dir das Leben rettet, hast du einfach dieses Gefühl der Dankbarkeit und der Schuld und willst dich um ihn kümmern und dafür sorgen, dass er ein anständiges Leben hat."

„Ich weiß, aber was zum Henker machen wir mit dem nächsten?"

„Weißt du, woran ich heute Morgen gedacht habe?", sagte Cade. „Carter hier." Er deutete auf den Mann, der mit einem Werkzeuggürtel um die Hüften, einem Kantholz in der Hand und einem Bleistift hinter dem Ohr in der Nähe stand. „Er sehnt sich danach, seine Hunde zurückzubekommen."

„Was meinst du damit?", fragte Geir.

„Er war verheiratet, dann haben sie sich scheiden lassen, und seine Frau hat die Hunde behalten. Sie hatten Labradore, ein Zuchtpaar. Anscheinend war er wirklich gut mit ihnen, und er vermisst sie sehr."

„Aber hat er Interesse daran, einen unserer K9 zu suchen?", fragte Geir. „Das ist kaum dasselbe."

„Nein, ist es sicher nicht. Doch seine Fähigkeiten sind hier verschwendet."

„Kaum", sagte Geir. „Er war eine große Hilfe."

„Das ist er, aber er ist zu viel mehr fähig als das. Er sollte eine eigene Firma haben."

Sie beobachteten ihn und die Handprothese, mit der er arbeitete, als wäre sie ein Teil von ihm.

„Warum gründet er dann keine?"

„Ich glaube, es fällt ihm schwer, sich wiederzufinden."

„Wann war die Scheidung?"

Cade nickte. „Das ist die Frage, nicht wahr? Sie hat ihn verlassen, als er im Krankenhaus war und eine OP nach der anderen überstehen musste. Wahrscheinlich zu der Zeit, als ihr klar wurde, dass er mehrere Gliedmaßen verlieren würde."

„Miststück", sagte Geir.

„Jemanden zu verurteilen ist leicht, aber dieses Leben ist nicht jedermanns Sache."

„Nein, wir können uns glücklich schätzen, nicht wahr?"

„Wem sagst du das?", sagte Cade. „Also Carter hier, ich denke, er könnte so viel mehr tun."

„Aber wo?"

„Sein bester Kumpel ist in Montana. Hat ihn seit seinem Unfall gebeten, auf die Ranch zu kommen, aber er hat abgelehnt."

„Aber wie gut waren sie befreundet?"

„Sind gemeinsam zur Schule gegangen. Als Carter noch gedient hat, hat er seinen Urlaub immer am Stück genommen und ihn dort verbracht. Er hat immer auf der Ranch seines Kumpels ausgeholfen, doch jetzt hat Carter das Gefühl, dass er das nicht mehr kann, denkt, er sei nicht mehr wie früher dazu in der Lage."

„Was machen wir jetzt? Ihn nach Montana schicken?"

„Dort ist der nächste Hund, oder?"

Geir sah ihn überrascht an. „Im Ernst?"

„Im Ernst. Ich bin mir nicht sicher, was mit dem Hund passiert ist. Die Akte ist ziemlich dünn. Offenbar ist der Hund verschwunden. Angeblich von einer Familie in Montana adoptiert, und als das Militär nachsehen wollte, haben sie gesagt, sie haben den Hund nie bekommen. Jetzt sind sie nicht mehr daran interessiert, ihn zu adoptieren, und der Hund wird immer noch vermisst."

„Wie lange schon?"

„Vier Monate", sagte Cade. „Verdammt lange Zeit."

„Wann haben sie herausgefunden, dass der Hund verschwunden ist?"

„Nach etwa einem Monat. Doch wieder gibt es keine Zeit, kein Geld, keine Arbeitsstunden."

„Es dürfte fast unmöglich sein, ihn jetzt noch zu finden", sagte er.

„Ja und nein", sagte Cade. „Die Adoptivfamilie sagt, sie

hätten ein paarmal Anrufe seinetwegen bekommen, haben sich aber nicht notiert, wer es war. Irgendwann haben sie gesagt, dass sie in Ruhe gelassen werden wollen. Sie waren unkooperativ und kein bisschen entgegenkommend."

Stille folgte. „Kann es sein, dass sie dem Hund irgendwas angetan haben?", fragte Geir. „Ich meine, irgendwas Schlimmes, und wussten dann nicht, wie sie die Spuren verwischen sollten, und haben deshalb behauptet, sie hätten ihn nie bekommen?"

Cade warf ihm einen Seitenblick zu. „Du und ich wissen beide, dass die meisten Menschen im Grunde gut sind, aber manche eben doch nicht ganz."

„Aber einen Kriegshund verletzen? Das wäre echt scheiße. … Und vielleicht haben sie ihn ja wirklich nicht bekommen. Vielleicht haben sie ihn nur einmal angesehen und ihn dann nicht haben wollen. Wie heißt der Hund?"

„Matzuka. Das ist einer der Namen, an die ich mich immer erinnere. Ich habe versucht, jemanden in der Gegend von Montana zu finden, und ich habe mit Carter gesprochen, der mir gesagt hat, dass sein bester Kumpel dort ist. Er will ihn besuchen, aber er ist noch nicht ganz bereit, sagt er jedenfalls."

„Was braucht er, um sein eigenes Unternehmen zu gründen?"

„Wahrscheinlich genug Geld, um sein erstes Haus zu bauen", sagte Cade. „Ich denke vielleicht hunderttausend? Vielleicht nicht einmal so viel. Andererseits weiß ich nicht, ob er das überhaupt will. Er ist ein Buch mit sieben Siegeln, schwer zu lesen." Er runzelte die Stirn. „Wir brauchen wirklich eine Art Fonds, um diesen Jungs zu helfen."

„Das ist aber eine Menge Geld", sagte Geir.

„Ich weiß nicht mal, ob er Geldsorgen hat. Ich denke, er

ist hier, weil er nicht weiß, was er tun soll, wie so viele von uns, und ich denke, es ist eher so, dass er einen Grund braucht, dahin zu gehen. Genau wie alle anderen."

„Hat sein bester Kumpel zufällig eine Schwester?"

Cade sah ihn an, und seine Augen funkelten. „Noch mehr Kuppelversuche?"

„Vielleicht", sagte Geir. „Ist bisher verdammt gut gelaufen."

„Also ja, sein Freund hat eine Schwester, aber das heißt nicht, dass was zwischen den beiden ist."

„Nein, aber wenn sie keinen Kontakt haben, kann ja auch nichts passieren, oder?"

„Ich glaube, ich habe gehört, dass die beiden nicht miteinander auskommen", sagte Cade. „Das ist einer der Gründe, warum ich gezögert habe. Was ich nicht möchte, ist, dass Carter in eine Situation gebracht wird, in der er sich verpflichtet fühlt zu bleiben, sich aber nicht wohlfühlt. Bei uns hat er jede Freiheit und kann einfach tun, wonach ihm ist."

„Er versteckt sich", sagte Geir unverblümt. „Und wir alle wissen genau, wie sich das anfühlt. Sollen wir ihn also rüberrufen und ihn fragen? Oder …?"

Cade nickte. „Ich habe nur auf den richtigen Zeitpunkt gewartet." Er sah zu, wie Carter seinen Werkzeuggürtel abnahm und ihn auf die Ladefläche des Pick-ups legte. Er stieß einen Pfiff aus.

Carter blickte auf und nickte.

„Wird schon schiefgehen", sagte Cade und stand auf. „Ich werde dich wissen lassen, wie es gelaufen ist."

KAPITEL 1

„S IEH AN, SIEH an", sagte Gordon und blickte zu Carter. „Gut, dich zu sehen."

Die beiden umarmten einander. Carter war unsicher wegen seines Arms, klopfte seinem Kumpel aber auf die Schulter. „Hey."

„Das ist alles? Hey? Wie lange versuche ich schon, dich dazu zu bringen, hier rauszukommen? … Jahre? Spätestens, seit du dich in die Luft hast sprengen lassen. Aus irgendeinem verdammten Grund hast du dich von den Leuten zurückgezogen, die dir am nächsten stehen."

„Die, die mir wirklich am nächsten stand", sagte Carter, „hat mich verlassen. Sie hat mir das Gefühl gegeben, dass ich isoliert war, und ich wollte, dass es so bleibt."

Gordon sah ihn an und lächelte mitfühlend. „Ich weiß. Doch andererseits war deine Frau auch ein Miststück erster Güte. Das habe ich dir schon vor langer Zeit gesagt."

Carter lachte. „Das war sie in der Tat", sagte er. „Und ja, du hast es mir gesagt. Ich habe dich ignoriert, und wir hatten ein paar gute Jahre. Aber …"

„Genau. *Aber.* Egal, genug von ihr. Komm, lass uns gehen." Gordon sah sich nach Carters Gepäck um und runzelte die Stirn. „Du hast nur die eine Tasche?"

„Ich reise dieser Tage mit leichtem Gepäck", sagte Carter und nahm seinen Seesack. Er wollte nicht, dass sein Freund glaubte, er brauche Hilfe. Er war immer noch empfindlich, was dieses Thema anging.

Sie gingen zum Truck hinüber, und Carter warf seinen Seesack aufs Ladebett, dann fragte er: „Ist der neu?"

„Ja. Die Ranch läuft gut."

Carter lächelte. „Gibt Schlimmeres im Leben."

„Es gibt viel Schlimmeres in meinem Leben. Debbie ist letzte Woche ausgezogen."

Carter starrte seinen Freund an. „Was? Warum?" Er schüttelte den Kopf. „Ihr seid euch doch ewig so nah. Wie lange wart ihr verheiratet? Zehn Jahre?"

„Sie glaubt, ich hatte eine Affäre", sagte Gordon.

„Hattest du?", fragte Carter. Sie hatten immer diese Art von Beziehung, in der sie offen und ehrlich sein konnten.

Gordon schüttelte den Kopf. „Nein. Hatte ich nicht. Doch ich hätte es fast getan."

„Ich denke, für Frauen gibt es kein *fast*", sagte Carter mit einem Stirnrunzeln. „Und wenn du darüber nachdenkst … sie wissen nur zu gut, was dein Körper tut. Treue ist nicht nur körperlich."

„Ich weiß. Ich war dumm. Es tut mir verdammt leid, und ich will sie zurück, aber sie redet nicht einmal mit mir."

„Scheiße", sagte Carter. „Damit habe ich nicht gerechnet. Ich dachte, ihr zwei würdet für immer zusammenbleiben."

„Das wären wir auch", sagte Gordon, „wenn ich nicht so ein Idiot wäre. Da steckt noch mehr dahinter … aber das ist das Wesentliche. Wie auch immer, du wirst mit der Zeit alles mitbekommen. Was ist das mit diesem Hund?"

„Ja, das ist natürlich der Hauptgrund, warum ich hier bin, aber ich dachte sowieso, es ist an der Zeit."

„Verdammt, ja, es ist höchste Zeit", schnaubte Gordon.

„Ich weiß nicht, warum du nach deiner Entlassung aus der Reha nicht hierhergekommen bist, um dich zu erholen."

„Weil du dich um mich gekümmert und es mir zu leicht gemacht hättest, nicht auf die Beine zu kommen", sagte Carter.

„Ich hätte dich nicht wie ein Baby behandelt. Ich kann immer echte Hilfe gebrauchen."

„Hast du immer noch Ranchhelfer?"

„Natürlich. Mehr als bei deinem letzten Besuch. Das Geschäft läuft gut, wie gesagt."

„Frauen darunter?"

Gordon schnitt eine Grimasse. „Die neue Köchin", sagte er. „Ja, sie ist auch weg."

„Wahrscheinlich nicht schnell genug für Debbie, oder?"

„Absolut nicht schnell genug. Aber es spielt keine Rolle, egal, wie oft ich sage, dass ich ein Narr war und nichts passiert ist, sie glaubt mir immer noch nicht."

„Ja, das ist so ein Ding im Leben, das man schwer reparieren kann."

„Hast du jemals deine Frau betrogen?"

„Nein", sagte Carter. „Aber ich glaube, sie war der Meinung, dass mein Job Fremdgehen gleichkommt." Carter studierte Gordons Gesicht, um zu sehen, ob er verstand, was er meinte. Als er nicht den Eindruck hatte, erklärte er: „Sie hat immer gesagt, dass die Navy meine Geliebte sei und ich keine Frau brauche."

„Ah", sagte Gordon. „Das ist scheiße. Du wolltest immer zur Navy. Ich? Ich wollte einfach nur reiten. Und du? Du warst da draußen in der Weltgeschichte unterwegs und hast nach jeder verdammten Erfahrung gesucht, die du bekommen konntest."

„Das kannst du laut sagen", schnaubte Carter. „Und das

würde ich immer noch tun, wenn sie mich nicht an einen Schreibtisch verbannt hätten. Das ist nichts für mich."

„Ganz zu schweigen von der Zeit, die du im Krankenhaus verbracht hast, oder?"

„Die Zeit war ziemlich hart", sagte er. „Viele OPs, aber jetzt geht's mir gut."

„Bist du sicher?" Carter wusste, dass zur Genesung viel mehr gehörte als nur Operationen zu überstehen.

„Ja", sagte er. „Tut mir leid, dass ich nicht früher nach Hause gekommen bin, aber manchmal …"

„Ich weiß. … Ich weiß, dass ich nach dem Tod meines Vaters eine Zeit lang untergetaucht bin. Ich habe mich von allem und jedem zurückgezogen. Ich wusste nicht, wie ich damit umgehen sollte. Ich habe ungefähr anderthalb Jahre gebraucht, bis ich langsam wieder zu mir gefunden habe."

„Genau", sagte Carter. „Das Leben kann einen manchmal aus der Spur werfen, dann weißt du nicht, ob du kommst oder gehst."

„Ich weiß, was du meinst. Apropos, ich muss auf dem Weg anhalten und das eine oder andere abholen. Du kennst das Spiel."

„Ja. Fahr nie zweimal, wenn du alles auf einer Fahrt erledigen kannst."

Gordon lachte. „Genau. Muss zum Futtermittelladen, zum Tierarzt, und nur Gott weiß, was sonst noch."

„Beim Tierarzt komme ich mit rein und frage nach dem Hund", sagte Carter. „Ich weiß, das ist ein Schuss ins Blaue. Aber ich habe versprochen, mich umzusehen."

„Was meinst du?", fragte Gordon neugierig.

Carter erzählte ihm vom K9-Programm, das eingerichtet worden war, und der Anfrage an die Titanium Corp., für die er arbeitete.

„Wow. Also will Uncle Sam wirklich wissen, was aus dem Hund geworden ist?"

„Das wollen sie, solange es keine Arbeitsstunden oder Geld kostet", sagte Carter trocken. „Ich werde dafür nicht bezahlt. Das ist eine Charity-Mission."

„Die brauchen wir alle von Zeit zu Zeit", sagte Gordon. „Verdammt, ich hatte diesen Frühling sechs Wochen lang Lämmer im Haus, weil der Winter so lang und hart war."

„Wie viele?"

„Zwölf", sagte er genervt. „Und wir haben immer ein oder zwei Kälber. Aber Junge, dieses Jahr war das Haus verdammt voll."

„Ich wette, Debbie hat sich nicht beschwert."

„Oh nein, definitiv nicht. Sie war in ihrem Element."

„Immer noch keine Kinder, was?"

Gordon schüttelte den Kopf, und sein Gesicht sah abgespannt und müde aus. „Nein. Wahrscheinlich wird's auch keine geben. Das ist das andere Problem zwischen uns."

„Hast du dich jemals testen lassen?"

„Nein, die Mühe habe ich mir nicht gemacht. Entweder klappt es oder eben nicht."

„Das hat Debbie wahrscheinlich nicht gereicht", sagte Carter. „Ich weiß, dass sie eine große Familie wollte."

„Aber Geld in dieses IVF-Zeug stecken? Weißt du, wie viel das kostet? Und es gibt keine Garantien."

„Nein, aber wenn du dich nicht testen lässt, kann niemand mit Sicherheit sagen, wo das Problem liegt."

„Das hat Debbie mir auch gesagt", sagte Gordon düster. „Noch was, das ich vermasselt habe."

Da musste Carter lachen. Sie hielten am Futtermittelladen an und gingen hinein. Eine Szene, an die er sich von all den Urlauben und Wochenenden, die er hier mit seinem

Kumpel verbracht hatte, gerne erinnerte. Sie luden schnell das Futter ein und fuhren weiter die Straße hinunter zum Tierarzt.

Während Gordon die Medikamente besorgte, die er für sein Vieh brauchte, sprach Carter mit ein paar Angestellten am Empfang über den vermissten Hund. „Er heißt Matzuka", sagte er. „Er ist ein großer Schäferhundmischling aus dem Programm des War Dogs Department. Er wurde für eine Adoptivfamilie hierhergeflogen. Sie sagten, sie hätten ihn nie bekommen."

Die Tierpflegerin runzelte die Stirn und fragte: „Kennen Sie den Namen der Familie?"

„Longfellow", sagte er zögerlich, als er seine Notizen aus der Tasche zog, um noch einmal nachzusehen.

Die Frauen sagten nichts.

Er blickte auf und fragte: „Probleme?"

Beide zögerten.

„Ich bin hier auf Bitte von Commander Cross von der US Navy. Dieser Hund hat unserem Land viele Jahre gedient. Er verdient ein angenehmes Leben im Ruhestand."

„Ich kann mir nur schwer vorstellen, dass irgendjemand dieser Familie einen Hund gegeben hätte", sagte sie. „Sie sind ziemlich grob zu Hunden."

„Grob in welcher Hinsicht?"

„Es hat Beschwerden darüber gegeben, wie sie mit Tieren umgehen."

„Okay. Dann denken Sie also, dass sie den Hund bekommen und ihm etwas angetan haben?"

„Das haben wir nicht gesagt", sagte die Rezeptionistin. Sie warf der anderen Frau einen Blick zu und sagte: „Wir wissen nichts."

„Können Sie mir sagen, wo diese Familie lebt?"

„Ja", sagte die zweite Frau. Sie nahm ein Blatt Papier und zeichnete eine grobe Karte. „Hier." Sie reichte sie ihm.

„Irgendeine Nummer, damit ich sie kontaktieren kann?"

Sie schüttelten nur den Kopf.

Carter nickte. „Die kann ich von Commander Cross bekommen. Danke." Er drehte sich um, ging nach draußen und studierte die Karte. Eines der Dinge, die er verdammt schnell erledigen musste, war, sich einen fahrbaren Untersatz zu besorgen. Einen eigenen. Obwohl Gordon mehrere Ranch-Trucks hatte, war Carter sich nicht sicher, wie viel er für diese Mission durch die Gegend fahren musste, und er würde sich besser fühlen, wenn er das nicht auf Kosten seines Freundes tun würde. Obwohl Gordon ihm wahrscheinlich eine Kopfnuss dafür geben würde.

Wenig später kam Gordon heraus und fragte: „Bereit zu gehen?"

Sie stiegen ein und fuhren zur Ranch zurück. „Kennst du zufällig diese Longfellows?"

„Gauner", schnaubte Gordon. „Nicht die Art von Leuten, mit denen man rumhängen will. Wohlhabende Geschäftsleute. Pioniere des Ortes, und ihnen gehört auch ein Großteil davon."

„Das ist die Familie, die diesen Hund adoptieren sollte."

„Wenn sie den Hund hatten, und sie behaupten, dass nicht, haben sie ihn wahrscheinlich schon erschossen und begraben."

„Das hoffe ich nicht", sagte Carter, „denn ich werde mächtig angepisst sein, wenn dem so ist."

„Warum das?"

„Weil der Hund ein Bein verloren hat, genau wie ich. Weil der Hund seinem Land gedient und so viel gegeben hat, genau wie ich. Das Letzte, was ich will, ist, zu glauben, jemand würde mich in den Wald bringen und erschießen, weil ich *nutzlos* bin."

„Die Wahl hast du uns nie gelassen", sagte Gordon trocken. „Du hast dich ganz allein verkrochen. Ich hatte keine Gelegenheit, dir zu sagen, dass es mir scheißegal ist, ob du ein Bein oder keine Beine hast."

Carter lachte. „Wo du recht hast, hast du recht." Als sie die lange Auffahrt zum Haupthaus hinauffuhren, stellte er die Frage, die er bisher zurückgehalten hatte. „Wie geht's Haley?"

„Angepisst, wie immer", sagte Gordon grinsend.

„Wenn du sie nicht immer so ärgern würdest", sagte Carter, „wäre sie nicht immer angepisst."

„Aber es macht mir Spaß", sagte Gordon. „Außerdem sind Brüder dafür da."

„Dafür sind Brüder da, solange wir im Sandkasten spielen. Das ist kaum, wofür Brüder in deinem Alter da sind."

„Zweiunddreißig ist nicht alt, und sie hat gerade ihren Dreißigsten gefeiert, nicht, dass ich sie das vergessen lassen würde."

„Autsch", sagte Carter. „Wenn sie nicht verheiratet ist und Zwei-Komma-drei-Kinder hat, gehe ich nicht davon aus, dass sie gern daran erinnert wird."

„Nicht wirklich", sagte er selbstgefällig. „Sie ist nicht verheiratet."

„Oh, das tut mir leid. Ich weiß, dass es für sie ein großer Traum war, eine Familie zu haben."

„Sie wartet sicher darauf, dass du zurückkommst."

„Wie kommst du auf diesen Blödsinn?", fragte Carter. „Wir haben immer nur gestritten."

„Was ist falsch daran? Ich denke, all die ruhigen, langweiligen Beziehungen sind überbewertet."

„Ja, aber nicht jeder will dauernd über alles streiten."

„Nun, sie weiß nicht, dass du kommst."

„Das ist wahrscheinlich nicht fair. Sie mag mich nicht."

„Damit muss sie sich abfinden", sagte Gordon. „Ich habe ihr gesagt, dass ich dich irgendwie hierher zurückbringen werde."

Carter lachte. „Du hast dich kein bisschen verändert."

„Nein, habe ich nicht. Vergiss das nicht."

„Wie sollte ich auch?" Sie hielten vor dem Haupthaus an, und Carter saß einen langen Moment da und starrte es an. „Ich habe viele wirklich gute Erinnerungen an diesen Ort. Das mit deinem Vater tut mir so leid."

„Mir auch", sagte Gordon. „Die Tatsache, dass er ungefähr zur gleichen Zeit gestorben ist, als dir das passiert ist, hat alles nur noch schwerer gemacht. Du konntest nicht zur Beerdigung kommen, und ich konnte nicht zu dir. Seit er gestorben ist, gibt es niemanden sonst mehr, der sich um die Ranch kümmern kann."

„An meinem Bett zu sitzen hätte niemandem geholfen", sagte Carter. „Ich mache dir keine Vorwürfe, und ich hätte dich sowieso nicht da haben wollen. Ich war wirklich am Arsch. Wortwörtlich und im übertragenen Sinne in Stücke gerissen."

Gordon seufzte. „Lass uns reingehen und Kaffee kochen. Und ich muss dir sagen, ich bin froh, dich zu Hause zu haben." Die beiden Männer stiegen aus dem Truck und gingen zum Haus.

Genau in diesem Moment wurde die Seitentür aufgestoßen, und Haley kam heraus – groß, ihr rotes Haar zu einem Zopf geflochten, der über ihren Rücken fiel. Sie trug Jeans mit Arbeitsstiefeln und ein kariertes Hemd – der Inbegriff eines Cowgirls.

Doch Carter wusste auch, dass sie eine unglaublich talentierte Finanzanalystin und Partnerin einer Vermögensverwaltung in der Stadt war, in der sie arbeitete. Sie lebte mit ihrem Bruder auf der Ranch. Schon immer. Sie hatte vorgehabt, ein zweites Haus für sich selbst zu bauen, doch dazu war es nie gekommen. Zumindest nahm er das an, als er sie durch die Seitentür in der Küche nach draußen kommen sah.

Sie funkelte Gordon an, dann wanderte ihr Blick zu Carter. Er wartete darauf, dass sie erkannte, wer vor ihr stand, dann wurde ihr Gesicht weiß. Doch anstatt etwas zu sagen, auf das er ihr eine bissige Antwort hätte geben können, wanderte ihr Blick an der einen Seite hoch und an der anderen runter; dann machte sie auf dem Absatz kehrt und ging wieder hinein.

Sein Herz fühlte sich an wie ein Stein. Er sah seinen Freund an und sagte: „Ich habe dir gesagt, ich hätte nicht zurückkommen sollen."

„Es ist nicht nur gut, dass du zurückgekommen bist", sagte Gordon verärgert, „du bist hier sehr, sehr willkommen. Egal, was sie sagt oder *nicht*."

WENN GORDON SIE nur ein wenig vorgewarnt hätte, wäre Hailey Wallerton besser damit umgegangen. Carter so zu sehen, nachdem sie wusste, dass er fast gestorben und so schwer verwundet gewesen war? Sie war sprachlos. Außerdem hatte sie nicht gewusst, ob er jemals zurückkehren würde. Doch hier war er, als hätte ihr Bruder gerade den größten Zaubertrick der Geschichte vollbracht und Carter aus dem Nichts heraufbeschworen. Als sie ihn sah, wusste

Hailey nicht, ob sie sich abwenden oder ihre Arme um Carters Hals werfen und ihn nie wieder loslassen sollte.

Sie entschied sich für Ersteres, als sie kein Willkommen in seinem Gesicht sah. Doch jetzt, wo sie Zeit hatte, darüber nachzudenken, wurde ihr klar, dass Carters Gesicht fast so etwas wie Angst und keine Feindseligkeit gezeigt hatte. Hailey hatte seine verletzte Hand gesehen, war sich aber nicht sicher, welches seiner Beine die Prothese war. Sie hatte auch seine Unsicherheit bemerkt, in dem Sinne, dass er fast etwas Defensives ausgestrahlt hatte, in der Annahme, dass Hailey nicht gefiel, was sie sah. Daher war der harte Blick gekommen. Nicht von Carter, der sie wieder einmal zurückwies.

Hailey wünschte, sie könnte Carter sagen, wie sehr er sich irrte. Sie konnte Carter jedoch keinen Vorwurf daraus machen. Sie wusste, was seine Frau getan hatte. Wenn Hailey die Gelegenheit gehabt hätte, dieses Miststück umzuhauen, hätte sie es gerne getan. Das brachte sie zurück zu dem, was sie gerade getan hatte. Es war noch schlimmer. Sie hatte ihn direkt abgewiesen, und das aus einem anderen Grund als dem, den er vermuten würde. Sie stöhnte und schlug mit dem Kopf gegen den Schrank.

„Mach das nochmal", sagte ihr Bruder in einem schroffen Ton. „Oder lass es mich machen. Was zum Teufel war das für eine Nummer da draußen?"

Sie schlug zum zweiten Mal mit dem Kopf gegen das Holz. Dann ging sie so aufrecht wie sie konnte zum Herd und machte Kaffee. Auf keinen Fall würde sie auf die Provokation ihres Bruders eingehen. Er verbrachte viel zu viel Zeit damit, sich daran zu erfreuen. Nicht nur das, seit Debbie gegangen war, war er auch unmöglich gewesen. Sie und Gordon waren beide ziemliche Katastrophen. Endlich war der Kaffee fertig. Sie holte tief Luft und drehte sich dann zu Carter um. „Wenigstens lebst du", sagte sie.

„Ist das dein Ernst? Es hat so ausgesehen, als wärest du glücklicher, wenn ich zwei Meter tiefer liegen würde."

Sie schüttelte den Kopf. „Du hast mich überrascht. Sorry wegen meiner Reaktion. Ich hatte nicht gedacht, dass du den Unfall überleben würdest, geschweige denn wieder genug hergestellt wärst, um hierher zu kommen." Sie drehte sich um und funkelte ihren Bruder an. „Und eine kleine Vorwarnung wäre nett gewesen."

Gordon zuckte mit den Schultern und sagte: „Du kannst dich entschuldigen, bis du schwarz wirst, aber was geschehen ist, ist geschehen."

„Vielleicht versuchst du beim nächsten Mal nicht, mich zu schocken. Du könntest versuchen, nett zu sein und dich nicht wegen deiner Debbie-Probleme wie ein Arsch benehmen." Hailey drehte sich um und ging hinaus.

Sie ging in den großen Garten hinter dem Haus, wo sie normalerweise in ihrer Freizeit zu finden war. Früher hatte hier eine riesige Schaukel gestanden, auf der sie es sich mit einem Buch gemütlich machen konnte. Sie ballte ihre Hände zu Fäusten. Sie fühlte sich beschissen. Seit ihr Vater gestorben war, hatte sie sich schon ziemlich beschissen gefühlt, was noch schlimmer geworden war, als Debbie gegangen war, und jetzt, mit Carters Auftauchen, schien es, als wäre ihre Welt ganz aus den Fugen geraten.

Es war einfach nicht fair. Sie hatte nicht damit gerechnet, dass Carter kommen würde, und jetzt, wo er hier war, fand sie ihn liebenswerter denn je. Sie wollte ihre Arme um seinen Hals legen und ihn festhalten. Die Mauern, die ihn schützten, ragten jedoch noch größer und stärker auf. Sie ließen die Worte wie eine Leuchtreklame aufblitzen, die schrie: *Bleib weg!* Aber andererseits war es schon immer so gewesen bei ihm, die Wände und die verkrampfte Haltung. Seine Ehe hatte alles nur noch schlimmer gemacht.

Jetzt war er jedoch frei und Single – doch er war auch kaputter denn je. Wie zum Teufel sollte sie damit umgehen? Sie hatte immer Gefühle für ihn gehabt, doch er hatte sie nie gesehen. Sie war immer Gordons kleine Schwester gewesen. Das war seit mehreren Jahren seine erste Gelegenheit, sie zu sehen, und sieh sich einer an, was sie getan hatte.

Sie konnte die Tränen in ihren Augen spüren und wischte sie ungeduldig weg. Dafür war sie jetzt zu alt. Sie war in vielerlei Hinsicht zu alt für alles. Sie konnte ihrem Bruder nicht einmal ansatzweise erklären, dass sie darüber nachdachte, entweder durch IVF oder von einem Fremden durch einen One-Night-Stand schwanger zu werden. Sie wünschte sich morgens jemanden zum Kuscheln, aber vielleicht würde sie sich erfüllter fühlen, wenn sie mit einem Kind aufwachte. Sie wusste, dass es ein extrem egoistischer Grund war, ein Kind zu wollen, doch sie wollte jetzt nicht weiter darüber nachdenken. Außerdem hatte sie sich immer Kinder gewünscht. Das und mehr hatten sie und Debbie gemeinsam.

Das Problem war, dass Hailey sich immer eine Familie gewünscht hatte – mit Carter. Doch immer wieder hatte er sich von ihr abgewandt, sie nicht gesehen und schließlich geheiratet, obwohl sie direkt unter seiner Nase gestanden hatte. Gewartet hatte.

Nachdem sie sich ihm einmal angeboten hatte, würde sie diesen Fehler nicht noch einmal machen. Sie war jung und dumm gewesen, aber seine Zurückweisung hatte sie trotzdem hart getroffen.

Doch es tat verdammt weh, ihn wiederzusehen. Es war offensichtlich, dass er immer noch innerlich und äußerlich

Schmerzen litt. Waren es seine Verletzungen oder war es dieses Miststück, das er seine Frau nannte? Hailey stieß einen frustrierten Laut aus und stampfte mit dem Fuß auf. Sie wusste, dass es lange dauern würde, bis Carter ihr etwas Nettes zu sagen hatte. Und es war ihre eigene verdammte Schuld. Wieder einmal.

Das Leben war scheiße.

KAPITEL 2

HAILEY STAND AM nächsten Morgen auf, machte Kaffee und frühstückte. Als ihr klar wurde, dass sie nach ihrer beschissenen Nacht spät dran war, eilte sie zu ihrem Fahrzeug. Es war ein Arbeitstag, und so war das Leben einfach. Wenn sie könnte, würde sie heute früher nach Hause kommen. Aber wollte sie das wirklich? Wo Carter hier war? Gestern Abend hatte sie das Abendessen schnell hinter sich gebracht und war verschwunden, hatte die Männer sich selbst überlassen. Sie hatte sich auf Anhieb blamiert, als Carter angekommen war. Sie fühlte sich unbehaglich, besonders in seiner Nähe, also wollte sie heute Morgen schnell wegkommen. Sie nahm sich einen Apfel zum Mittagessen und trat dann auf die Veranda hinaus.

Und stand Carter von Angesicht zu Angesicht gegenüber.

Er sah sie überrascht an. „Du machst so früh schon los?", fragte Carter.

„Es ist Montag."

„Oh, das habe ich ganz vergessen", sagte er. „Ich bringe die Tage durcheinander."

Sie nickte. „Das passiert leicht, wenn man nicht mehr von neun bis fünf arbeitet."

„Das Leben beim Militär war nie von neun bis fünf", sagte er mit einem Lächeln. „Aber seit dem Unfall ... Na ja, es ist leicht, die Tage miteinander verschmelzen zu lassen."

„Was hast du in New Mexico gemacht?"

„Ich habe bei Titan Corp. ausgeholfen. Das ist die Firma, die mich hierher geschickt hat, um nach dem Hund zu suchen."

Sie erinnerte sich daran, davon gehört zu haben, und fragte sich, warum eine Firma ihn für so etwas so weit schicken würde. „Hört sich so an, als wäre ihnen der Hund sehr wichtig", sagte sie. Das konnte nichts Schlechtes sein.

„So ist es", sagte er. „Und während ich dort war, habe ich bei der Renovierung von Häusern für Veteranen geholfen und alles von Zimmermanns- bis hin zu Elektroarbeiten gemacht. Du weißt schon, Handwerkerzeug."

„Mit anderen Worten, alles, was du früher hier gemacht hast."

„So in der Art. Ich habe darüber nachgedacht, eine Baufirma zu gründen, bin mir aber nicht sicher, ob ich das machen will. Zumindest nicht als meine neue Karriere."

„Verstehe. Dann ist da noch die Kapitalfrage. Immer gut, welches zu haben und ganz schlecht, wenn man keins hat."

Darüber lächelte er. „Geht es dir in deiner Firma noch gut?"

„Ja", sagte sie, als sie die Stufen hinunterging. „Hab' einen schönen Tag."

Das war vorerst genug geredet. Carter starrte sie an, als sie vorbeiging, und sie starrte zurück. Dann konzentrierte sie sich darauf, zu ihrem Truck zu kommen, den Motor anzulassen und wegzufahren, ohne sich umzusehen. Während sie fuhr, dachte sie an gestern und daran, dass es heute besser gelaufen war. Angesichts …

Gestern war sie geschockt gewesen, ihn zu sehen, und

war daher nicht sie selbst gewesen. Nun, wenn sie ehrlich war, beschäftigte sie auch etwas bei der Arbeit. Sie war also schon vor seiner Ankunft schlechter Laune gewesen. Sie glaubte, dass jemand Firmengelder unterschlug, und sie hatte keine Ahnung, wie sie den Schuldigen finden sollte. Sie war in der Vermögensverwaltung tätig und betreute zusammen mit ihren beiden Partnern Mandanten in der Stadt. Und mindestens einer davon war betroffen. Sie glaubte nicht, dass einer ihrer Partner ein fauler Apfel war, doch etwas mit diesem Mandanten stimmte einfach nicht, und sie hatte es nicht früher bemerkt.

Was noch besorgniserregender war. Sie war jetzt seit über einem Jahr Partnerin, nachdem sie drei Jahre zuvor als Juniorpartnerin gearbeitet hatte.

Dann war sie neulich auf einige Unterlagen gestoßen, die jemand im Kopierer zurückgelassen hatte. So wie es aussah, war es ein doppelter Satz Bücher gewesen – als hätte jemand bereits das ursprüngliche Hauptbuch gesehen und würde ein neues erstellen. Sie hoffte inständig, dass sie sich irrte, und einer der anderen Partner untersuchte das Problem bereits. Sie liebte ihren Job und wollte nicht, dass etwas schiefging. Sie hatte in ihrem Leben genug Schlimmes erlebt, dass sie nicht wollte, dass auch bei der Arbeit irgendwas daneben ging. Außerdem hatte sie alles in diese Kanzlei gesteckt, ihre Zeit, ihr Finanzwissen, ihr Geld. Das Geld waren ihre Ersparnisse und für ihr eigenes Haus auf der Ranch gewesen. Aber sie hatte größeres Potential gesehen, ihr Geld so anzulegen.

Sie konnte es sich nicht leisten, dass etwas schiefging.

Sie konzentrierte sich auf die Straße, während sie im Geiste die Fahrtzeit berechnete. Noch zwanzig Minuten bis zu ihrem Büro. Sie hätte in die Stadt ziehen können, doch sie liebte die Ranch. Sie war ihr Zuhause, und dort war das weite Land, anders als in der Stadt, in der sie sich eingeengt fühlte. Außerdem war ihre Bindung stärker geworden, seit ihr Vater gestorben war. Sowohl ihre Mutter als auch ihr Vater waren zusammen mit ihren Großeltern und anderen Vorfahren auf der Ranch begraben. Das machte die Verbindung, die sie zu diesem Land spürte, noch tiefer, fast genetisch.

Als sie schließlich vor dem Bürogebäude anhielt, sah sie, dass sie die Erste war. Sie war zehn Minuten zu früh dran. Das war gut. Sie ging hinein, schaltete das Sicherheitssystem aus und stellte die Kaffeemaschine an. Nachdem der Kaffee durchgelaufen war, nahm sie ihre erste Tasse und ging nach oben.

Auf dem Weg zu den Partnerbüros im ersten Stock blieb sie stehen, als sie unter einer der Türen ein Licht sah. Sie fand es seltsam, da sie diejenige war, die gerade die Alarmanlage ausgeschaltet und Kaffee gekocht hatte. Wer kam an einem Montag so früh herein, dass er die Alarmanlage wieder einschaltete? Sie legte ein Ohr an die Tür, hörte jedoch nichts. Nicht einmal Atemgeräusche oder Papierrascheln. Sie klopfte an. Immer noch nichts. Vielleicht hatte jemand vergessen, das Licht auszuschalten, und es war übers Wochenende an gewesen. Sie drehte den Türknauf und stellte überrascht fest, dass die Tür nicht abgeschlossen war, was ein ernsthafter Verstoß gegen das Protokoll war, und drückte die Tür auf. Ihr Herz setzte einen Schlag lang aus. Sie stellte ihre Kaffeetasse auf die nächste Tischkante und rannte an Fred Longfellows Seite, doch es war offensichtlich zu spät.

Sie wagte nicht zu atmen, geschweige denn sich zu bewegen. Es fühlte sich an, als wäre alles einfach erstarrt, während sie den Zustand des Leichnams betrachtete, der am

Boden des Büros lag. Dort, wo früher Freds Gesicht gewesen war, klaffte ein Loch. Er hielt immer noch die Waffe, die ihn getötet hatte.

Hailey kam es surreal vor. Fred war der netteste Mann, den sie kannte, ein Partner, den sie respektierte, und von dem sie sicher war, dass er niemals Selbstmord begehen würde. Doch der Beweis lag vor ihr. Als ihr Verstand schließlich registrierte, dass sie etwas unternehmen sollte, holte sie ihr Handy aus der Tasche und rief Sheriff Raleigh Jones an. „Du musst herkommen", sagte sie zu Raleigh. „Fred ist tot. Sieht aus, als hätte er sich erschossen. Aber du und ich wissen beide, dass er nicht so ist ... war."

„Fass nichts an. Ich bin auf dem Weg."

Sie ging neben der Leiche auf und ab, nahm ihren Kaffee und verließ dann den Raum. Sie zog die Tür zu, für den Fall, dass noch jemand nach oben kam. Und dann stand sie Wache. Sie hörte keinen ihrer Angestellten kommen, obwohl der Arbeitstag begonnen hatte. War es, weil sie sich so von der Realität losgelöst fühlte? Oder weil ihre Gedanken hin und her rasten? Ihre Hände wollten nicht aufhören zu zittern.

Nach einer Weile traf Raleigh ein. Als er die Treppe heraufkam, deutete sie auf die Tür hinter sich. Er trat ein. Von dort, wo Hailey stand, hörte sie, wie er scharf Luft holte. Dann bückte Raleigh sich und betrachtete die Leiche, bevor er zu ihr aufblickte. Sie betrat den Raum und trat die Tür zu.

„Ich habe die Alarmanlage ausgeschaltet, als ich vorhin ins Büro gekommen bin", sagte sie. „Dann habe ich Kaffee gekocht. Und danach bin ich die Treppe hochgegangen und habe das Licht unter seiner Tür gesehen, was ungewöhnlich war, weil der Alarm eingeschaltet war und noch niemand Kaffee gekocht hatte, als ich angekommen bin. Also habe ich die Tür aufgemacht und das hier gefunden."

„Bist du direkt von der Ranch gekommen?"

„Das bin ich, ja."

„Hast du auf dem Weg rein jemanden gesehen?"

„Ich kann mich an keine anderen Autos erinnern, die hier waren."

„Hat jemand gesehen, wie du die Ranch verlassen hast?"

„Ja", sagte sie und runzelte angesichts seiner Frage die Stirn. „Carter ist zu Besuch. Ich habe mich auf der Veranda mit ihm unterhalten."

„Also kann er deine Geschichte bestätigen?"

Sie nickte. „Absolut. Du weißt, was ich für Fred empfunden habe."

„Ich weiß", sagte er, „aber dir ist klar, was an dieser Szene nicht stimmt, oder?"

Sie betrachtete sie erneut, wunderte sich und erkannte dann, was ihn störte. „Er ist Linkshänder. Und die Waffe ist in seiner rechten Hand."

„Genau", sagte er. „Ich möchte, dass du in dein Büro gehst, dann werde ich ein paar Anrufe tätigen."

„Phil ist noch nicht da. Ich muss zuerst mit ihm sprechen, bevor wir es dem Rest der Leute erzählen."

Der Sheriff runzelte die Stirn und nickte. „Ich muss die Gerichtsmedizin und meine Deputies rufen. Ich will das ganze Büro durchgehen."

„Dann sollte ich vielleicht wieder runter gehen und alle ins Besprechungszimmer bringen."

Seine Miene hellte sich auf. „Besser. Viel besser. Halt sie unten in Quarantäne, aber sag' ihnen nichts."

Sie nickte und eilte die Treppe hinunter. Drei oder vier Mitarbeiter waren schon da.

„Wir haben eine Krisensitzung im Besprechungszimmer!", rief sie. „Bitte kommt alle rein." Sie stieß die Doppeltür auf, schaltete das Licht ein und wartete darauf, dass die Anwesenden hereinkamen. Dann verließ sie den Raum. „Bitte wartet hier. Ich warte auf den Rest."

Sie wartete vor allem auf Phil. Er war der dritte Teilhaber der Kanzlei, und sie hatte keine Ahnung, wo er war. Er war ein Frühaufsteher – also, wo zum Henker war er? Sie hatte ihn schon zweimal auf seinem Handy angerufen, doch er war nicht rangegangen. Bei ihrem dritten Anruf hatte sie ihm eine Nachricht hinterlassen. Ein schreckliches Gefühl machte sich in ihr breit, als sie die Treppe hinaufeilte, nur um von einem Deputy aufgehalten zu werden, der ihr sagte, dass sie nicht weitergehen dürfe. Sie deutete eindringlich auf die dritte Tür hinter ihm. „Bitte sehen Sie in diesem Büro nach. Ich kann Phil nicht erreichen, und er ist noch nicht da."

Der Deputy warf ihr einen entsetzten Blick zu und ging zu besagter Tür. Dann drehte er mit einer behandschuhten Hand den Knauf herum, doch die Tür regte sich nicht. „Abgeschlossen", sagte er, als er sich zu ihr umdrehte.

Sie nickte. „Das sollte sie auch sein. Ich wünschte, er würde rangehen, wenn ich ihn anrufe."

„Ist wahrscheinlich nichts. Gehen Sie einfach runter, und warten Sie da."

Sie drehte sich um und ging die Treppe hinunter. Es fühlte sich für sie nicht richtig an. Nichts hier. Doch andererseits hatte sie gerade einen der nettesten Männer der Welt mit einem Loch im Gesicht am Boden gefunden. Und sie und der Sheriff wussten beide, dass es mehr als Selbstmord sein musste. Fred war ein Familienmensch. Er war so verdammt stolz, dass seine Großnichte dieses Jahr ihren Abschluss machen würde. Auf keinen Fall hätte er Selbstmord begangen. Und dann erinnerte sie sich an die Unterlagen, die sie im Kopierer gefunden hatte. Sie musste unter vier Augen mit Raleigh reden. Das Problem war, dass sie es sich nicht leisten konnte, jemand anderen einzubeziehen.

Als sie in das Besprechungszimmer kam, sah sie, dass einer ihrer Angestellten gehen wollte, während die anderen aufstanden. Sie stemmte die Hände in die Hüften. „Haben Sie gerade die Anweisung eines Partners missachten wollen?"

Slim warf ihr einen unverschämten Blick zu.

Das war das Einzige, was sie jemals von ihm bekam.

„Wir wollen wissen, was los ist", sagte er. „Wir haben ein Recht darauf, es zu erfahren."

„Das werden Sie, wenn wir so weit sind, es Ihnen mitzuteilen", sagte sie seufzend.

„Aber Sie wissen was."

„Ja, das tue ich, aber ich kann es Ihnen noch nicht sagen. Also genug." Sie deutete auf die Stühle. „Nehmen Sie bitte alle wieder Platz."

Als sich niemand rührte, erhob sie ihre Stimme. „Setzen Sie sich, oder wir besprechen, warum Sie nicht Platz nehmen wollen und warum wir vielleicht neues Personal suchen sollten."

Daraufhin setzten sich mehrere Leute hin.

„Ich verstehe diese Einstellung nicht", fuhr sie fort. „Offensichtlich ist hier etwas passiert –doch anstatt zusammenzuhalten, sehe ich Aggression und Dissonanz. Was soll das?"

„Wir wollen nur wissen, was los ist", maulte Slim.

Sie musterte ihn. Er lehnte in seinem teuren Designeranzug an der Wand. Seine Hände steckten in seinen Taschen, und er musterte sie mit demselben unverschämten Lächeln.

„*Hm.* Vielleicht sind *Sie* der Grund." Sie sah sich um.

Die meisten anderen waren Schafe in der Herde, während Slim niemals jemandes Schaf sein würde. Er war durch und durch ein Ziegenbock. Streitsüchtig und gereizt ging er seinen eigenen Weg, und es war genauso wahrscheinlich, dass er einen vor den Kopf stieß, wie dass er über einen hinwegging. Sie lehnte sich gegen die offene Tür.

„Interessante Reaktion auf eine Krise", sagte sie. Sie kniff die Augen zusammen und musterte ihre Angestellten. Sie waren ebenso ihre Angestellten wie die des armen Fred. Und Phils. Immer noch keine Antwort von Phil. Sie hatte ihr Handy eingesteckt, nachdem sie es zum x-ten Mal überprüft hatte. Sie blickte zu Candy, Phils Sekretärin, hinüber. „Candy, wissen Sie, wo Phil ist?"

Candy sah besorgt aus. „Ich bin mir nicht sicher, ob er einen Termin hat. Wenn Sie mich an meinen Computer lassen, könnte ich es Ihnen sagen. Ich habe dort seinen Kalender."

„Nein, machen Sie sich keine Sorgen. Ich bin sicher, dass er kommen wird."

„Die Alternative wäre interessant", sagte Slim.

Hailey versteifte sich und fragte sich, ob er sich weiter so verhalten würde. Sie hatte ihn nicht einstellen wollen, doch er war mit Fred verwandt, darum hatte Fred sie gebeten, ihn einzustellen. Was, wenn Slim etwas mit Freds Tod zu tun hatte, als Teil eines wahnhaften Plans, selbst Partner zu werden? Der Gedanke machte Hailey bitter, doch sie versicherte sich, dass sie, Fred und Phil diese Hintertür geschlossen hatten. Sie hatten festgelegt, dass, falls einer von ihnen starb, er seinen Anteil am Unternehmen den anderen beiden überlassen würde. Und jetzt, wo sie darüber nachdachte, gab das natürlich sowohl ihr als auch Phil ein Motiv für den Mord an Fred.

Oder machte sie zu zwei weiteren potentiellen Opfern für Slim.

Gerade, als sie darüber nachdachte, den Sheriff um Antworten zu bitten, hörte sie seine Stimme hinter sich. „Hailey, kannst du bitte zu mir kommen?"

Slim steckte seinen Kopf hinaus in den Flur, doch der Sheriff starrte ihn ausdruckslos an. „Ist Ihr Name Hailey?"

„Das könnte er sein", sagte Slim schulterzuckend. „Wenn Sie mich so nennen wollen, damit ich Antworten bekomme. Ich habe heute übrigens einen Haufen Arbeit vor mir."

„Niemand wird heute hier arbeiten, außer meinen Leuten", sagte der Sheriff. Er winkte Hailey zu sich, und sie trat nahe an ihn heran, um ihm etwas zuzuflüstern, während ein Deputy ihren Platz an der Tür zum Besprechungszimmer einnahm.

„Sie warten nicht gerne."

„Nicht mein Problem", sagte er. „Weißt du, wo Phil ist?"

„Nein. Ich habe schon die ganze Zeit versucht, ihn zu erreichen. Den ganzen Morgen." Sie nickte in Richtung der anderen. „Warum sagst du es ihnen nicht? Wäre gut, wenn sie aufhören würden, die Tür anzubellen, und wüssten, warum sie festgehalten werden."

„Gut, aber ich kann Tränen nicht leiden." Er seufzte und trat dann in die Mitte des Besprechungszimmers. Hailey stand an der Tür und behielt Slim im Auge, während Raleigh sprach. Entsetzte Laute kamen aus verschiedenen Richtungen, und ein paar Schluchzer hallten durch den Raum. Währenddessen blieb Slims Gesicht ausdruckslos. Da war weder Schock noch Unglaube. Und bestimmt nicht Trauer. Sie war sich sicher, dass Slims einzige Gedanken um die Frage kreisten, wer Freds Platz einnehmen würde.

Dann, als hätten alle denselben Gedanken – oder zumindest etwas in der Art – drehten sich alle zu ihr um. Sie nickte. „Jetzt wissen Sie, warum ich nichts sagen konnte."

Die Sekretärinnen weinten, die Arme umeinander geschlungen. Fred war ein allseits geliebter Partner gewesen. Er war auch der Gründer der Kanzlei.

„Haben Sie deshalb gefragt, wo Phil ist?", fragte Candy.

„Es wäre gut, es ihm persönlich zu sagen", sagte Hailey. „Viel besser, als wenn er es in den Medien hört. Mit denen im Übrigen niemand hier reden wird." Sie warf Slim einen scharfen Blick zu. Er war bereits an seinem Handy. „Jeder, der darüber ein Wort verliert, muss mit sofortiger Entlassung rechnen."

Slim funkelte sie finster an.

„Und ja, besonders Sie, Slim. Keine Social Media, Telefonate oder SMS. Bitte geben Sie Raleigh Ihre Handys. Wenn Sie sich weigern, müssen wir davon ausgehen, dass Sie etwas damit zu tun haben." Ihre Stimme war schroff, zu hoch und kalt. Sie hatte keinerlei Toleranz für jemanden, der Nutzen aus dem Tod eines Mannes ziehen wollte.

Während Slim seinen Protest fortsetzte, trat Raleigh vor und nahm ihm das Handy aus der Hand. „Sieht aus, als hätten wir den ersten Kandidaten, den du feuern solltest. Er hat auf Facebook gepostet."

Sie warf Slim einen fassungslosen Blick zu. „Auf welchem Account?"

„Auf meinem persönlichen natürlich", sagte er unverschämt.

„Meinetwegen", sagte sie und wandte sich Raleigh zu, „solltet ihr ihn zum Verhör mitnehmen, und wir werden das zusammen mit seiner Kündigung auf der Website der Firma veröffentlichen." Ihre Stimme war ruhig, doch sie wusste, welche Reaktion sie bekommen würde.

Slim schoss hoch. „Hey, ich habe es noch nicht gepostet. Sheriff, Sie können sehen, dass ich noch nicht auf „Senden" geklickt habe."

„Aber genau das hatten Sie vor, oder? Sie haben weder Ihrem Unternehmen noch Ihrer eigenen Familie gegenüber Loyalität. Fred war ein guter Mann. Er hat viel Besseres von Ihnen verdient."

Sie nahm das Handy, löschte den Post und gab es dann Raleigh zurück. „Der Sheriff behält vorerst Ihr Handy, aber betrachten Sie Ihr Arbeitsverhältnis hier als beendet."

„Das können Sie nicht! Ich bin mit Fred verwandt."

„Nun, wie Sie wissen, ist Fred nicht mehr da, und ich habe Sie gerade gefeuert. Die Tür ist hinter Ihnen. Benutzen Sie sie." Sie wartete.

Er straffte seine Schultern und starrte sie an. „Du bist jetzt nicht die Oberschlampe hier", zischte er.

„Oh, die bin ich", blaffte sie. „Und vergessen Sie das nicht."

„Phil wird was dazu zu sagen haben."

„Phil wird viel darüber zu sagen haben", sagte sie. „Vor allem, wenn er herausfindet, dass Sie Freds Tod entgegen der Anweisung des Sheriffs auf Social Media posten wollten." Sie sah die anderen an. „Noch jemand hier?" Alle schüttelten den Kopf. Sie nickte. „Wir werden auf ihren Social Media Konten nachsehen."

Hailey wandte sich Slim zu. „Sie unterliegen der Schweigepflicht. Sollten Sie sich nicht daran halten, können Sie mit einer Klage rechnen." Slim war sprachlos und starrte sie nur an. Sie wies auf die Tür. „Ich habe zwar gesagt, dass Sie gefeuert sind, aber ich nehme an, Raleigh hat viele gute

Gründe, warum Sie in einem anderen Raum befragt werden sollten."

Raleigh nickte knapp. „Aber besser irgendwo, wo er keinen Zugang zu einem Computer hat. Das sind äußerst sensible Informationen." Er wandte sich den anderen Angestellten zu. „Und natürlich wäre es schön, wenn Sie Zurückhaltung und Mitgefühl für die Person zeigen würden, die Ihre Gehaltsschecks unterschrieben hat."

Einige der Frauen traten von einem Fuß auf den anderen. Sie sahen ein bisschen unbehaglich aus, aber Slim nicht. Sie warteten darauf, dass einer der Deputies ihn durchsuchte.

Nachdem Slim unter Bewachung eines Deputies in einen Nebenraum gebracht worden war, wandte sich Raleigh erneut an Hailey. „Wie gefährlich ist er?"

„In diesem Geschäft? Er weiß nichts über die Finanzwelt, aber genug über Computer, um der Firma Probleme und unseren Mandanten Ärger zu machen", sagte sie. „Seit seiner Anstellung war er ein Problem. Und offensichtlich überlegt er gerade, wie er Freds Platz an der Unternehmensspitze übernehmen kann."

Raleigh schauderte. „Ist das wahrscheinlich?"

„In seinem Kopf, ja. Aber realistisch betrachtet: nein", sagte sie. „Auch wenn mich die Umstände zu einer der beiden Hauptverdächtigen machen, haben die Partner vor langer Zeit entschieden, dass, wenn einer von uns sterben sollte, die Anteile an die verbleibenden zwei gehen. Also wird niemand Freds Platz übernehmen, und Phil und ich haben jetzt beide mehr Kontrolle über das Unternehmen."

Der Sheriff stieß einen leisen Pfiff aus.

Sie seufzte. „Aber ich kann Phil nicht finden. Er geht nicht ans Handy. Sein Büro oben ist abgeschlossen." Hailey sah Raleigh in die Augen. „Ich hätte gerne die Erlaubnis, die

Tür aufzuschließen und mich zu vergewissern, dass er nicht im selben Zustand wie Fred da drin ist."

„Glaubst du, das ist möglich?", fragte Raleigh mit leiser Stimme.

„Ich hätte nicht gedacht, dass Freds Tod möglich wäre. Nicht so." Sie kramte in ihrer Tasche und holte die Schlüssel heraus. „Kommst du mit?"

Sie hielt den Atem an, als sie die Tür zu Phils Büro aufschloss, und wagte nicht zu atmen, bis sie den Raum menschenleer fanden. „Dem Himmel sei Dank dafür", seufzte sie.

„Glaubst du, dass ihm was passiert sein könnte?"

„Ich dachte nicht, dass Fred was zustoßen würde und schau, was passiert ist."

„Du hast recht." Der Sheriff sah sich in Phils Büro um. „Fällt dir irgendwas auf?"

„Das." Hailey deutete auf das offene Fenster. „Phil ist ein Pullovermensch und friert immer."

Raleigh seufzte. „Das stimmt. Er friert immer." Er ging hinüber, um seinen Kopf nach draußen zu stecken und das Gelände darunter zu betrachten. Als er nichts Auffälliges fand, zog er den Kopf wieder ein und ließ das Fenster unberührt.

„Du erinnerst dich an die Pullover, die er immer trägt, oder?"

Der Sheriff lächelte schief. „Oh ja. Ich erinnere mich, dass seine Frau versucht hat, diese Pullover in den Müll zu werfen, und dass er sie jedes verdammte Mal wieder rausgeholt hat."

„Genau. Ihm ist nie zu warm, und dieses Fenster ist immer geschlossen."

„Jemand könnte von hier zum Dach über der Hintertür

runterklettern und dann daneben in die Büsche springen." Raleigh runzelte die Stirn. „Wir werden das Fenster nach Fingerabdrücken abstauben."

„Gute Idee."

„Davon abgesehen", fuhr der Sheriff fort und zeigte auf das Fenster. „Wo da draußen ist die Parkplatzkamera?"

„Oh", sagte Hailey. „Die ist auf der Rückseite des Gebäudes, während die meisten Parkplätze auf der Vorder- und Ostseite sind. Der Bereich unter dem Fenster ist also nicht im Aufnahmebereich der Kamera."

Der Sheriff schnitt eine Grimasse und nickte.

„Vielleicht solltest du einen Deputy zu Phils Haus schicken. Ich habe versucht, seine Frau Betty anzurufen, aber sie geht auch nicht ran."

Die Miene des Sheriffs gefror. „Das sieht jeden Moment schlimmer aus."

„Ich will nicht, dass es noch schlimmer wird, als es schon ist." Haileys Stimme brach. „Fred war wie ein Vater für mich."

„Ich weiß das. Tut mir leid."

Sie nickte und konzentrierte sich darauf, langsam und tief zu atmen.

„Wir werden alle hier befragen", fuhr Raleigh fort. „Lass uns mit dir anfangen."

„Was immer du brauchst." Haileys Körper wollte zusammensacken. Ihre Seele weinte um den Verlust eines guten Freundes. „Wenn wir unter vier Augen sind, muss ich noch was anderes mit dir besprechen. Es könnte mit Freds Tod zusammenhängen."

Der Sheriff kniff die Augen zusammen. „Also gut. Unterhalten wir uns kurz, und später kommst du dann in mein Büro."

Sie nickte, als er ihr bedeutete, in ihr Büro zu gehen und Platz zu nehmen.

„Wir werden von diesem Carter bestätigen lassen, wann du zu Hause weggefahren bist", begann Raleigh. „Aber was ist mit dem Rest des Personals? Irgendjemand, mit dem es Probleme gibt?"

„*Slim*. Er ist respektlos und bildet sich ein, dass es unter seiner Würde ist, richtig mitanzupacken. Weil er Freds Großneffe ist, denkt er, dass die Firma ihm was schuldet."

„Ja. Er war schon immer so."

„Solange ich ihn kenne, ja. Er mag es nicht, zurechtgestutzt zu werden, provoziert aber dauernd, bis man den Wunsch hat, ihn zu ohrfeigen."

„Offensichtlich mögt ihr euch nicht."

„Oh ja, besonders jetzt, nachdem ich ihn gefeuert habe. Er konnte es nie leiden, eine Frau als Boss zu haben."

Raleigh nickte langsam. „Hältst du ihn für gefährlich?"

„Jeder ist in der richtigen Situation gefährlich. Ich meine, ich hätte nicht gedacht, dass er jemanden umbringen würde, aber sicher bin ich mir nicht."

„Ich verstehe. Warum gehst du nicht nach Hause, und ich rufe dich an, wenn ich hier fertig bin? Dann kannst du mich in meinem Büro treffen, und wir reden weiter."

„Okay. Du weißt, dass ich auch eine Menge zu tun habe, oder?"

„Ich weiß", sagte Raleigh, „aber nicht heute."

„Kann ich meinen Laptop mitnehmen?"

„Ja, aber ich muss dir nicht sagen, dass ich nicht will, dass du irgendwelche Dateien löschst."

„Nein, das brauchst du mir nicht zu sagen", sagte sie. Sie blieb stehen und drehte sich um, um ihn noch einmal anzusehen. „Fred war ein guter Mann. Das hat er nicht verdient."

„Nein, hat er nicht."

Sie nahm ihre Handtasche und ihren Laptop, ging die Treppe hinunter und verließ das Gebäude. Sie war die Erste, die gehen durfte, doch es fühlte sich nicht wie Freiheit an. Es fühlte sich an wie eine lebenslange Haftstrafe.

CARTER SAß DRAUßEN auf der Veranda und trank seinen Morgenkaffee. Gordon war arbeiten gegangen, hatte Carter aber nicht mitkommen lassen wollen. Hier war er also, beobachtete den Wind und überlegte, was er wegen des vermissten Hundes unternehmen würde, während er darauf wartete, dass sein Freund zurückkam. Und dann wurde es interessant. Eine Staubwolke bewegte sich auf ihn zu, und er runzelte die Stirn, als Hailey auf den Hof fuhr. Ihr Gesichtsausdruck verriet, dass sie Neuigkeiten hatte.

„Ist was passiert?", fragte er mit einer Stimme, die schroffer klang, als er wollte.

Sie begann zu berichten, und die Worte überschlugen sich. Dann, als sie fertig war, atmete sie mehrmals tief durch. „Und du darfst es niemandem sagen."

„Ich habe den Mann kaum gekannt, aber das ist traurig, sehr traurig." Carter zögerte, bevor er weitersprach. „Bist du sicher, dass es kein Selbstmord war?"

„Nein, bin ich nicht, aber er hatte die Waffe in der falschen Hand. Er war Linkshänder."

„Richtig", sagte Carter und zuckte zusammen. „Man sollte meinen, jemand, der vorhat, jemanden zu ermorden, und der damit davonkommen will, sollte das wissen."

„Aber derjenige hat vielleicht nicht klar gedacht", sagte

sie. „Alle anderen Angestellten sind noch im Büro, damit der Sheriff sie befragen kann. Und niemand darf darüber reden. Einer der Angestellten hat schon versucht, die Neuigkeiten auf Facebook zu posten."

Er runzelte die Stirn.

Sie nickte. „Er war bereits wegen anderer Probleme in Schwierigkeiten", fuhr sie fort, „also habe ich ihn auf der Stelle gefeuert."

„Autsch." Carter konnte nicht anders als zu lächeln. „Du weißt wirklich, wie man jemandem Ärger macht, oder?"

„Nicht nur das, er ist auch noch mit dem Toten verwandt."

Sein Lächeln verschwand. „Glaubst du, er hat es getan?"

„Ich würde das gerne glauben, aber ich bin mir nicht sicher, ob er *so* gefährlich ist. Obwohl ich mich schonmal geirrt habe, also weiß ich es wirklich nicht."

„Ich verstehe", sagte Carter. „Tut mir leid, das klingt nach einem wirklich beschissenen Morgen."

„Ich muss mich später mit dem Sheriff in seinem Büro treffen, sobald er mit den anderen Vernehmungen fertig ist."

„Du bist aber keine Verdächtige, oder?"

„Wenn ich es nicht bin, sollte ich es sein. Wenn einer der Partner stirbt, bekommen die anderen beiden seine Anteile."

„Wow. Ist das üblich?"

„Fred war der Gründer, er hat uns als Partner aufgenommen. Er hat Geld für unsere Anteile bekommen. In gewisser Weise ja, aber es gibt uns auch ein Mordmotiv."

„Du bist die Letzte, die jemals jemanden töten würde, um in der Unternehmenswelt aufzusteigen. Du bist zu stur dazu."

Daraufhin versteifte sie sich und drehte sich langsam

um, um ihn anzusehen. „Du hast recht", sagte sie ruhig. „Das bin ich. Ich gehe meinen eigenen Weg, oder ich lasse es. So einfach ist das." Dann drehte Hailey sich um und ging hinein.

Carter fluchte leise. Warum war sie immer so verdammt kratzbürstig? Er konnte es nie ganz verstehen, doch sie schienen einander immer in den Haaren zu liegen und das Falsche zu sagen. Er folgte ihr hinein, fand sie in der Küche an der Kaffeekanne, nahm eine Tasse und entschuldigte sich. „Das war eine sehr unsensible Bemerkung. Ich wollte dich nicht beleidigen. Du hattest einen beschissenen Morgen."

„Entschuldigung angenommen, aber egal. Du und ich gehen uns gegenseitig an die Kehle, seit wir uns das erste Mal getroffen haben."

„Warum eigentlich?" Carter war ernsthaft an ihrer Antwort interessiert.

Allerdings schnaubte sie nur. „Du weißt es wirklich nicht, oder?"

Er runzelte die Stirn, als er ihre Gesichtszüge studierte. „Nein, wirklich nicht. Warum?"

Sie schüttelte den Kopf und goss den Kaffee in die Küchenspüle, stellte ihre Tasse hinein und verließ das Haus, vermutlich in Richtung des Pferdestalls. Die ganze Zeit über hatte sie ihn demonstrativ ignoriert.

Er wunderte sich über ihre Bemerkung, aber ihm fiel nichts ein. Er wusste, dass ihr Bruder oft gesagt hatte, dass zwischen den beiden Funken sprühten, also dachte Carter, dass er irgendwie bei ihr angeeckt war. Sie fühlte sich nicht zu ihm hingezogen. Zumindest hatte sie es nie gezeigt. Sie war viel jünger als er, zu jung. Er hatte also keine Ahnung, was zwischen ihnen vor sich ging. Er versuchte, nett zu sein, doch meistens endete es damit, dass er einfach bissig reagierte, genau wie sie.

Während er weiter über seine Beziehung zu Hailey nachdachte, bekam er eine SMS von Geir.

Gut gelandet?

Carter wurde klar, dass er nach seiner Ankunft keinen Kontakt zu den Jungs von Titanium Corp. aufgenommen hatte. Er brachte Geir mit den neu gesammelten Informationen über den vermissten K9 auf den neuesten Stand.

Die Informationen über die Adoptivfamilie des Hundes gefallen mir ganz und gar nicht, kam die Antwort zurück.

Mir auch nicht. Ich werde sie mir heute ansehen.

Sei diskret. Es wäre schrecklich zu hören, dass der Hund eingeschläfert wurde.

Ist wahrscheinlich weggelaufen – wenn er konnte. Diese Hunde sind clever. Sie haben gute Instinkte.

Ich werde auch mit Commander Cross über den Adoptionsprozess sprechen, schrieb Geir zurück. **Klingt, als hätten sie Probleme mit dieser Familie gehabt.**

Ich glaube nicht, dass die Probleme während des Bewerbungsprozesses aufgefallen sind. Anscheinend hat diese Familie auf dem Papier gut ausgesehen. Hinter der Fassade sind sie jedoch ziemlich gesetzlos.

Verdammt. Von der Sorte gibt's zu viele da draußen. Wäre scheiße zu sehen, wenn einer unserer Hunde in so einem Höllenloch landet.

Wir haben unsere Grenzen, was das angeht. Ich werde dich später auf den neusten Stand bringen. Danach nahm Carter seine Schlüssel und seinen Geldbeutel. Doch gerade als er hinausgehen wollte, kam Hailey herein und funkelte ihn an. „Hast du schon gegessen?"

Er schüttelte den Kopf. „Ich werde in der Stadt irgendwo was essen."

Sie lehnte sich gegen die Tür. „Warum? Unser Essen nicht gut genug für dich?"

Er konnte spüren, wie er wütend wurde. „Ich weiß nicht, was dein Problem ist, und es tut mir leid, wenn meine Anwesenheit dir auf die Nerven geht, also sag es einfach, wenn du willst, dass ich gehe."

„Du weißt, dass das meinem Bruder nicht gefallen würde."

„Er ist ein großer Junge und kann damit umgehen, oder? Ich nehme mir ein Zimmer in der Stadt und sehe ihn, wann immer er Zeit hat. Wir müssen nicht hier sitzen und uns gegenseitig auf die Nerven gehen. Ich weiß, dass du mich hasst, aus Gründen, die nur Gott allein kennt."

Da versteifte sie sich. Mit leiser Stimme sagte sie: „Ich hasse dich nicht. Ich habe nicht die Energie, jemanden zu hassen." Und einfach so ließ sie ihn wieder stehen.

Carter schnaubte frustriert. Wieder einmal hatte er sich von Hailey in einen Streit ziehen lassen.

Gordon trat hinaus und gesellte sich zu seinem Kumpel auf die Veranda. „Du begreifst es einfach nicht, oder?"

„Was begreife ich nicht?" Das Letzte, was er brauchte, war, dass sein bester Freund auch noch Streit suchte.

„Sie steht total auf dich", antwortete Gordon. „Ich kann nicht fassen, dass du das noch nicht bemerkt hast."

„Auf keinen Fall. Alles, was sie tut, ist, mich anzugiften und mit mir zu streiten."

„Nun, du hast ihr nicht nur einmal, sondern zweimal das Herz gebrochen. Was erwartest du?"

Carter erstarrte. „Wovon redest du?"

„Erinnerst du dich an dieses eine Mal, als sie ein Teenager war?"

„Natürlich tue ich das. Es war das süßeste Angebot, das

mir je jemand gemacht hat, aber wie zum Teufel sollte ich es damals annehmen? Sie war zu jung, und sie war deine Schwester."

„Ablehnung Nummer eins für ein Mädchen an der Schwelle des Erwachsenseins. Ablehnung Nummer zwei? Du hast diese Schlampe geheiratet." Gordon ging zurück in die Küche und goss sich eine Tasse Kaffee ein.

Carter folgte ihm vorsichtig, in der Hoffnung, Hailey nicht zu begegnen, bis sie sich wieder beruhigt hatte.

„Auf gar keinen Fall gehst du in die Stadt, um was zu essen. Gib mir zehn Minuten, und ich habe Speck und Eier auf dem Tisch."

„Ich wollte dir nicht zur Last fallen", sagte Carter.

Gordon warf ihm einen finsteren Blick zu. „Lass stecken. Du bist mir nie und wirst mir nie zur Last fallen. Himmel, wir kennen uns, seit du das erste Mal während der Highschool für den Sommer hierhergekommen bist. Deine Eltern haben damals noch gelebt. Das war der erste von vielen Sommern, und ich wusste immer, dass du dich irgendwo in der Nähe niederlassen würdest. Das war schon immer dein Zuhause, genauso wie jedes Mal, wenn du Urlaub hattest und hierhergekommen bist. Vor zwei Jahren habe ich gehofft, du würdest herkommen und bleiben. Dann hätten wir jetzt nicht diese Stimmung im Haus, die man mit Messern schneiden kann. Ich schätze dich nicht weniger als vorher. Genau genommen schätze ich dich noch viel mehr. Ich glaube, ich wäre nicht so tapfer gewesen oder hätte mich so schnell oder so gut erholt wie du. Verdammt, ich versuche damit klarzukommen, dass Debbie mich verlassen hat, und ich bin immer noch vollkommen am Arsch."

„Ja, das liegt daran, dass du sie immer noch liebst", sagte Carter. „Ich habe aufgehört, meine Frau zu lieben, als mir klar geworden ist, wer und was sie ist. Ich bin nur wütend auf mich selbst, dass ich es nicht früher gesehen habe."

„Lust ist eines dieser Dinge, die Zeit brauchen, um zu verglühen und dann abzukühlen, und bis dahin trifft man dumme Entscheidungen."

„Wem sagst du das?" Carter verzog das Gesicht. „Als ich herausgefunden habe, dass sie mich verlässt, hat eine Krankenschwester mitgehört und kam mit einem Witz zu mir. Sie hat mich gefragt: *Weißt du, warum Männer ihren Penissen immer Namen geben?* Damals dachte ich, sie sei verrückt. Ich habe nein gesagt und wollte die Antwort wissen. Da hat sie gegrinst und gesagt: *So werden die großen Entscheidungen im Leben nicht von einem Fremden getroffen.* Dann ist sie lachend davongegangen, doch ich habe ihre Worte nie vergessen."

Gordon starrte ihn an und prustete dann vor Lachen. „Oh Gott, das ist großartig. Und so verdammt wahr."

„Ja, und es erklärt deinen Mangel an Urteilsvermögen, aber triff keine Lebensentscheidungen deswegen. Du und Debbie, ihr liebt einander. Meine Frau und ich waren uns nie so nah wie du und Debbie."

„Dann hab' ich's vermasselt", sagte Gordon ruhig. „Und ich kann niemandem die Schuld daran geben, außer mir. Dadurch fühle ich mich nicht besser."

„Vielleicht, aber was tust du, um sie zurückzugewinnen?"

„Ich dachte, ich könnte ihr einfach Zeit geben", gab Gordon zu.

„Vielleicht solltest du das nochmal überdenken", sagte Carter. „Ein Dutzend Männer könnten schon hinter ihr her sein. Alle respektieren sie, sie ist schön, fähig und die perfekte Hausfrau, von der jeder träumt. Sie ist eine der am härtesten arbeitenden Frauen, die ich kenne. Und wenn sie nicht jemand wäre, den ich als meine Schwester betrachte, wäre ich selbst hinter ihr her."

Gordon knallte die Bratpfanne hart auf den Herd und sah ihn finster an.

Carter gab nicht nach. „Ich meine es ernst. Sie ist perfekt. Ich weiß auch, dass sie perfekt für dich ist. Und wenn du ein Arschloch sein willst und hier sitzt und ihr Zeit gibst, wirst sie in der Zwischenzeit jemanden finden, der sich so um sie kümmert, wie sie es für angebracht hält."

„Es ist nicht so, dass ich mich nicht um sie gekümmert hätte", protestierte er.

„Nein, aber du hättest die eine Sache ernst nehmen sollen, die sie sich in ihrem Leben wünscht. Sie will Kinder. Das ist keine Frage. Ob ihr euch für eine Adoption entscheidet, falls ihr keine Kinder haben könnt, schon. Vor allem, wenn sie entscheidet, dass dieser Weg nicht das ist, was sie will. Aber du musst zumindest diesen Elefanten angehen, die Vor- und Nachteile besprechen und darüber, was ihr deswegen unternehmen werdet. Du kannst es nicht einfach ignorieren."

„Ich war beschäftigt", murmelte Gordon.

„Nein, du hast das Problem ignoriert." Carter war hart, doch sein Freund musste es wissen. Er sah zu, wie Gordon den Speck in der Pfanne quälte. Also ging Carter zum Kühlschrank, holte die Eier heraus und schlug sie in eine Schüssel.

„Habe ich gesagt, dass ich Rührei will?", fragte Gordon.

„Du isst immer Rührei", sagte Carter. „Du isst immer Steak mit einer Ofenkartoffel. Du isst auch immer Weißbrot."

„Was willst du damit sagen?"

„Ich sage, du bist vorhersehbar. Ich sage, Debbie hat

immer genau gewusst, was du denkst, weil du ein Gewohnheitstier bist."

„Warum ist sie dann so wütend auf mich?"

„Weil es nicht deiner Gewohnheit entspricht, mit einer anderen Frau zu flirten", sagte Carter leise. „Und das bedeutet, dass diese Frau etwas Besonderes ist. Auch wenn du nicht darüber hinaus gegangen bist, ist es nicht so, als hättest du das schonmal getan, oder?"

Gordon schüttelte den Kopf.

„Also, für Debbie hat das alle Alarmglocken schrillen lassen."

Gordon schaufelte den gebratenen Speck auf ein Küchentuch, um etwas von dem Fett abtropfen zu lassen, und goss dann die Eier in die Pfanne. Während er sie umrührte, sah er Carter an und sagte: „Ich verstehe nicht, warum ich mich zu dieser Frau hingezogen gefühlt habe."

„Ich glaube nicht, dass es so sehr darauf ankommt, dass du dich zu ihr hingezogen gefühlt hast, als dass du Probleme mit Debbie hattest. Deine Frau wollte etwas, das du ihr nicht geben konntest. Etwas, von dem du befürchtest, dass du es ihr nie geben kannst."

„Ich denke, ich habe nie wirklich darüber nachgedacht. Ich habe erwartet, dass Kinder ganz natürlich irgendwann passieren würden. Aber das ist nicht passiert."

„Es hat dich nicht gestört?"

„Im Moment, solange ich jung bin? Nein." Er beobachtet die Ranchhelfer vor dem Fenster. „Später, vielleicht in zwanzig oder dreißig Jahren, könnte ich es bereuen, keine Kinder zu haben. Ich weiß nicht, wie das aussehen würde. Außer, dass es einsam wäre."

„Eben. ", sagte Carter.

Wenig später saßen die beiden am Tisch.

Während sie aßen, sah Carter Gordon an und fragte: „Du hast Hailey nichts zu essen angeboten?"

„Nein. Ich dachte mir, dass sie gerade nichts mit dir zu tun haben will."

„Deshalb wollte ich mir ein Zimmer in der Stadt nehmen. Ich muss sowieso in die Stadt fahren, und es scheint einfach bequemer und weniger mühsam, in der Stadt zu essen."

„Vergiss es. Und du musst dich vor diesen Longfellows in Acht nehmen."

„Meinst du, ich sollte bewaffnet hingehen?"

„Oh, nein. Sie sind keine Rednecks oder Weltuntergangs-Prepper oder sowas. Sie sind einfach nur schmierig und nicht die Art von Leuten, mit denen wir rumhängen, aber wenn ich schmierig sage, meine ich im geschäftlichen Sinne. Mischen in der Politik mit. Sie kommen in einem dreiteiligen Anzug, mit einem Lächeln im Gesicht auf dich zu und rammen dir genau dann ein Messer in den Rücken, wenn du nicht hinsiehst."

Carter ging ein Licht auf. „So haben sie den Adoptions-antrag für den K9 durchgebracht."

„Genau. Hoch angesehen von allen, die sie nicht kennen, und diejenigen, die sie kennen, wollen nichts mit ihnen zu tun haben. Aber sie haben Geld, und sie haben Macht, also hat nicht jeder eine Wahl."

„Haben sie was mit Haileys Firma zu tun?"

„Ja, aber sie haben mit fast jeder Firma in der Stadt zu tun, also ist das nichts Besonderes."

Genau in diesem Moment kam Hailey herein und kam zum Tisch, wo sie Carter einen bösen Blick zuwarf. „Warum fragst du das?"

Carters Augenbrauen schossen hoch. Er betrachtete die

Frau, die er immer gemocht hatte, bei der er es aber nie geschafft hatte, an der kratzbürstigen Fassade vorbeizukommen. „Wenn es in der Stadt Ärger gibt, kommt er selten von mehreren Quellen gleichzeitig. Wenn du einen Krisenherd hast und hinter diesem Mord was Politisches steckt, dann musst du dir die wahrscheinlichsten Beteiligten ansehen."

„Ich weiß nicht, ob jemand aus der Familie was damit zu tun hat." Sie starrte in die Ferne und runzelte dann die Stirn. „Es war ein hässlicher Tag." Dann berichtete sie von den jüngsten Ereignissen.

Carter beobachtete ihr Gesicht und sah, dass sie etwas zurückhielt. „Und du denkst, du weißt, wer damit zu tun hat?"

„Vielleicht", sagte sie vorsichtig, „aber sicher bin ich mir nicht. Ich will nicht was sagen und dann falsch liegen."

„An wen denkst du?", fragte Gordon.

„Slim. Ich habe ihn heute Morgen gefeuert."

„Das war lange überfällig."

„Das war es", sagte sie, „aber du weißt, dass es nicht so leicht sein wird." Hailey setzte sich und trommelte mit den Fingern ein Muster auf den Tisch, während sie nachdachte.

Carter beobachtete sie und staunte über den Verstand hinter diesen Augen. Sein Kumpel Gordon war ein einfacher Mann, bodenständig, echt. Er mochte gutes Essen, gute Leute, gute Freunde und interessierte sich überhaupt nicht für geschäftliche Angelegenheiten. Das Geschäftliche war Haileys Stärke. Sie leitete den kaufmännischen Teil der Ranch. Ihr Schritt, sich als Partnerin in eine Vermögensverwaltung einzukaufen, war damals strategisch, wenn auch ein wenig teuer gewesen, doch jetzt schien er sich als noch profitabler zu erweisen.

„Und natürlich bist du einer der Hauptverdächtigen",

erklärte Carter. „Wenn jemand etwas gegen dich hat …"

Sie warf Gordon einen Blick zu.

Er runzelte die Stirn und nickte.

„Was verschweigt ihr mir?", fragte Carter. Als er von keinem von ihnen eine Antwort erhielt, stellte er eine weitere Frage. „Und wer ist Manfred? Ich dachte, ich hätte seinen Namen irgendwo gehört."

„Donnies Junge. Donnie ist Davids Bruder. David Longfellow. David und seine Frau hatten drei Töchter", erklärte Hailey leise. „Fast jeder in der Stadt ist irgendwie mit den Longfellows verwandt."

Gordon zuckte mit den Schultern. „Donnie besitzt Land neben uns. Er hat jahrelang hier gelebt und ist dann in die Stadt gezogen, nachdem er seine Frau verloren hat. Danach ist Manfred eingezogen, und wir haben einige Probleme an den Grundstücksgrenzen."

„Und Wasserrechte, Land, Tiere, alles Mögliche", antwortete Hailey. „Sie besitzen hundert Morgen Land, das an unseres grenzt. Unseres ist zweihundert Morgen groß. Wir haben es immer mit zerstörten Zäunen zu tun. Ihre Tiere vermischen sich mit unseren, und so weiter. Wir hatten lange Ruhe und Frieden hier. Dann scheint es einfach nur Scheiße zu sein – links, rechts und in der Mitte."

„Unternimmt der Sheriff etwas dagegen?"

„Er sagt, er kann nicht viel ausrichten, es sei denn, wir erwischen sie dabei, wie sie Zäune zerstören oder unser Vieh stehlen. Das ist die älteste Art von Streitigkeiten zwischen Viehzüchtern überhaupt", sagte Gordon. „Das ist einer der Gründe, warum ich regelmäßig den Zaun entlang patrouilliere."

„Einer der Gründe, warum ich vorgeschlagen habe, dass wir einen zweiten Zaun ein Stück zurückgesetzt bauen und das strittige Land in Ruhe lassen", sagte Hailey und zeigte dann auf Gordon. „Aber er denkt, dass sie einfach vorrücken und dann anfangen werden, den neuen Zaun zu zerstören."

„Warum auch nicht?" sagte Carter. „Was einmal funktioniert hat, funktioniert auch ein zweites Mal. Das ist Schikane für Anfänger."

„Eben", sagte Gordon. Er legte seine Gabel weg, schob seinen leeren Teller zurück und nahm sich zwei dicke Scheiben getoastetes Brot. „Sei vorsichtig", sagte er zu Hailey. „Du weißt, wie diese Familie ist."

KAPITEL 3

HAILEY NICKTE. „ICH weiß. Ich hatte mir keine Gedanken gemacht, in der Firma zu arbeiten, mit Fred zu arbeiten." Sie wandte sich Carter zu. „Fred war ein so guter Mann, dass ich für einige der Unterströmungen, die hier auf der Ranch und auch in der Stadt um uns herum vor sich gegangen sind, blind war. Es ist mir nicht einmal in den Sinn gekommen, dass dieser Longfellow-Clan Auswirkungen auf mein Leben haben würde."

„Es braucht auch ein starkes Motiv, jemanden zu ermorden, der in einer Stadt wie dieser so beliebt ist, wie du sagst, dass Fred es war", sagte Carter. „Und dann jemand anderem die Schuld in die Schuhe zu schieben. Warum hätte jemand Fred ermorden wollen und nicht Phil?"

„Gute Frage", sagte sie. „Fred war der Gründer der Firma. Er war älter und hatte mehr Geld, mehr Macht und war viel beliebter als Phil."

„Also", fuhr Carter fort, „Freds Tod würde die Rancher und die Stadt noch wütender machen. Und wenn sie diese Wut auf dich richten, würde das dein Leben noch schlimmer machen, oder?"

Sie warf ihm einen erschrockenen Blick zu. „Ich glaube nicht, dass mir gefällt, wie du denkst."

„Nein, vielleicht nicht. Wie ist dein Ruf in der Stadt?"

„Derselbe wie immer", sagte sie glatt. „Ich scheine nur

bei dir Wutprobleme zu haben."

„Vielleicht solltest du dir die Leute um dich herum ansehen und deine Wut auf andere als mich richten, weil jemand zu versuchen scheint, dich zu linken."

„Ich bezweifle, dass irgendjemand in meinem Umfeld was mit Freds Tod zu tun hatte."

„Vielleicht", sagte er, „aber ich mache mir mehr Sorgen wegen Phil."

„Ich auch." In diesem Moment klingelte Haileys Handy. Sie nahm den Anruf an, um zu erfahren, dass der Sheriff auf dem Weg zurück in sein Büro war. Sie sagte, dass sie ihn dort in einer halben Stunde treffen würde. Sie stand auf und steckte ihr Handy weg.

„Wirst du es ihm sagen?", fragte Gordon.

Sie vergrub die Hände in ihren Hosentaschen und nickte. „Ich weiß nicht, was ich sonst tun sollte."

„Das Problem dabei ist", sagte Gordon, „dass Raleigh auch mit den Longfellows verwandt ist, oder?"

„Das hatte ich ganz vergessen." Hailey zuckte zusammen. „Er ist sehr entfernt verwandt."

„Das ist das Problem dieser Stadt", fuhr Gordon fort. „Alle Familien haben ineinander eingeheiratet, dass alle irgendwie miteinander verwandt sind."

„Außer euch beiden, richtig?", fragte Carter Gordon und Hailey. „Ihr zwei seid schon ewig hier, aber, Gordon, du hast keine Longfellow geheiratet. Debbie ist von außerhalb. Und dein Vater hat auch nicht in den Longfellow-Clan eingeheiratet."

„Ich weiß", sagte Hailey. „Ehrlich gesagt, auch wenn ich hier geboren und aufgewachsen bin, fühle ich mich immer noch als Außenseiterin." Hailey verließ die Männer, um sich mit dem Sheriff zu treffen.

Als sie in die Stadt fuhr, dröhnten Carters Worte in ihrem Hinterkopf. Das Problem mit Leuten wie den Longfellows war, dass sie eine heimtückische Art von Gift waren. Sie waren die ursprünglichen Gründer der Stadt und dachten, sie stünden über dem Gesetz und allen anderen, gaben aber immer vor, gute, gesetzestreue Bürger zu sein. Irgendetwas an dem ganzen Verein war einfach schmierig, und sie wusste, dass es ihr schwerfallen würde, nicht zu urteilen. Als sie auf den Parkplatz des Sheriff's Departments einbog, hielt Raleigh neben ihr an. Er lächelte, als sie beide aus ihren Fahrzeugen stiegen und hineingingen. Er winkte sie in sein Büro.

Sie sah sich um, bevor sie sagte: „Niemand kann uns hier drin belauschen?"

Er beugte sich vor. „Niemand kann uns belauschen. Was willst du mir sagen?"

Hailey zögerte und musterte Raleigh. Sie kannte den Mann, seit sie klein war. Sie hatte nie einen Grund gehabt, seine Ehrlichkeit in Frage zu stellen und hatte noch nie irgendwelche negativen Gerüchte über ihn gehört. „Ich mache mir Sorgen wegen etwas, das ich neulich im Kopierer bei der Arbeit gefunden habe."

„Und du hast Angst, wer darin verwickelt sein könnte?"

„Ja", sagte sie. „Und natürlich bist du auch mit ihnen verwandt."

Raleigh runzelte die Stirn und schob die Unterlagen auf seinem Schreibtisch zurecht. „Ich würde hoffen, dass meine Integrität niemals in Frage gestellt wird, besonders, was diese Familie angeht. Drei Generationen von ihnen existieren jetzt. Die jüngere ist immer am Rande des Gesetzesverstoßes. Ich habe mehrere von ihnen festgenommen. Und es gibt derzeit vier eingereichte Klagen und zwei anstehende

Gerichtsverfahren." Er faltete seine Finger und fügte hinzu: „Die ältere Generation hat im Alter das Licht gesehen. Es gibt schon seit Äonen keine Probleme mit ihnen."

Sie lachte. „Muss man Familie nicht einfach lieben?"

Er schnaubte. „Familie, ja. Diese Familie nicht. Also, was wolltest du mir sagen?"

Sie griff in ihre Handtasche und zog zwei der Seiten heraus, die sie vor ein paar Tagen gefunden und danach kopiert und digitalisiert hatte. Sie legte sie auf seinen Schreibtisch.

„Was ist das?"

„Zwei fast identische Seiten aus zwei Hauptbüchern, von denen eine manipuliert aussieht. Eine scheint das Original zu sein, und jemand hat Änderungen an der Zweiten vorgenommen."

Er runzelte die Stirn.

„Beide Seiten enthalten die gleichen grundlegenden Elemente, nur die Beträge wurden verändert. Die Preise auf der einen Seite liegen weit im sechsstelligen Bereich, und der Unterschied zwischen dem Saldo der beiden Seiten beträgt sechzigtausend Dollar. So, wie das für mich aussieht, ist es entweder Steuerhinterziehung oder Unterschlagung."

Raleigh lehnte sich zurück und starrte weiter auf die Seiten. „Oder Geldwäsche."

„Richtig, also definitiv etwas, das du bei der Untersuchung von Freds Mord im Hinterkopf behalten solltest."

Raleigh fragte: „Wann hast du das gefunden?"

„Das ist noch nicht lang her", antwortete sie. „Freitag letzte Woche."

Er sah zu ihr auf, und seine Augenbrauen hoben sich. „Interessanter Zeitpunkt."

„Genau deshalb mache ich mir Sorgen", sagte sie.

„Ich würde mir gern eine Kopie davon machen."

„Diese Kopien sind für dich."

„Wolltest du wegen dieses Fundes zu mir kommen?", fragte er interessiert.

„Ich hatte Fred schon darauf angesprochen und hatte heute Morgen noch einmal mit ihm reden wollen", sagte sie, „aber jemand hat ihn erwischt, bevor ich angekommen bin."

Er seufzte. „Und du denkst, es hat damit zu tun?"

„Ich weiß nicht. Wenn einer der drei Partner der Kanzlei ermordet wird, muss man sich fragen, wie das nicht zusammenhängen kann."

„Du hast recht." Er nickte.

Sie zögerte und fragte dann: „Ich weiß, dass du mir noch nicht viel sagen kannst, aber habt ihr irgendwas gefunden, das auf einen Verdächtigen hindeutet?"

„Nein, und deinen vermissten Partner haben wir auch noch nicht gefunden."

Sie sank auf den Stuhl zurück. „Ist jemand bei ihm zu Hause vorbeigefahren?"

Raleigh nickte. „Der Deputy ist hingefahren und hat geklingelt. Keine Reaktion."

Sie runzelte die Stirn. „Hat er in die Fenster geschaut oder so?"

Er schüttelte den Kopf. „Ich wollte später selbst einen Ausflug dorthin machen." Er sah auf seine Uhr. „Jetzt wäre ein guter Zeitpunkt, denke ich."

„Kann ich mitkommen?"

Er runzelte die Stirn. „Wie wäre es, wenn ich zuerst gehe?"

„Ich war schonmal in ihrem Haus. Ich kenne seine Frau. Ich habe kein Problem damit, durch das Haus zu gehen, um zu sehen, ob was nicht stimmt."

„Ich sollte allein gehen, es zu einer offiziellen Ermittlung machen."

„Das *ist* offiziell", sagte sie. „Einer meiner Partner ist tot, der andere ist verschwunden. Wir müssen ihn finden." Sie sprang auf. „Dann treffe ich dich bei Phil zu Hause."

Sie ließ Raleigh nicht antworten, sondern eilte zum Parkplatz und fuhr los. Sie war mit den Nerven am Ende. Es war nicht so, als hätten sie einen Vorstand, um den sie sich Sorgen machen mussten, doch sie hatten Schlimmeres. Ihre Multimillionen-Dollar-Mandanten selbst. Dieses Drama würde definitiv Konsequenzen haben. Mehr noch, sie hatte Angst, dass es sie auch persönlich treffen würde. Es war schlimm genug, dass sie schon einen engen Freund verloren hatte. Es war noch schlimmer zu glauben, dass jemand das getan haben könnte, um es ihr anzuhängen. Wenn dem so war, könnte schon die Andeutung davon ihren Ruf in der Branche ruinieren.

Phil wohnte nicht weit außerhalb. Als Hailey in seine Einfahrt einbog, sah sie sich nach Anzeichen um, dass sein Auto in der Garage stand. Oder ob er wenigstens gestern Abend nach Hause gekommen wäre. Sie hatten sein Büro überprüft, doch in seinem Kalender hatten sie nicht nachgesehen. Vielleicht hatte er sich nur einen Tag freigenommen und war irgendwohin gefahren. Er war in letzter Zeit ohnehin ein bisschen neben der Spur gewesen. Sie hatte ihn gefragt, ob es ihm gutging, doch er hatte nur mit den Schultern gezuckt und ihr mit einem müden Lächeln erklärt, dass er müde sei. Hailey gab sich große Mühe, positiv zu denken, und dachte sogar daran, dass Phil es wahrscheinlich nicht schätzen würde, wenn jemand in sein Haus einbrechen würde, selbst wenn es nur war, um sich zu vergewissern, dass er okay war. Trotzdem mussten sie wissen, ob er verletzt oder vielleicht sogar tot war. Sie schauderte. So viel zu positivem

Denken.

Sie stieg aus dem Auto und rannte zum Garagentor. Es war nicht verriegelt. Als sie es öffnete, fand sie die Autos von Phil und Betty darin. Haileys Herz pochte. Sie eilte zur Verbindungstür zum Haus, fand sie ebenfalls unverschlossen und rannte hinein, ohne sich darum zu kümmern, dass der Sheriff immer noch ein paar Schritte hinter ihr war. Sie trat in die Küche und lief aufgeregt durchs Erdgeschoss. Sie fand keine Spur von irgendjemandem. Als sie Raleigh an der Haustür hörte, öffnete sie ihm.

„Das Garagentor war nicht verschlossen. Und die Tür ins Haus war auch unverschlossen", erzählte sie. „Ich sehe keine Spuren eines Kampfes – keine Spur von irgendjemandem im ganzen Erdgeschoss. Beide Autos stehen in der Garage."

„Bleib hier."

Haileys Hände zitterten, und sie ging auf und ab, während sie zusah, wie Raleigh die Treppe zu den Schlafzimmern hinaufging. Sie sah, wie er die Gästezimmer neben dem Bad kontrollierte. Dann verschwand er aus ihrem Blickfeld. Sie wartete und fühlte sich dabei wie auf glühenden Kohlen. Sie hörte auf zu atmen und starrte auf die Uhr. Eine Minute. Sie atmete aus. Zwei Minuten. Immer noch kein Raleigh.

Sie ging zur Treppe, weil sie befürchtete, jemand könnte Phil gefangen halten und jetzt auch noch den Sheriff. Sie wusste, dass es dumm war, und sie wusste auch, dass Carter und ihr Bruder sie anschreien würden, wenn sie es wüssten, aber sie musste es tun.

Die Tür des Schlafzimmers war geschlossen, als sie den Raum erreichte, und sie fluchte leise. Sie kam vorsichtig näher und legte ihr Ohr an die Tür. Sie hörte nichts. Doch dann öffnete sich die Tür abrupt und der Sheriff wich überrascht einen Schritt zurück.

„Als du nicht zurückgekommen bist", sagte Hailey, „hatte ich Angst, dass jemand Phil und seine Frau gefangen hält und dich auch als Geisel genommen hat."

„Nein, dem Himmel sei Dank", sagte er, doch seine Stimme war heiser und sein Gesicht angespannt. „Aber wir müssen deinen zweiten Partner nicht mehr suchen. Phil und seine Frau sind da drin … und sie wurden beide erschossen."

Sie starrte ihn an und taumelte gegen das Treppengeländer. „Was?", krächzte sie. „Ist das dein Ernst?"

„Es sieht nach einem Mitnahmeselbstmord aus."

„Aber wieso?", jammerte sie.

„Ich weiß nicht. Ich habe keinen Abschiedsbrief gefunden. Ich muss auf die Ankunft meines Teams warten."

Hailey atmete ein paarmal tief durch, drehte sich dann um und sah ihn an. „Meinst du, dass Phil zuerst Fred erschossen hat und dann nach Hause gefahren ist, um seine Frau und sich selbst zu erschießen?"

„Wenn dem so wäre, hätte er die Waffe nicht am Tatort gelassen, denkst du nicht?"

„Es sei denn, er hat Fred erschossen und sich dann daran erinnert, dass er die Waffe in der falschen Hand gelassen hatte, und ist zu dem Schluss gekommen, dass er wahrscheinlich erwischt werden würde, also hat er erst seine Frau und dann sich selbst erschossen?" Haileys Worte kamen in Eile heraus. Sie wusste ehrlich gesagt nicht, was sie denken sollte. In ihrem Kopf rasten die Gedanken. Es fühlte sich an, als würde alles auseinanderfallen, und sie konnte nicht viel dagegen tun. Sie wünschte sich nur, sie könnte einen Anschein von Normalität haben.

„Und jetzt mutmaßen wir gerade", sagte Raleigh sanft. „Geh nach Hause. Wenn ich hier fertig bin, komme ich so schnell wie möglich raus auf die Ranch."

Sie zwang sich zu nicken. Ihr Kopf fühlte sich schwer und ihr Nacken steif an.

„Was diese beiden Blätter angeht, die du mir gezeigt hast, wer hatte Zugriff auf diese Kundenkonten?", rief der Sheriff ihr nach, als sie die Treppe hinunterging.

Sie sah zu ihm auf und antwortete mit kaum hörbarer Stimme. „Wir alle drei. Alle drei von uns hatten Zugriff. Wir waren Partner."

„Und weißt du was?" Raleighs Stimme war härter, als es ihr lieb war. „Jetzt gehört alles dir."

Als sie das Haus verließ und die Tür hart hinter sich zuzog, brach sie in Tränen aus.

CARTER FUHR DURCH die Stadt und in Richtung Flughafen. Er war klein, aber es war immer was los. Dort sprach er mit einigen der Gepäckabfertiger und erkundigte sich nach dem Schicksal des Hundes. Ein Mann war redselig und bereit, alle Fragen zu beantworten, während ein anderer nur den Kopf schüttelte und Carter sagte, er solle mit der Verwaltung sprechen. Carter verstand das so, dass dieser Mitarbeiter im Falle einer Klage nichts damit zu tun haben wollte. Der erste Mann hatte jedoch deutlich gesagt, dass der Hund angekommen war, doch die Longfellows waren nicht da gewesen, um ihn abzuholen.

„Sind sie überhaupt gekommen, um ihn zu holen?"

„Nicht, bevor ich zum Mittagessen gegangen bin, und ich kann Ihnen auch sagen, dass sie nicht da waren, als ich wieder zur Arbeit gekommen bin. Der Hund sah ziemlich erschöpft aus."

„Es war eine lange Reise für ihn", sagte Carter. „Was passiert, wenn ein Hund nicht abgeholt wird?"

„Ich würde sagen, dass ihn jemand ins Tierheim bringen würde, und dass die dann den Empfänger kontaktieren. In diesem Fall weiß ich nicht genau, was passiert ist. Ich nehme an, dass das Sheriff's Department kontaktiert wurde. Ich bin sicher, jemand hat sie kontaktiert. Die Longfellows haben den Hund nicht bekommen, also wissen die wahrscheinlich nichts über seinen Verbleib."

„Aber sie haben gesagt, der Hund sei nicht angekommen."

„Das habe ich auch gehört", schnaubte der gesprächige Gepäckabfertiger. „Was wahrscheinlich passiert ist, ist, dass sie zu spät aufgekreuzt sind und jemand den Hund schon weggebracht hat. Das haben sie dann als eine einfache Ausrede benutzt, sich nicht weiter darum zu kümmern."

Carter schüttelte den Kopf. „Wissen Sie zufällig, wer als Ansprechpartner für die Abholung auf den Begleitunterlagen stand?"

Der Mann runzelte die Stirn. „Ich glaube – aber nageln Sie mich nicht fest – ich glaube, es war Brenda Longfellow. Viel Glück beim Versuch, Antworten von den Longfellows zu bekommen. Wenn es irgendwas gibt, wofür man Lob einheimsen kann, nehmen sie ihn, auch wenn sie ihn nicht verdienen. Aber wenn es Schuld zuzuweisen gibt? Sie können darauf wetten, dass sie weit und breit nicht zu sehen sind."

Carter blickte dem Mann nach, als er ging. Er hatte eine interessante Meinung über die Longfellows, die die von Gordon widerspiegelte. Nun, was zum Teufel sollte Carter damit anfangen? Es war ein interessantes Rätsel, denn die Longfellows waren angeblich eine angesehene Familie – eine der Gründerfamilien der Stadt – und doch hielten diejenigen, die mit ihnen Geschäfte machten, sie für schmierig, unethisch, und sie schienen sich scharf am Rande der Legalität zu bewegen. Wahrscheinlich auch außerhalb, doch mit hochbezahlten Rechtsanwälten, um ihre Ärsche aus dem Gefängnis zu halten. Anscheinend waren auch mehrere Anwälte in der Familie, was ihnen das Leben leichter machte. Waren sie alle schlecht? Oder war, wie in vielen Familien, ein Teil schlimmer als der Rest?

Carter brauchte Informationen, also rief er Geir an. Vor allem, um sich die Namen der maßgeblichen Spieler bestätigen zu lassen.

„David Longfellow", antwortete Geir.

„Ja, den habe ich auch."

„Und auf dem Formular haben wir auch eine Brenda Longfellow."

„Richtig, sie ist die Ansprechpartnerin für die Adoption des Hundes. Ich frage mich, ob sie und David verheiratet sind."

„In der Regel werden diese Hunde nur an Familien abgegeben", sagte Geir, „oder Paare, um dem Hund Stabilität zu geben."

„Okay, gut. Jetzt wissen wir wenigstens, mit wem wir reden müssen."

„Ich schicke dir den Adoptionsantrag, falls du irgendwas daraus verwenden kannst. Da ist alles drauf, was wir haben."

„Danke", sagte Carter. Dann legte er auf und wartete. Bald bekam er mehrere Fotos des mehrseitigen Formulars. Nachdem er die Informationen gelesen hatte, rief er Brenda an. Er stellte sich vor, als sie den Anruf annahm.

„Oh mein Gott", sagte Brenda. „Das ist so lange her."

„Nur ein paar Monate", sagte er trocken.

„Nun, es scheint lange her zu sein. Wir haben den Hund

nie bekommen. Ich weiß nicht, warum Sie mich ständig anrufen."

„Laut den Flughafenmitarbeitern ist der Hund angekommen."

Am anderen Ende der Leitung machte sich eine seltsame Stille breit. „Ich bin mir nicht sicher, was Sie damit andeuten wollen", sagte sie langsam, „aber wir hätten den Hund am Flughafen nicht sich selbst überlassen. Wir nehmen unsere Verantwortung sehr ernst."

„Der Hund wurde nach seiner Ankunft mehr als eine Stunde lang nicht abgeholt. Wann waren Sie am Flughafen, um ihn abzuholen?"

„Ich bin mir nicht sicher, ob ich Ihnen das sagen kann", sagte Brenda abweisend. „Ich bin nicht selbst hingefahren. Ich habe einen meiner Angestellten geschickt, um ihn abzuholen."

„Wissen Sie, wann er dort war?"

„Er wäre sicherlich dort gewesen, bevor der Hund angekommen ist. Tiere werden schnell ausgeladen. Er hätte ihn in kürzester Zeit gehabt."

„Wann haben Sie gemerkt, dass der Hund nicht da war?"

„Natürlich als der Fahrer zurückgekommen ist", sagte sie gereizt. „Ich weiß nicht, was Sie in dieser Angelegenheit zu tun gedenken. Offensichtlich hat jemand den Hund gestohlen."

„Irgendeine Idee, wer sowas tun wollen könnte?"

„Keine Ahnung. Mehr kann ich Ihnen nicht sagen. Ich spreche nur aus Höflichkeit mit Ihnen, also würde ich die gleiche Höflichkeit Ihrerseits zu schätzen wissen."

Er runzelte die Stirn, denn soweit er sagen konnte, war er ausgesprochen höflich. „Natürlich. Es ist nur so, dass die

War Dogs Division der US Navy unbedingt herausfinden möchte, was mit dem Hund passiert ist."

„Ich kann nicht fassen, dass sie jemanden persönlich hierher geschickt haben!"

„Könnte ich mit ihrem Angestellten sprechen, der den Hund abholen sollte?"

Es folgte dieselbe Stille, nur lag diesmal ein wenig Sorge darin. „Ich werde ihn bitten, Sie zu kontaktieren. Mehr kann ich nicht tun." Dann legte sie auf.

Carter starrte auf sein Handy und schüttelte den Kopf. Dann ging er in ein nahes Café, bestellte einen Kaffee, öffnete seinen Laptop und nutzte das kostenlose WLAN, um Recherchen über die Longfellow-Familie anzustellen.

Als ihm die junge Kellnerin seinen Kaffee brachte, lächelte sie. „Suchen Sie Brenda und David?"

„Ich habe gerade mit Brenda telefoniert", sagte er und schob den Laptop vorsichtig ein Stück zur Seite, damit sie den Bildschirm nicht sehen konnte.

„Ah, nun, es würde sowieso nicht lange dauern, sie zu finden. Sie sind hier an allem beteiligt."

„Sie kennen sie gut?"

„Nicht gut", sagte sie, „aber ich kenne sie. Alle kennen sie es."

„Verstehe."

„Mein Bruder kennt die Familie auch", sagte sie abrupt, und etwas Seltsames lag in ihrem Ton.

„Das hört sich nicht gut an."

„Mein Bruder hatte Ärger mit einem von ihnen. Und dann wurde er von der Schule suspendiert."

„Autsch."

Sie nickte. „Ja, autsch. Wir versuchen, ihn wieder reinzubringen, damit er seine Ausbildung abschließen kann."

„Was ist passiert?"

„Sie haben gesagt, er hätte ein Kind geschlagen. Eins aus ihrer Familie."

„Einen der Longfellows?"

Sie nickte. „Burgess Longfellow geht auf dieselbe Schule."

„Hat Ihr Bruder ihn geschlagen?"

Sie sah ihm direkt ins Gesicht und nickte. „Ja, und er hatte einen verdammt guten Grund."

„Tut mir leid", sagte Carter. „Es scheint ein bisschen zu oft zu passieren, dass Menschen mit Einfluss die Überhand haben, ob sie im Recht sind oder nicht."

Sie schien die Schultern ein wenig hängenzulassen. Sie sah sich im leeren Café um. „Sie müssen aufpassen, mit wem Sie in dieser Stadt reden. Siebzig Prozent der Bevölkerung sind auf Seiten der Longfellows, dreißig Prozent dagegen."

„Warum sind so viele auf Seiten der Longfellows?"

„Weil sie in der Politik aktiv sind. Sie sind hier groß im Geschäft. Ihnen gehört der ganze Ort und die meisten unserer Jobs. Jeder will mit ihnen Geschäfte machen und hofft auf ein bisschen Hilfe, wenn man Genehmigungen oder sowas in der Art braucht."

„Nehmen sie Bestechungsgelder an?"

„Und ob sie das tun", sagte sie, doch dann ruderte sie zurück. „Wenn ich ehrlich bin, weiß ich nicht, ob sie es tun oder nicht. Es scheint mir nur, dass sie die Art von Menschen sind, die es tun würden. Definitiv von der schmierigen Sorte. Überhaupt nicht die Leute, mit denen ich gern rumhänge."

„Klingt, als wären Sie und Ihr Bruder vernünftige Leute mit gesundem Menschenverstand. Er muss nur in die Schule zurück, um sie abzuschließen, und sich von diesem Burgess fernhalten."

„Ja, das will er, aber es ist leichter gesagt als getan. Die Longfellows versuchen, dafür zu sorgen, dass mein Bruder nicht wieder zurückkann."

Carter hob die Augenbrauen. „Ich mag nicht, wie sich das anhört."

Sie schenkte ihm ein schiefes Lächeln. „Es gefällt keinem von uns. Aber wenn die Longfellows darauf bestehen, hat mein Bruder so gut wie keine Chance, wieder zugelassen zu werden."

Als die Glöckchen über dem Eingang bimmelten, drehte sie sich um und kehrte zur Theke zurück. Carter blickte sich um und sah eine Gruppe von Männern in das Café kommen. Als er die Interaktion zwischen ihr und ihnen beobachtete, erkannte er, dass sie der Grund dafür waren, dass sie sich zurückgezogen hatte. Und nicht nur, um ihre Bestellung aufzunehmen. Sie waren entweder wichtig oder hatten Beziehungen.

Er wandte sich wieder seinen Nachforschungen über die Longfellows zu. Carter fand viele verdrehte Rechtsstreitigkeiten und einige Klagen gegen die Longfellows, hauptsächlich, weil sie Auftragnehmer nicht vollständig bezahlt hatten. Anscheinend hatten die Longfellows in der Vergangenheit gerne große Immobiliengeschäfte getätigt und dann die Baufirmen nicht bezahlt. Carter hatte ein ernstes Problem damit. Das war einfach beschissene Geschäftspraxis. Doch es gab keine Informationen zu neueren Immobiliengeschäften.

Als er jedoch nach dem Familien-Stammbaum suchte, brachte das eine interessante Reihe von Beziehungen zutage. Diverse Ehen, so gut wie keine Scheidungen, viele Enkel, und die Großeltern lebten noch. Der Stammbaum, den er fand, war vier Jahre alt, also hatte es wahrscheinlich ein paar

Änderungen gegeben. Es erwies sich als faszinierende, aber leider wenig hilfreiche Lektüre.

Carter speicherte mehrere andere Seiten und studierte dann erneut den Adoptionsantrag auf seinem Handy. Anscheinend waren die Longfellows *echte Patrioten* und hatten viel Erfahrung in der Hundezucht – jedenfalls auf dem Papier. Darüber hätte er fast gelacht. Seit wann war es nötig, ein *Patriot* zu sein, um einen Kriegshund im Ruhestand zu adoptieren?

Er dachte an all die anderen Kriegshunde, die in den Ruhestand gegangen waren, und fragte sich, wie viele der Adoptionen schiefgegangen waren. Wie viele Hunde waren in den Händen solch angeblicher Patrioten gelandet? Er schüttelte den Kopf. Natürlich wusste er nicht, wie viele Kriegshunde im Ruhestand erfolgreich platziert worden waren, und deren Wohlergehen bei einem Kontrollbesuch bestätigt worden war. Er wusste, dass er nur den weniger schönen Teil des Gesamtbildes kannte.

Als die Kellnerin zurückkam, füllte sie mit einem kurzen Lächeln seinen Kaffee nach und verschwand, bevor er etwas sagen konnte. Wahrscheinlich absichtlich. Er zuckte mit den Schultern. Als er gerade seinen Laptop schließen wollte, klingelte sein Handy. Es war Brenda.

„Ja, hallo. Mein Fahrer ist gerade in der Stadt. Sie können ihn in zehn Minuten vor dem Eisenwarenladen treffen, wenn das für Sie in Ordnung ist."

Da das wahrscheinlich die einzige Gelegenheit war, die er bekommen würde, sagte er zu. „Ich bin gerade im Café. Ich fahre hin, sobald ich herausgefunden habe, wo der ist."

„Am Ende der Main Street", sagte sie, bevor sie auflegte.

Er bezahlte seinen Kaffee, dankte dem Mädchen, sah die drei Männer an, die die Köpfe zusammengesteckt hatten, und ging zu dem Truck, den er sich von der Ranch geliehen hatte. Er wünschte sich, er hätte ein Foto der Männer machen können, doch er musste diskret sein. Außerdem war er in Eile.

Auf dem Weg zum Parkplatz vor dem Café bemerkte er einen Lexus und einen voll beladenen Truck. Er machte Fotos von den Nummernschildern, die er an Geir schickte. Zweifellos gehörten sie den Longfellows.

Als er in Gordons Truck stieg und zur Main Street fuhr, erinnerte sich Carter vage daran, wo der Laden war.

Als er ihn erreichte, stieg er aus und wartete. Er wusste nicht einmal, wie der Mann aussah, den er treffen sollte. Doch es war auch niemand hier. Er runzelte die Stirn und fragte sich, ob er versetzt worden war, als ein alter Truck auf den Parkplatz fuhr. Der Mann stieg aus und ging auf den Laden zu.

Carter hielt ihn auf. „Arbeiten Sie für Brenda?"

Der Mann nickte und nahm seinen zerbeulten Hut vom Kopf. „Kenne ich Sie?"

„Wahrscheinlich nicht, aber ich bin in den letzten fünfzehn Jahren viel rumgekommen. Ich bin im Auftrag des War Dogs Department hier."

Ein nervöser Ausdruck huschte über das Gesicht des Mannes. Er schob die Hände in seine Hosentaschen. „Und?"

„Brenda sagt, Sie waren derjenige, der Matzuka, den Kriegshund, abholen sollte. Ist das korrekt?"

„Das ist korrekt."

„Haben Sie den Hund gesehen?"

„Nein, ich habe Brenda gesagt, dass er nicht da war, als ich am Flughafen angekommen bin."

„Ich weiß, dass Sie Brenda das gesagt haben", sagte er in sanftem Ton. „Aber, wie ich schon sagte, ich bin vom War

Dogs Department der US Navy. Und ich bin auf der Suche nach der Wahrheit."

Der Mann wich nervös einen halben Schritt zurück.

„Ich muss Brenda diese Wahrheit nicht unbedingt sagen", sagte Carter.

Der Mann schnaubte und spuckte auf den Boden. „Egal, was jemand sagt, sie erfahren alles. Ich bin zum Flughafen gefahren, um den Hund abzuholen. Der Hund war nicht da. Ich habe es Brenda gesagt. Dann bin ich nach Hause gegangen. Das ist alles."

„Sind sie vor der geplanten Ankunft dort gewesen?"

„Ich war vor der Ankunftszeit dort. Ich habe eine Stunde gewartet, bevor ich gegangen bin."

„Gibt es hier zwei Flughäfen? Laut dem Gepäckabfertiger an dem Flughafen, auf dem ich war, hat der Hund eine volle Stunde nach der Landung darauf gewartet, dass er abgeholt wird."

„Es gibt nur einen Flughafen, und der Mann hat gelogen. Aber was gibt es sonst Neues?"

„Soll heißen, dass alle hier lügen?"

„Entweder sie lügen für die eine oder andere Seite", sagte der Mann mit verbitterter Miene. „Und jetzt entschuldigen Sie mich bitte. Ich muss in den Eisenwarenladen. Ich könnte meinen Job verlieren, wenn ich mich verspäte."

Er sah zu, wie der alte Mann den Laden betrat. Einer der Zeugen hatte rundheraus gelogen, aber welcher? Wer hatte mehr Motivation zu lügen, der Fahrer oder der Gepäckabfertiger? Carter lehnte sich an den Truck und rief Geir an.

„Interessantes Szenario", sagte Geir, nachdem Carter ihm die Geschichte erzählt hatte.

„Ja."

„Und was glaubst du, wer lügt?"

„Ich denke, der Fahrer, aber ich bin mir nicht sicher, warum. Ich weiß nicht, ob er den Hund abgeholt hat, aber niemand wissen soll, dass die Longfellows ihn haben, oder ob er den Hund nicht abgeholt hat und ihm egal ist, was mit Matzuka passiert sein könnte."

„Sehr seltsam. Hast du irgendwelche Namen für mich?"

Carter nannte ihm den Namen des Gepäckabfertigers. „Der zweite Mann am Flughafen hat gesagt, ich soll mich an die Verwaltung wenden. Er wollte nicht mit mir reden. Oh, aber ich hatte ein interessantes Gespräch mit einem Mädchen, das in einem Café hier arbeitet."

„Erzähl."

Er erklärte, was das Mädchen darüber gesagt hatte, dass ihr Bruder wegen Burgess Longfellow von der Schule geworfen worden war.

„Wow, okay", sagte Geir. „Wir haben es also mit einer Kleinstadtfamilie zu tun, die größenwahnsinnig geworden ist und jetzt das Sagen hat. Und irgendwie haben wir zugelassen, dass diese Familie einen Kriegshund bekommt."

„Laut dem Antragsformular haben die Longfellows erklärt, dass sie Züchter sind und Trainer auf ihrem Anwesen haben. Ich glaube nicht, dass diese Leute sich mit Hunden die Hände schmutzig machen würden, aber wissen kann ich es nicht. Ich nehme an, Matzuka wurde kastriert, da er ein Kriegshund war, oder?"

„Ja. Das ist Standard."

„Also war er nicht für die Zucht geeignet", sagte Carter.

„Nein. Es sei denn, sie benutzen seine Gene. Aber ich weiß nicht, warum sie das wollen würden. Das ist sehr teuer. Außerdem ist es viel leichter, an andere Hunde ranzukommen."

„Ich denke, Brenda hatte recht, als sie sagte, dass sie den

Hund nicht bekommen hat. Ich bin mir nicht sicher, warum sie ihn überhaupt wollte. Es sei denn, es ging ihr ums Prestige."

„Wenn ihr Prestige so wichtig war, warum hat sie den Hund dann nicht als vermisst gemeldet? Warum hat sie nicht nach ihm suchen lassen? Es sei denn, sie hat erkannt, dass sie einen Fehler gemacht hat, und war dankbar für einen Ausweg."

„Vielleicht. Oder sie wusste nicht, dass die Regierung den Hund im Auge behalten würde. Das könnte dazu geführt haben, dass sie sich abrupt von dem Deal zurückgezogen hat", sagte Carter. „Ich bin mir nicht sicher, ob die Longfellows das rational angehen."

„Aber hat der Fahrer die Wahrheit gesagt, als er behauptet hat, den Hund nicht abgeholt zu haben?", fragte Geir. „Das müssen wir herausfinden."

„Das ist ein guter Punkt", sagte Carter. „Ich nehme an, wenn der Gepäckabfertiger die Wahrheit gesagt hat, dass der Hund eine volle Stunde da gewesen ist, dann war der Fahrer woanders und musste seine Spuren verwischen, um keinen Ärger mit Brenda zu bekommen. Wenn dem so ist, müssen wir herausfinden, was er wirklich getan hat, wo er war und was mit dem Hund passiert ist."

„Ich rufe das Sheriff's Department an", antwortete Geir. „Sie sollen wissen, dass wir Leute haben, die sich damit befassen. Obwohl das über uns läuft, ist es immer noch so offiziell, wie ich es machen kann."

Carter blickte gerade rechtzeitig auf, um zu sehen, wie der Fahrer aus dem Laden kam. Der Mann hatte eine Tüte in der Hand und warf sie auf den Vordersitz seines Trucks, bevor er einstieg. Noch ehe er jedoch den Motor anlassen konnte, stand Carter direkt neben ihm. „Sie haben mir nicht die Wahrheit gesagt. Ich glaube nicht, dass Sie zur erwarteten Zeit am Flughafen waren. Ich werde die Feeds der Sicherheitskameras überprüfen, aber vielleicht wollen Sie mir ja eine bessere Erklärung geben. Und ich verspreche, Brenda wird nichts davon erfahren."

Der alte Mann sah ihn finster an. „Ich brauche diesen Job."

„Haben Sie mich gehört? Brenda wird nichts erfahren."

„Brenda erfährt alles."

„Mussten Sie zum Arzt oder ist irgendwas anderes passiert? Ist Ihr Truck kaputtgegangen? Was war es?" Carter feuerte eine Frage nach der anderen ab, in der Hoffnung, den älteren Mann zu einer Antwort zu bewegen.

„Meine Enkelin war in Schwierigkeiten", sagte er. „Ich musste ihr helfen. Als ich am Flughafen angekommen bin, war der Hund nicht da."

„Aber die offizielle Geschichte, die Sie Brenda erzählt haben, ist, dass Sie pünktlich dort angekommen sind, eine Stunde gewartet und sie dann angerufen haben, um zu sagen, dass Sie keine Spur von dem Hund gesehen haben, richtig?"

Er nickte. „Aber wenn Brenda mich jemals danach fragt, werde ich ihr sagen, dass Sie lügen."

„Schon gut. Aber ich muss immer noch herausfinden, wo der Hund ist. Haben Sie was gehört oder jemanden gesehen, der ihn hat?"

Er schüttelte den Kopf. „Nein, aber ich weiß, dass es hier eine Menge Tierrechtler gibt. Wenn jemand der Meinung war, dass der Hund zu lange im Käfig war, hat er oder sie vielleicht einfach die Käfigtür aufgemacht und ihn rausgelassen."

Daraufhin richtete sich Carter auf und starrte ihn entsetzt an. „Und dann was?"

„Dann ist der Hund weg." Der Mann zuckte mit den Schultern. „Wer weiß, wo oder wie er lebt?"

„Würde jemand von sich aus einen streunenden Hund melden?"

„Nein, die Leute hier würden ihm eher eine Kugel in den Kopf jagen, weil sie denken, dass er ihr Vieh reißen könnte."

„Aber er wäre am Flughafen rausgelassen worden, daher ist es schwer zu sagen, wo er jetzt sein könnte."

„Er könnte auch in jemandes Fahrzeug gesprungen oder von jemandem mitgenommen worden sein. Keine Ahnung. Ich weiß nur, dass ich, als ich dort war, keine Spur von dem Hund gesehen habe."

„Und Sie sind ganz sicher, dass sie mich jetzt nicht wieder anlügen?"

„Ich sage die Wahrheit."

„Was ist mit Ihrer Enkelin? Geht's ihr gut?"

Überraschung leuchtete in den Augen des alten Mannes auf. „Sie wird schon wieder. Aber es wird ihr viel besser gehen, wenn sie aus dieser Stadt weg ist. Sie hat sich in ein Longfellow-Schlamassel verheddert."

„Jemand Bestimmtes?"

„Burgess. Der Junge ist ein Stück Scheiße. Nimmt, was er will, und schert sich nicht darum, wenn jemand nein sagt."

Daraufhin spürte Carter, wie eine Welle alter Wut aufstieg. „Hat er ihr wehgetan?"

„Sie hat es geschafft, von ihm wegzukommen, aber die Sache hat sie ziemlich mitgenommen, und sie wird das nächste Trimester verpassen."

„Das ist das zweite Kind, von dem ich gehört habe, dass es wegen Burgess die Schule verlassen hat. Hat es vielleicht

Sinn, deswegen mit dem Sheriff zu sprechen?"

„Es ist ihr Wort gegen seines. Jeder in dieser verdammten Stadt wird sich auf die Seite der Longfellows schlagen."

„Aber nicht unbedingt auf Burgess' Seite. Sobald er eine gewisse Grenze überschritten hat, könnte er auch im Gefängnis landen."

„Und die Longfellows würden ihn einfach wieder rauskaufen. Ich weiß nicht, ob der Sheriff was taugt, aber ich weiß, dass die Longfellows die meisten Gesetzesvertreter in der Tasche haben. Man kann keinem von ihnen vertrauen."

Daraufhin ließ der Mann den Motor an und fuhr davon. Carter merkte sich das Nummernschild, ging zurück zu Gordons Truck und dachte an Hailey und die Situation, mit der sie zu tun hatte. Und den Sheriff. Was, wenn der Sheriff auch auf der Gehaltsliste dieser Leute stand? Was würde mit der Untersuchung von Freds angeblichem Selbstmord passieren? Da er nicht wusste, womit er rechnen musste, holte er sein Handy aus der Tasche und rief Hailey an. Als sie sich meldete, konnte er die Tränen in ihrer Stimme hören. „Was ist passiert? Bist du okay? Bist du verletzt?"

Sie schniefte, dann räusperte sie sich. „Mir geht's gut, aber mein anderer Partner, Phil, ist tot. Seine Frau auch."

Alles in Carter verkrampfte sich. Mit heiserer Stimme fragte er: „Wo bist du jetzt?"

„Ich bin immer noch bei ihnen zu Hause. Der Sheriff ist mit seinen Leuten hier." Dann fügte sie flüsternd hinzu: „Ich weiß nicht, was ich tun soll."

„Bleib, wo du bist. Ich komme."

„Mach dir keine Sorgen. Ich fahre gleich nach Hause."

„Ich muss mit dem Sheriff sprechen. Ein paar Einheimische sind sich nicht sicher, ob er sauber ist. Anscheinend haben die Longfellows viele der Deputies in der Stadt auf ihrer Seite."

„Oh ja, das weiß ich", sagte sie. „Wenn sie nicht zur Familie gehören, dann haben sie sie wahrscheinlich gekauft. Ich glaube aber nicht, dass der Sheriff von diesem Schlag ist. Darüber habe ich schon mit ihm gesprochen."

„Vielleicht. Aber weißt du, ob es eine Beziehung zwischen deinem Slim-Typ und Burgess gibt?"

„Sie sind Brüder. Zwölf Jahre Altersunterschied. Sie sind Davids Enkel, also offensichtlich auch Longfellows."

„Wie alt ist Burgess?"

„Siebzehn, aber er benimmt sich wie ein Kind. Wenn es jemals einen Schulhoftyrannen gegeben hat, dann ist er das."

„Und Slim ist fast dreißig?"

„Ja, er ist dreißig", sagte sie müde. „Warum?"

„Burgess hat ein Mädchen angegriffen – die Enkelin eines Fahrers, der für Brenda arbeitet und den Hund abholen sollte. Nach Angaben des Gepäckabfertigers war der Hund über eine Stunde am Flughafen, und niemand ist gekommen, um ihn zu holen. Aber der Fahrer hat Brenda erzählt, dass er dort war, bevor der Hund gelandet ist, und obwohl er eine volle Stunde gewartet habe, habe er den Hund nie zu Gesicht bekommen. Und das liegt daran, dass er versucht hat, seiner Enkelin zu helfen, die Burgess' Angriff gerade so entkommen ist."

„Bastard", schnaubte sie aufgebracht. „Jemand sollte diesem kleinen Stück Dreck in den Arsch treten."

„Ich habe auch mit einer Kellnerin im Café hier gesprochen …"

„Sonia."

„Okay. Ja, ihr Bruder wurde wegen Burgess von der Schule suspendiert. Anscheinend hat ihr Bruder Burgess geschlagen."

„Gut für ihn."

„Vielleicht, aber es hört sich so an, als könnten diese Kids nicht wieder in die Schule zurück."

KAPITEL 4

„DAS IST EINFACH falsch!", rief Hailey. „Ich kann nicht fassen, dass die Longfellows diese Stadt regieren dürfen."

„Ich weiß, dass es schon ein paar Jahre her ist, seit ich hier war, aber ich kann mich nicht erinnern, irgendetwas darüber gehört zu haben."

„Wir hatten mit der Familie nichts zu tun, bis Manfred das Grundstück neben uns übernommen hat."

„Weißt du, wo Debbie ist?"

Sie schnaubte. „Warum? Willst du bei ihr für meinen Bruder plädieren?"

„Nein, ich würde ihr gerne sagen, dass sie nach Hause kommen und Gordon in den Arsch treten soll", sagte er. „Darüber habe ich heute Morgen und gestern Abend schon mit ihm gesprochen."

Sie lachte, aber es war kein Lachen der fröhlichen Art. „Ich glaube nicht, dass es was bringen würde. Er ist zu festgefahren."

„Aber ich mag Debbie. Ich würde ihr gern Hallo sagen."

„Sie arbeitet bei der Versicherung. Fahr einfach vorbei und sag hallo. Pass aber auf. Der Laden gehört auch den Longfellows."

Nachdem sie aufgelegt hatte, stand Hailey auf und klopfte ihre Hose ab, nahm dann ein Kleenex und putzte sich die Nase. Sie wischte sich auch die Augen, winkte dem Sheriff zum Abschied, verließ Phils Haus und stieg in ihren Truck. Vielleicht würde sie jetzt fahren können. Doch sie war immer noch ziemlich mitgenommen, als sie aus der Einfahrt fuhr. Sie musste Platz machen, damit der Gerichtsmediziner parken konnte. Da sie nicht durch die Stadt fahren wollte, fuhr sie direkt nach Hause.

Kaum war sie ausgestiegen, kam ihr Bruder aus dem Haus. Er aß frisches, mit Erdnussbutter bestrichenes Brot. „Ist das Mittag- oder Abendessen für dich?", fragte sie ihn.

Er zuckte mit den Schultern. „Ich war mir nicht sicher, ob irgendjemand kommt oder nicht. Ich hatte Hunger."

„Phil ist auch tot", sagte sie abrupt.

Gordon starrte sie an und ließ langsam seine Hand mit dem Brot sinken. „Wie?"

„Es soll so aussehen, als wäre er nach Hause gekommen und hätte seine Frau und dann sich selbst erschossen. Vielleicht ist es so passiert. Ich weiß nicht."

„Also ist Betty auch tot?"

Hailey nickte. „Und damit bin ich der einzige verbleibende Partner."

„Was dich zur Hauptverdächtigen macht."

„Ja. Aber mir kam noch ein anderer Gedanke. Vielleicht bin ich die Nächste."

„Himmel!" Gordon packte sie am Arm und zog sie ins Haus. „Bist du in Gefahr?"

Sie zuckte mit den Schultern. „Woher zum Teufel soll ich das wissen? Denk' nur darüber nach. Zwei Partner sind tot. Meine Theorie war, dass Phil zur Arbeit gefahren ist, Fred erschossen hat und es wie einen Selbstmord hat aussehen lassen. Doch als er nach Hause gekommen ist, hat er bemerkt, dass er den Fehler gemacht hatte, dem Toten die

Waffe in die falsche Hand zu legen, und deshalb würden die Leute wissen, dass es Mord war. Er würde erwischt werden, also hat er vielleicht zuerst Betty und dann sich selbst erschossen. Ich weiß nicht. So schrecklich es wäre, wenn es wahr ist, ich ziehe diese fast allen anderen Möglichkeiten vor."

„Welchen anderen Möglichkeiten?" Gordons Stimme war hart.

„Dass jemand alle drei erschossen hat."

„Auf was hast du dich da eingelassen, Schwesterherz?"

„Ich weiß nicht", sagte sie, ging ins Wohnzimmer und warf sich auf die Couch. „Es ist einfach zu unglaublich, um überhaupt darüber nachzudenken."

„Du weißt, dass der Sheriff sich darum kümmern wird."

„Du meinst, dass sich alle auf mich stürzen werden? Oh ja, das weiß ich."

„Und der andere Gedanke, den du angesprochen hast? Das wäre einfach schrecklich. Aber wie wahrscheinlich ist es, dass genau das passiert ist?"

Sie lachte. „Frag den Mörder. Ich weiß nicht. Vielleicht ist er jetzt fertig. Vielleicht hat Phil die anderen getötet. Vielleicht hatten er und Fred einen großen Streit. Ich weiß es nicht. Ich weiß nur, dass meine beiden Partner tot sind und ich eine Firma führen muss, die jetzt offenbar mir allein gehört."

„Und wenn dir was passiert, was passiert dann mit dem Unternehmen?"

„Ich weiß nicht. Dazu muss ich mir die Verträge ansehen. Ich bin mir nicht sicher, ob wir jemals einen Notfallplan festgelegt haben, falls wir alle drei auf einmal sterben. Das ist nichts, was unter normalen Umständen passieren würde."

„Nein, aber du musst es dir jetzt ansehen", sagte er. „Heute. Und du musst deinen Anwalt kontaktieren und es regeln, denn wenn jemand hofft, dass du auch stirbst, oder wenn jemand anderes beschlossen hat, einzugreifen und dafür zu sorgen, euch alle auszuschalten, geht die Kanzlei dann an die Angestellten? Wird sie verkauft und der Erlös unter den verbleibenden Familienmitgliedern der drei Partner aufgeteilt? Was passiert in einem solchen Fall?"

„Sobald ich die Energie aufbringen kann, mich auch nur wieder aufzurichten, schnappe ich mir meinen Laptop und werde das Ruder herumreißen."

„Einen Moment." Gordon holte Haileys Laptop aus ihrer Tasche und reichte ihn ihr. Dann ging er zurück und holte ihre Maus. „Hier. Fang an zu suchen, denn wir müssen das jetzt wissen."

„Ich weiß. Ich habe nur versucht, weitere hässliche Diskussionen für ein paar Minuten zu vermeiden."

„Kommt der Sheriff hierher?"

„Davon gehe ich aus, aber ehrlich gesagt hat er die Hände ziemlich voll."

„Mein Gott, arme Betty. Sie hatte nichts damit zu tun."

„Ich weiß. Und das Gleiche gilt für dich."

Gordon sah erschrocken aus. „Glaubst du, ich bin auch in Gefahr?"

„Keine Ahnung."

Hailey öffnete ihren Laptop und rief die Verträge der Kanzlei auf. Alles war in der Cloud gespeichert, von wo sie sie ziemlich schnell abrufen konnte. Als sie sie durchlas, wurde ihr klar, dass es keine Regelungen für den Fall gab, dass alle drei starben. Sie nahm ihr Handy und rief ihren Anwalt an. Natürlich war er beschäftigt. Sie sprach mit Louise, seiner Angestellten, und bat um dringenden Rückruf.

Louise seufzte. „Ich schätze, es geht um Fred, nicht wahr?"

„Sagen Sie ihm einfach, er soll mich anrufen", sagte Hailey, legte dann auf und wandte sich ihrem Bruder zu. „Noch weiß niemand was über Phil, doch das wird nicht lange so bleiben."

„Ich weiß", sagte er. „Darum brauchen wir den Anwalt."

Sie lachte erstickt. „Aber natürlich ist er beschäftigt."

„Wie immer. Bleib einfach dran."

Als sie darüber nachdachte, wurde ihr klar, dass der Anwalt, was auch immer er tat, liegen lassen und sie sofort kontaktieren musste. Sie nahm das Handy und wählte erneut.

Louise meldete sich, indem sie sagte: „Ich weiß nicht, wo er ist."

„Aber ich muss sofort mit ihm reden", beharrte Hailey.

Die Sekretärin seufzte. „Er ist in einer Besprechung."

„Das bezweifle ich. Wahrscheinlich sitzt er mit den Füßen auf dem Schreibtisch in seinem Büro."

„Nicht, dass es Sie was anginge", fauchte Louise. „Hören Sie. Ich muss befolgen, was er mir sagt, wenn ich meinen Job behalten will."

„Ich wäre Ihnen dankbar, wenn Sie ihn finden würden."

„Moment."

Louise legte den Anruf in die Warteschleife, und Hailey wusste nicht, ob sie wirklich nach dem Anwalt sehen würde oder nicht, doch ein paar Minuten später ertönte Charlies Stimme.

„Was ist los und warum die Panik?"

„Du hast von Fred gehört, oder?"

Er senkte die Stimme, als er antwortete: „Ja, das habe ich. Das tut mir so leid."

„Bist du allein in deinem Büro?"

„Ja. Louise ist gerade rausgegangen."

„Hat sie die Tür geschlossen?"

Sie konnte fast sehen, wie er sich in seinem Stuhl aufrichtete. „Ja. Was ist los?"

„Phil ist auch tot."

Geschockte Stille dehnte sich aus. „Was?"

„Er wurde entweder ermordet, oder es war Selbstmord. So oder so, er ist tot."

„Guter Gott."

„Ich sehe mir gerade unseren Partnerschaftsvertrag an. Wenn Phil auch ermordet wurde, wurden zwei Partner ermordet. Ich weiß nicht, ob ich die Nächste bin, aber wir haben keine Regelung für das Unternehmen, falls alle drei Partner sterben."

„Bist du sicher?"

Hailey stellte sich vor, dass er jetzt seine eigenen Dateien öffnete.

„Fürchtest du um dein Leben?", fragte Charlie.

„Wir sind uns nicht sicher, was vor sich geht, aber es spielt keine Rolle, ob ich ermordet werde oder mich ans Steuer setze und bei einem echten Unfall sterbe. Entscheidend ist der Notfallplan. Es gibt keinen."

„Was willst du tun?"

Sie stieß ein raues Lachen aus. „Keine Ahnung. Hast du einen Vorschlag?"

„Na ja, im Moment gehört die Kanzlei zu 100 Prozent dir, basierend auf dem Vertrag, den wir letztes Jahr abgeschlossen haben. Und natürlich hätten wir nie gedacht, dass das passieren würde."

„Ich weiß", sagte sie. „Phil und Betty hatten eine Pflegetochter, Angela. Sie waren nicht mehr ganz jung, als sie sie angenommen haben, hatten dann einige größere Probleme mit ihr, als sie volljährig wurde, und sind schließlich getrennte Wege gegangen, als sie anfing, mit Walton Longfellow, einem der Deputies in der Stadt, auszugehen. Das war eine Beziehung, die sie nicht gutgeheißen haben. Ich glaube nicht, dass sie in letzter Zeit viel mit ihr zu tun hatten, obwohl sie sich von Longfellow getrennt hat. Nicht, dass das jetzt von Bedeutung wäre, da sowohl Phil als auch seine Frau tot sind."

„Betty auch?" Die Stimme des Anwalts überschlug sich.

„Ja", sagte sie. „Und Freds Frau ist schon lange tot."

„Das macht dich zu einer sehr wohlhabenden Frau", sagte Charlie.

„Wäre nett, wenn ich es erleben dürfte. Ich wollte allerdings nicht durch den Tod meiner Freunde eine wohlhabende Frau werden."

„Nein, natürlich nicht", sagte er mit gedämpfter Stimme. „Okay, ich lasse mir was einfallen und schreibe einen Entwurf. Aber du musst mir sagen, an wen die Firma gehen soll, falls dir was passiert."

Sie starrte ihren Bruder an. „Mein Bruder würde mich wahrscheinlich dafür hassen, aber er soll sie bekommen."

Gordon sah sie finster an. „Lad' das bloß nicht auf mir ab. Ich weiß nicht genug von Finanzen."

„Ich kenne niemanden, der gut in Finanzen ist." Sie sah ein Grinsen auf seinem Gesicht aufblitzen. „Was jetzt?"

„Abgesehen von einer Person", sagte Gordon. „Die du nicht magst."

Sie starrte ihn an. „Vom wem redest du?"

„Carter."

„Carter ist Soldat", fauchte sie. „Und ein Zimmermann und ein Tausendsassa."

„Hast du vergessen, wer dir geholfen hat, als du Schwierigkeiten in einigen deiner Kurse hattest?"

Sie ließ sich auf die Couch fallen und starrte ihren Bruder an. „Er hat einen Abschluss in Buchhaltung, nicht wahr?"

Gordons Grinsen wurde breiter.

„Guter Gott." Sie schüttelte den Kopf. „Darüber muss ich nachdenken. Er war so lange nicht Teil unseres Lebens."

„Aber du musst die Kanzlei jemandem hinterlassen", sagte die Stimme in ihrem Ohr. „Also, was ist mit diesem Typen und Gordon? Kennen sie sich?"

„Sie sind beste Freunde", sagte sie.

„Dann trag beide als Begünstigte ein, so können sie sich gegenseitig helfen."

Ein Teil ihres Herzens lachte, weil es in gewisser Weise die perfekte Rache an Carter war, der auch nur die Idee eines Schreibtischjobs hasste. Aber gleichzeitig war es auch ein potenziell kluger Schachzug. Sie gab Charlie die beiden Namen, die er brauchte. „Mach dich dran und schick mir die Dokumente. Und bitte schau, dass deine Sekretärin nichts von diesem Gespräch erfährt. Der Sheriff hat mir eingeschärft, dass ich mit niemandem über Phils Tod reden darf."

„Natürlich nicht", sagte Charlie, „aber du darfst jederzeit mit deinem Anwalt sprechen."

„Schade, dass du kein Anwalt für Strafrecht bist", sagte sie mit einem Hauch von Panik in ihrer Stimme, „weil ich vielleicht einen brauche."

„Sie verdächtigen doch nicht dich, oder?"

„Wen sollen sie sonst verdächtigen? Sie schauen immer zuerst auf die Familie und Geschäftspartner. Ich habe gerade eine Firma geerbt."

„Und du bist die jüngste Partnerin."

„Ich weiß." Sie stöhnte, „aber ich hatte nichts damit zu tun."

„Dann vertrau' auf das Gesetz." Er hielt inne, bevor er weitersprach. „Und vielleicht brauchst du einen Strafverteidiger, der nicht in der Stadt wohnt. Ich weiß auch, wie das Gesetz hier ist."

„Deshalb bist du weggezogen", sagte sie. „Wenn du noch hier wärst, wärst du nicht mein Anwalt."

„Lass mich das erledigen. Ich kümmere mich persönlich darum und schicke dir die Unterlagen. Gib mir zehn Minuten."

Sie legte auf und dachte über die plötzliche Veränderung in ihrem Leben nach.

„Schreibt er was für dich?", fragte Gordon.

„Ich kümmere mich persönlich darum", zitierte sie.

„Das allein dürfte dich also zehn Riesen kosten."

„Nicht wirklich", sagte sie. „Aber wenn man mich aus der Betrachtung rausnimmt, könnten wir vielleicht eine bessere Vorstellung davon bekommen, wer sowas tun würde."

Gordon stand vor ihr. „Ich will dich nicht über sowas reden hören."

„Ich habe den letzten Teil davon gehört, aber nicht alles", sagte Carter von der Tür aus. „Warum brauchst du einen Anwalt?"

„Die Kanzlei gehört jetzt ihr", sagte Gordon, „aber sie haben keine Regelung für den Fall, dass ihr auch was zustößt."

„Befürchtest du das?" Carters besorgter Blick wanderte von Gordon zu Hailey und zurück. „Dass, nachdem zwei Partner ausgeschaltet wurden, der dritte jetzt das nächste Ziel ist?"

„Vielleicht", sagte Hailey.

„Aber was würde passieren, wenn niemand da ist, um das Unternehmen zu übernehmen?"

CARTER KONNTE NICHT glauben, was Hailey gerade passiert war. „Es ergibt keinen Sinn", sagte er.

„Es sei denn, es war ein Mitnahmeselbstmord", sagte sie. Sie sprang auf und ging in die Küche, wo sie mit abgehackten Bewegungen einen großen Salat zubereitete. Er beobachtete, wie ihr Messer mit wütender Präzision aufblitzte, und erkannte, dass sie einfach das Bedürfnis hatte, etwas zu tun. In der Stimmung, in der sie war, war er sich jedoch nicht sicher, ob es eine gute Idee war oder nicht. Er tauschte einen Blick mit Gordon aus, der nur mit den Schultern zuckte.

„Hoffen wir, dass der Sheriff der Sache schnell auf den Grund gehen kann", sagte Gordon.

Hailey schnaubte. „Selbst wenn er es tut, weißt du, was der Rest der Stadt sagen wird."

„Egal, was sie sagen. Du und ich wissen beide, dass das ernst ist. Die Leute werden reden. Es ist nichts, was dich betreffen wird."

„Das sagst du", sagte sie. „Sie waren meine Freunde. Und ich mochte sie wirklich. Besonders Fred. Er war ein guter Mann. Er hat es nicht verdient, auf diese Weise zu sterben."

„Phil hat nicht sehr gut ausgesehen, als ich ihn das letzte Mal gesehen habe", bemerkte Gordon.

Sie hörte für einen Moment auf, Gemüse zu schneiden, als wollte sie über seine Worte nachdenken. „Weißt du was?

Das dachte ich auch. Vielleicht sollte jemand sich das ansehen. Vielleicht hatte er Krebs im fortgeschrittenen Stadium oder sowas."

„Und dann was? Er hat seinen langjährigen Partner und seine Frau erschossen, weil er nicht allein sterben wollte?"

„Ich weiß nicht", sagte sie und schnitt wieder Gemüse.

„Der Sheriff wird sich darum kümmern. Apropos …" Gordon deutete aus dem Fenster.

Ein Fahrzeug kam die Auffahrt herunter und zog eine dicke Staubwolke hinter sich her.

„Ist das der Sheriff?", fragte Carter.

„Wahrscheinlich", sagte Hailey. „Er hat gesagt, er würde vorbeikommen."

Sie wandte sich wieder dem Gemüseschneiden zu, als müsste alles erledigt sein, bevor der Sheriff hereinkam. Carter fragte sich, wie es ihr emotional ging. Doch sie hatte gerade zwei Freunde verloren, die auch ihre Geschäftspartner waren, und hatte die Leiche von einem von beiden gefunden. Für jeden, der es nicht gewohnt war, den Tod zu sehen, war das an sich schon traumatisch. Doch bei allem, was sonst noch passiert war, konnte es tatsächlich noch schlimmer werden.

„Der Sheriff hat Verbindungen zu den Longfellows, richtig?", fragte Carter.

„Er ist entfernt verwandt. Ich weiß nicht einmal, welche Verbindungen es zwischen all meinen Angestellten und meiner Kanzlei und den Longfellows gibt. Das muss ich mir noch genauer anschauen."

„Wer hat sie eingestellt?"

„Seit ich hier bin, haben wir niemanden eingestellt", sagt sie. „Außer Slim. Und ich war total dagegen."

„Es sind also alles langjährige Mitarbeiter?"

„Länger als ich, also sind alle mindestens vier Jahre dabei", sagte sie.

„Und das wird natürlich auch ein Problem darstellen", sagte Carter. Sie warf ihm einen Blick zu, aber ihr Gesichtsausdruck sagte ihm, dass sie genau wusste, was er meinte. Er sah zu, wie der Sheriff neben ihrem Truck anhielt. Der Mann stieg aus und ging in ruhigem Tempo auf die Tür zu. Er sah aus wie ein Typ, der sich nichts gefallen ließ. Aber Carter hatte die Gerüchte auch gehört und war sich nicht sicher, wie sich die Verbindung des Sheriffs zu den Longfellows auswirken würde.

Der Sheriff trat durch die offene Tür, nickte Gordon zu und sah Hailey an. „Hast du ein paar Minuten Zeit?"

„Nur zu", sagte sie. „Ich verschweige meinem Bruder nichts."

Der Sheriff konzentrierte sich auf Carter, der an einer Wand lehnte. „Und wer sind Sie?", fragte er mit zusammengekniffenen Augen.

„Carter", sagte er. „Wir sind uns im Laufe der Jahre ein paarmal begegnet, aber ich glaube, das letzte Mal war vor etwa dreieinhalb Jahren."

Der Sheriff runzelte die Stirn. „Ich erinnere mich nicht." Sein Ton war schroff, als würde er Carter nicht vertrauen.

Gordon mischte sich ein. „Er war in den letzten fünfzehn Jahren oft hier. Er war bis zu seiner Verletzung bei der Navy und ist jetzt im Ruhestand."

Der Sheriff nickte. „Okay, vielleicht erinnere ich mich doch an Sie." Er runzelte jedoch die Stirn und blickte von Carter zu Gordon und zurück zu Hailey. „Bist du sicher, dass er mithören kann?"

„Warum nicht? Alle anderen in der Stadt werden auch reden."

Raleigh seufzte schwer. „Der Gerichtsmediziner muss

festzustellen, ob es in beiden Fällen derselbe Mörder war oder nicht, was eine Weile dauern wird, aber ich sehe keinen logischen Grund dafür, dass Phil Fred getötet haben sollte."

„Das weißt du nicht. Keiner von uns weiß das. Außerdem musst du dir Phils Krankenakten ansehen. Ich glaube, er war ziemlich krank."

Raleigh sah sie lange an. „Darum wird sich der Gerichtsmediziner auch kümmern."

„Was passiert jetzt mit der Kanzlei? Sie gehört ganz mir", sagte sie, ohne aufzusehen.

Carter beobachtete während des ganzen Gesprächs das Gesicht des Sheriffs. Es verriet nichts. Raleigh wusste das bereits.

„Niemand sonst bekommt einen Teil?"

Sie schüttelte den Kopf. „Nein, ich bin die einzige Begünstigte unseres Gesellschaftsvertrags und daher deine Hauptverdächtige." Sie nahm das Schneidebrett und schob das Gemüse in eine Schüssel. „Oder die nächste Leiche."

„Kannst du das weglegen und mir deine volle Aufmerksamkeit schenken?", fragte der Sheriff.

Hailey knallte das Brett und ihr Messer auf die Arbeitsfläche, drehte sich dann um und sah ihn finster an. „Wie viel Aufmerksamkeit willst du? Ich habe keinen dieser drei getötet. Sie waren meine Freunde, und ich hatte großen Respekt vor meinen Partnern!"

„Was ist mit Betty?"

„Ich habe sie nur ein paarmal getroffen. Hauptsächlich bei Firmenfeiern oder anderen Events", sagte sie. „Sie war eine schöne Frau, aber ich habe sie nicht gut gekannt."

„Irgendeine Idee, warum jemand deine beiden Partner ins Visier nehmen würde?"

„Nicht außer den Unterlagen, die ich dir heute gezeigt

habe. Es ist auch gut möglich, dass Phil derjenige war, der Fred getötet hat und dann nach Hause gegangen ist und Betty und sich selbst erschossen hat."

„Das würde alles schön einfach machen, aber dafür muss es einen verdammt guten Motivator geben."

„Damit wären wir wieder bei seiner Gesundheit. Ich weiß nicht."

Raleigh sah Gordon an. „Ich frage alle, also nimm das nicht persönlich. Hast du ein Alibi für gestern Abend?"

„Wieviel Uhr?"

„Ab sechs und für die ganze Nacht."

Gordon gestikulierte in Carters Richtung. „Carter ist mit dem Flug um 17:36 Uhr angekommen. Wir drei haben zusammen zu Abend gegessen, dann sind wir schlafen gegangen, und am Morgen wie immer der übliche Alltagstrott."

Als er Carters Namen hörte, sah ihn der Sheriff an. „Woher sind Sie gekommen?"

„New Mexico", sagte er, gab ihm aber nicht mehr.

„Hier, um Ihre Freunde zu besuchen?"

„Das und geschäftlich", sagte er langsam und verschränkte die Arme. „Ich bin hier für das War Dogs-Programm der US Navy. Im Auftrag von Titanium Corp. aus New Mexico." Er zog eine von Geirs Karten aus seinem Geldbeutel. „Sie können gerne anrufen und mich von allen Verbrechen vor Ort freisprechen. Ich wollte sowieso bei Ihnen vorbeifahren und Sie nach einem vermissten Hund fragen."

„Nach einem Hund?", fragte der Sheriff angewidert.

„Ein extrem gut ausgebildeter Kriegshund, in den das US-Militär viel Geld investiert hat. Er sollte von Brenda und David Longfellow adoptiert werden. Laut Brenda haben sie den Hund jedoch nie bekommen. Doch wir wissen, dass der Hund hier am Flughafen angekommen ist."

Der Sheriff kratzte sich das Haar unter seinem Hut. „Aber was ..."

„Anscheinend hat niemand gemeldet, dass er vermisst wurde, bis das War Dogs-Department sich erkundigt hat. Und erfahren hat, dass der Hund angeblich nie angekommen ist. Zumindest hat Brenda das gesagt."

„Wo zum Teufel ist er dann?", fragte Raleigh. „Hunde verschwinden nicht einfach so. Vor allem nicht solche Hunde."

„Genau deshalb bin ich hier", sagte Carter mit dem gleichen kühlen Ton. „Um den Hund zu finden und in Erfahrung zu bringen, was mit ihm passiert ist."

„Als ob ich diesen Scheiß auch noch brauche", knurrte der Sheriff. „Ah, scheiße."

„Wenn sich gleich jemand der Sache angenommen hätte, wäre es nicht zu einem Problem geworden", sagte Carter. „Die Tatsache, dass ich angekommen bin, als hier ein Mord passiert, ist ein Zufall, nicht mehr."

Der Sheriff nickte, sah aber nicht so aus, als würde er ihm glauben. „Ich werde Ihren Boss anrufen, um mich zu erkundigen."

„Tun Sie das. Ich bin sicher, er würde sich freuen, mit Ihnen zu sprechen. Sie sind hier das Gesetz, und ein wertvoller Hund ist verschwunden, aber niemand scheint sich einen Dreck darum zu scheren. Er wird alle relevanten Informationen aus der Fallakte wissen wollen."

„Es gibt keine Fallakte. Ich kann nicht an einem Verbrechen arbeiten, wenn es niemand anzeigt."

„Dann sollten wir wahrscheinlich zu Brenda gehen und sie fragen, warum sie es nicht gemeldet hat."

„Das wird nichts bringen, Sohn. Das kann ich Ihnen jetzt schon sagen."

„Vielleicht, aber das ändert nichts daran, dass auf Anfrage der Navy Ermittlungen vor Ort durchgeführt werden müssen."

„Jetzt weiß ich, wer Sie sind. Sie haben heute mit Brenda gesprochen, nicht wahr?"

„Ich habe sie angerufen, ja", sagte Carter mit einem Lächeln. „Hat sie Sie angerufen?"

„Auf meinem Schreibtisch liegt eine Nachricht über einen Fremden, der sie nervt."

Carter lachte. „Wenn es sie nervt, dass ich Fragen über einen sehr teuren Regierungshund stelle, um den sie sich gut kümmern sollte, dann, ja, das war ich. Und Sie können darauf wetten, dass ich noch viel mehr nerven werde, bis ich der Sache auf den Grund gegangen bin."

Carter würde sich durch nichts von seiner Mission abhalten lassen. Das Problem war, dass diese Leute ihn nicht kannten, und Leute wie Brenda waren nur Ärgernisse auf dem Weg zu den Antworten, die er suchte. Sie konnte sich so oft beschweren, wie sie wollte, doch wenn sie etwas mit dem Verschwinden des Hundes zu tun hatte, würde er dafür sorgen, dass sie dafür bezahlte.

Der Sheriff brauste auf. „Ich kann nicht zulassen, dass Sie Brenda belästigen."

„Wie wäre es dann, wenn ich den Rest ihrer Familie belästige? Wie Slim zum Beispiel oder diesen Satansbraten Burgess, der junge Frauen angreift."

„Sie reißen Ihren Mund über eine Menge Einheimischer auf, Leute, die hoch angesehen sind. Und falls es einen Angriff gegeben hat, habe ich nichts davon gehört."

„Und viele Leute, die nicht so hoch angesehen sind",

sagte Carter. „Als ob die Leute hier Ihnen vielleicht nicht vertrauen."

Daraufhin schloss der Sheriff langsam den Mund und drehte sich zu Gordon und Hailey um. Er schien über nichts davon erfreut zu sein. „Das ist keine gute Zeit, um in ein Hornissennest zu stechen."

„Dafür gibt es nie einen guten Zeitpunkt", sagte Carter, „es sei denn, Sie erwischen die Hornissen genau dann, wenn sie ihr Nest bauen."

„Nun, diese Zeit ist hier lange vorbei." Der Sheriff schlug auf die Theke. „Dann gehe ich jetzt mal." Er drehte sich um und ging.

Carter sah Hailey an. „Na, das ist ja gut gelaufen."

„Nein", sagte sie. „Die Longfellows sitzen ihm ziemlich im Nacken."

„Vielleicht", sagte er, „aber wenn es um das Gesetz geht, muss er auf der richtigen Seite bleiben. Sein Job ist es, das Recht und Gesetz zu schützen, nicht die Longfellows bei Laune zu halten."

„Ich weiß", sagte sie. „Aber wie Gordon dir schon gesagt hat, haben wir seit Längerem Ärger mit ihnen wegen unseres Landes."

„Habt ihr jemanden, der euch dabei hilft?"

Gordon plusterte sich sofort auf. „Wir brauchen keine Hilfe."

Carter schnaubte. „Runter von deinem hohen Ross. Wenn es eine Zeit gibt, jemanden in einer Auseinandersetzung an eurer Seite zu haben, dann jetzt."

„Wir haben nicht das Geld für diese Art von Kampf", sagte Hailey. „Und ich habe den Verdacht, dass die Longfellows auch hinter den Morden stecken."

„Wie kommst du darauf?"

„Weil es mir den Magen umdreht.”

„Wegen Slim?”, fragte Gordon.

„Vielleicht. Ich habe einfach ein beschissenes Gefühl bei alldem.”

„Nun, mit ein bisschen Glück weiß der Sheriff, was er tut, und er wird sich um alles kümmern”, sagte Gordon. „Carter, ich weiß, dass du das Gefühl hast, dass es ihm egal ist, aber das glaube ich nicht. Phil und Betty waren gute Freunde von ihm.”

Hailey hielt inne und sah ihn an. „Oh ja, das hatte ich vergessen.”

KAPITEL 5

DIE NÄCHSTEN TAGE vergingen wie im Flug. Hailey war sich sicher, dass alle sie anstarrten und hinter ihrem Rücken tuschelten. Das Sheriff's Department hatte ihr wieder Zugang zur Kanzlei gewährt, und die Arbeit ging weiter, nur, dass es für sie einfach die Hölle war. Sie hatte die dreifache Arbeitslast zu bewältigen, und nichts davon war leicht. Jeder Partner hatte sein eigenes System und war für ein Drittel der Angestellten verantwortlich, und dann hatte jeder Angestellte seine eigene Art, Dinge zu erledigen. Fred und Phil hatten Systeme gehabt, die anders als ihre Vorgehensweise waren.

Sie blickte auf und sah, dass Carter ihr Büro betrat. Sie funkelte ihn an.

Er hob seine Hände. „Ich komme in Frieden."

Sie schüttelte den Kopf. „Bei dir ist das nie so."

„Warum begraben wir das Kriegsbeil nicht?" Er ließ sich auf dem Besucherstuhl in ihrem Büro nieder. „Sag mir, ob ich irgendwas tun kann, um zu helfen."

Ihre instinktive Antwort war, ihm zu sagen, dass er gehen sollte. Doch dann erinnerte sie sich an sein Finanzwissen und daran, was Gordon zuvor gesagt hatte. „Erinnerst du dich noch an irgendwas aus deinem Studium?"

„Ich habe nie aufgehört, mich auf dem Laufenden zu halten", sagte er. „Selbst als ich beim Militär war, habe ich mich immer mit der Finanzwelt beschäftigt. Aber ich weiß nicht, ob du mein Wissen gebrauchen kannst. Wenn ich ehrlich bin, weiß ich nicht, was du genau machst."

„Investitionen", sagte sie. „Wir verwalten das Vermögen verschiedener Mandanten. Wir sind keine Steuerberater, aber für einige Mandanten führen wird die Bücher. Doch das ist nicht unser Hauptfokus. Wir wickeln die Finanzinvestitionen für ein paar hundert Unternehmen ab."

„Wie groß ist dein Portfolio?"

Sie zögerte und nickte dann. „Mehr als 450 Millionen Dollar."

Seine Augenbrauen schossen in Richtung seines Haaransatzes, und er ließ sich auf seinen Stuhl zurückfallen. „Wow. Dann muss es euch gut gehen."

„Ich habe schon zwei Firmen verloren, seit Fred und Phil ermordet wurden", sagte sie und blickte auf die Unterlagen auf ihrem Schreibtisch. „Ich befürchte, dass noch ein Haufen anderer folgen wird."

„Haben sie gesagt, warum?"

„Einer hat mir den Auftrag entzogen, weil er seit Ewigkeiten mit Fred zusammengearbeitet hat und keinem anderen vertraut. Der andere hat keinen Grund angegeben."

„Nach sowas muss man mit gewissen Abgängen rechnen. Vertrauen ist ein entscheidender Faktor."

Sie nickte. „Ich muss mir alles ansehen, woran sie gearbeitet haben. Jeder von uns hat seine eigene Sekretärin, und ich habe Stapel von Akten, die ich durchgehen soll – neben den laufenden Arbeiten, also ist es einfach ein bisschen viel."

„Bist du gestern Abend überhaupt nach Hause gekommen?"

„Ja", sagte sie, „aber erst gegen elf."

„Kann ich irgendwas tun, um dir zu helfen?"

„Ich weiß nicht, wie oder was. Hier steckt so viel Arbeit drin, dass ich nicht weiß, wie ich jemanden dazu holen soll, um mir zu helfen." Sie senkte die Stimme, als sie sagte: „Und ich bin mir auch nicht sicher, wem ich vertrauen kann."

Carter betrachtete die Aktenstapel hinter ihr. „Was, wenn ich was vom Stapel deiner Partner nehmen würde? Was auch immer am wichtigsten ist, dann erstelle ich eine Prioritätenliste der zu erledigenden Aufgaben."

„Das haben ihre Sekretärinnen schon versucht. Ich weiß nicht, wie erfolgreich genau, aber es ist …" Sie verstummte. „Das Problem ist, dass ich wahrscheinlich einen anderen Juniorpartner oder zumindest einen Assistenten zur Unterstützung brauche. Ich habe einfach niemanden, dem ich in meinem eigenen Geschäft vertraue."

„Und das ist wieder das Fazit, nicht wahr? Also lass mich dich fragen. Vertraust du deinem Bruder?"

Sie nickte. „Natürlich."

„Vertraust du mir?"

Instinktiv wusste sie bereits, dass die Antwort Ja war. „Ja, aber du kennst diese Leute und ihre Konten nicht."

„Und? Dein Job ist es, Geld anzulegen und Renditen zu erzielen, unabhängig von den Leuten, die deine Mandanten sind, oder den Vehikeln, mit denen du diese Renditen erzielst." Er drehte sich um und bemerkte einen kleinen Schreibtisch mit einer abgenutzten Stelle in der Mitte der Tischplatte. Wahrscheinlich hatte dort früher ein Drucker gestanden. „Warum setze ich mich nicht hierhin, während du mir die Akten von einem der Partner gibst, die seine Sekretärin als hohe Priorität gekennzeichnet hat? Lass mich einen Blick darauf werfen, und dann sehen wir weiter."

Sie runzelte die Stirn, und er tat dasselbe. „Ich müsste dir Log-ins geben und so. Sicherheit ist ein großes Thema.

Ich kann dir nicht einfach Blanko-Zugang gewähren.“

„Jemandem musst du Zugang geben“, sagte er schlicht. „Ich brauche einen Laptop. Vielleicht den eines der Partner?“

Hailey schüttelte den Kopf. „Die hat beide der Sheriff mitgenommen.“

„Gut. Zumindest überprüft er sie. Und er ist zur Verschwiegenheit verpflichtet, nicht wahr?“

„Wir haben jeglichen Zugang zu Mandantendaten gesperrt. Ich habe die E-Mails beider Partner umgeleitet und gesperrt, damit niemand Nachrichten davon verschicken kann.“

„Perfekt“, sagte Carter. „Dann stell mich als neuen Sachbearbeiter ein. Als Berater. Mit meinem eigenen Passwort, um meine Arbeit online verfolgen zu können. Gib mir Zugriff auf die Dateien eines Partners.“ Sie zögerte, doch er starrte sie ruhig an. „Du brauchst Hilfe, und du brauchst sie jetzt.“

Frustriert öffnete sie ihr Netzwerkadministratorenprofil, legte ein Konto und eine E-Mail-Adresse für ihn an und richtete ihn dann als Berater ein. „Das gibt dir eingeschränkten Zugang“, sagte sie. Sie warf einen Blick auf einen Stapel Akten. „Ich habe hier fünf Akten von Phil. Das sind die, die ich mir als Nächstes ansehen soll, aber ich bin einfach noch nicht dazugekommen.“

„Kein Problem“, sagte Carter. Er nahm den Stapel und trug ihn zum Schreibtisch. „Lass mich mich einlesen. Wissen wir, was jeweils zu tun ist?“

„Ich habe einige seiner E-Mails ausgedruckt und sie in die jeweilige Akte gelegt, damit ich eine Vorstellung habe, was zuletzt unternommen wurde oder was ansteht.“

„Gut. Dann fange ich jetzt an, die Akten zu lesen.“

Hailey holte einen ihrer anderen Laptops aus dem

Schrank. Sie hatte immer einen Ersatz, oder besser gesagt mehrere. Sie öffnete ihn, aktualisierte ihn, meldete sich mit Carters neuer E-Mail-Adresse an und richtete ihm ein Passwort ein. Danach gab sie ihm den Laptop und schrieb das Passwort auf einen Zettel. „Ich möchte, dass du das Passwort nicht änderst, damit ich nachvollziehen kann, was du tust."

„Verstanden", sagte er. Er war abgelenkt, da er bereits die erste Akte aufgeschlagen hatte.

Hailey beobachtete ihn und überlegte, ob sie ihm Fragen stellen sollte, um sein Fachwissen einzuschätzen. Nach einer Weile entschied sie, dass es wahrscheinlich besser war, ihn einfach in Ruhe zu lassen. Sie wusste nicht, was er wusste, und das war eine gute Möglichkeit, es herauszufinden. Sie brauchte Hilfe, daran bestand kein Zweifel. Keiner ihrer Angestellten war bereit, zum Account Manager aufzusteigen. Sie hatte Juniormanager, doch das waren die großen Mandate, und weil sie bei einem ein Problem gefunden hatte, konnte sie niemanden aus der Kanzlei hinzuziehen. Wenn irgendetwas hier mit den Morden zu tun hatte, wollte sie nicht, dass jemand Zugang zu diesen Informationen bekam.

Wenn Carter etwas fand, war das eine andere Geschichte. Denn von allen Menschen, die sie kannte, war er jemand, der sich in der Finanzwelt zurechtfand. Und er könnte sicher mit einem potentiellen Mörder umgehen. Gordon kam mit der Ranch gut zurecht, und wenn es zu einem Faustkampf kam, wäre er der Erste, der bei Bedarf zuschlagen würde, doch wenn es darum ging, gegen eine ganze Kavallerie zu bestehen? Dann würde sie auf Carter setzen. Sie wandte sich wieder dem riesigen Haufen Arbeit auf ihrem Schreibtisch zu, als ihr Telefon klingelte.

Sie warf einen Blick auf das Display und lächelte. „Hi

Debbie. Wie geht's dir?" Sie hob den Blick und sah Carter an. Sie runzelte die Stirn, denn er sah sie nicht einmal an.

„Ich habe gehört, dass du neulich vorbeigekommen bist, und ich war nicht da", sagte Debbie.

„Ich schaue ab und zu vorbei, aber du warst das letzte Mal nicht da, also bin ich einfach wieder gegangen."

„Anscheinend ist aber noch jemand vorbeigekommen, um mich zu suchen, als ich nicht da war", sagte Debbie mit leicht fragender Stimme. „Carter."

„Ach, ist er?"

Hailey starrte Carter weiter an, doch er schenkte ihr immer noch keine Aufmerksamkeit. „Er ist für ein paar Tage auf der Ranch zu Besuch."

„Ist er ok?", fragte Debbie. „Was ihm zugestoßen ist, war so schlimm, dass ich dachte, er würde es nicht überstehen."

„Er ist gerade hier in meinem Büro und hilft mir."

„Ich habe das über Fred gehört", sagte Debbie. Ihr Ton wurde traurig. „Er war ein netter Mann. Tut mir so leid, dass er geglaubt hat, er müsse sich das Leben nehmen."

Hailey verzog ihr Gesicht, denn sie hasste es zu lügen. „Es ist ziemlich schwierig. Wie geht's dir?"

Ein seltsames Zögern folgte, bevor Debbie antwortete. „Schrecklich."

Hailey sackte in ihrem Stuhl zusammen. „Warum?"

„Ich vermisse die Ranch. Ich vermisse dich, und ich vermisse Gordon."

„Du weißt sicher noch, wie du dahin zurückkommst?", fragte Hailey sanft und wollte ihrem Bruder einen Tritt für das geben, was er getan hatte. Debbie war ein Schatz.

„Wir hatten ein riesiges Problem", sagte sie. „Ich weiß nicht, ob ich je wieder zu dem zurückkommen kann, was wir waren, und ich glaube nicht, dass er bereit ist, einen Schritt in die richtige Richtung zu machen."

Darauf konnte Hailey nichts sagen, weil es die Wahrheit war. Ihr Bruder steckte in vielen seiner alten Gewohnheiten fest. „Gib ihm einfach ein bisschen Zeit. Ich weiß, dass er auch unglücklich ist."

„Ist er das?", fragte Debbie hoffnungsvoll. „Dieser dumme Mann. Ich liebe ihn schon eine ganze Ewigkeit."

„Und du weißt, dass er dich genauso liebt."

„Ich weiß", sagte Debbie traurig. „Aber warum kann ich nicht mit jemandem zusammenleben, den ich liebe?" Und einfach so legte sie auf.

Traurig und zerrissen legte Hailey ihr Handy auf den Schreibtisch. Als sie dieses Mal aufblickte, beobachtete Carter sie. Sie zuckte mit den Schultern. „Debbie. Sie ist unglücklich ohne Gordon, und Gordon ist unglücklich ohne sie."

Carter nickte. „Ich habe versucht, ihn dazu zu bringen, mit ihr zu reden. Ich weiß nicht, ob es was gebracht hat."

Das überraschte sie. „Du magst Debbie, nicht wahr?"

„Mehr als das weiß ich, dass Gordon ohne sie verloren ist. Sie passen wirklich perfekt zueinander. Doch manchmal ist dein Bruder ein bisschen langsam von Begriff, und er sieht nicht, was er hat, bis er es nicht mehr hat."

Sie lächelte. „Genau." Sie betrachtete die Unterlagen vor sich und knurrte fast vor Frustration. „So viele Transaktionen allein in diesem einen Ordner! Und ich verstehe nicht einmal, wie oder warum."

„Wenn du vermutest, dass da was nicht mit rechten Dingen zugeht und es dich überfordert – und nein, ich sage nicht, dass es so ist – kannst du jederzeit eine Buchprüfung durchführen lassen."

Sie sah ihn erschrocken an. „Was würde das bringen?"

„Ein Finanzsachverständiger wird die Konten durchgehen, um zu sehen, ob jemand Geld unterschlagen hat oder ob es vielleicht zwei Hauptbücher gibt und Betrug stattgefunden hat."

„Kennst du jemanden, der sowas macht?"

Er lehnte sich zurück. „Ich zum Beispiel."

Sie starrte ihn nur an.

„Ich habe mir im Rahmen meiner Arbeit bei der Navy Firmenbücher angeschaut. Dabei habe ich ein Problem gefunden. Ich hätte genau genommen nicht einmal Zugriff darauf haben sollen. Ich bin zu einem der Kommandanten gegangen, und danach habe ich angefangen, an anderen Projekten zu arbeiten und habe auch nebenbei private Sachen für Freunde und Firmen gemacht. Ich habe überlegt, ob ich vielleicht hier ein Büro einrichten soll."

„Titanium Corp.", sagte Hailey. „Hast du das für sie gemacht?"

„Nein, aber ich könnte, wenn sie diese Art von Arbeit hätten. Ich habe Zimmermannsarbeiten und Gelegenheitsjobs für sie erledigt. Ich dachte, ich könnte eine Baufirma gründen und Häuser bauen." Carter grinste. „Ich liebe das Gefühl, einen Hammer in meinen Händen zu haben, aber mich mit Konten zu beschäftigen und herauszufinden, wo Leute versuchen zu schummeln, ist faszinierend."

„Glaubst du, dass du das kannst?"

Er musterte sie. „Glaubst du, das irgendwas nicht stimmt?"

Sie nickte und zog die beiden Seiten heraus, von denen sie dem Sheriff Kopien gegeben hatte. Sie reichte sie Carter. „Die habe ich ein paar Tage, bevor ich Fred gefunden habe, im Kopierer gefunden."

Er betrachtete sie eingehend. „Weißt du, zu welcher

Firma die gehören?"

„Nein. Ich habe bisher erfolglos versucht, diese Hauptbücher zu finden. Ich richte jedes Mal, wenn ich eine Datei öffne, eine Suche ein, aber bisher habe ich noch nichts gefunden."

„Wenn du sie findest, lass es mich wissen", sagte er, „denn das sieht nicht gut aus."

„Ich weiß. Ich habe mich gefragt, was das mit den Morden zu tun hat."

„Wir dürfen es definitiv nicht außer Acht lassen", sagte er, „denn sobald man Veruntreuung findet, ist das Betrug und ist Steuerhinterziehung auch nicht fern und du hast es mit Leuten zu tun, die mit Gefängnisstrafen rechnen müssen. Das kann ganz schnell verdammt hässlich werden. Und das ist das Letzte, was wir brauchen."

„Ich weiß. Ich habe dem Sheriff davon erzählt, weil ich sichergehen wollte, dass er weiß, dass es schon vor den Morden Probleme in der Firma gegeben hat, und ich habe gerade erst angefangen, Nachforschungen anzustellen."

„Gut. Es ist immer besser, bei sowas ehrlich zu sein."

„Das dachte ich mir auch", sagte sie, „aber ich kämpfe immer noch mit dem Gedanken."

„Und jetzt, wo ich eine Vorstellung davon habe, wonach wir suchen, mehr als normale Trades und Investitionen, kann ich dir auch dabei helfen. Ich habe ein paar Programme geschrieben, die mir helfen, Einträge über verschiedene Bücher hinweg zu verfolgen. Ich kann sowas auf diesem Laptop einrichten."

CARTER FRAGTE SICH, ob es gut war, ihr seine Hilfe

anzubieten. Er war kein Profi, aber er hatte ein Händchen dafür. Dennoch war er kein Profi. Er arbeitete gerne mit den Händen und hatte daher große Freude am Hämmern und an Holzarbeiten. Doch die Herausforderung bei dieser Art von Arbeit machte ihm einfach Spaß. Die Tatsache, dass bereits zwei Morde passiert waren und vielleicht wirklich linke Dinger passierten, trugen zum Reiz bei.

Dass Hailey darin verwickelt war, machte es zu etwas viel Gefährlicherem. Gordon wäre am Boden zerstört, wenn seiner Schwester etwas zustoßen würde. Carter wünschte sich, er wäre vor zwei Jahren zurückgekommen, weil Gordon und Debbie sich dann vielleicht nicht getrennt hätten und Hailey vielleicht nicht so verbittert wäre bei allem, was um sie herum geschah.

Da er sich Sorgen um seine eigene Genesung gemacht hatte, hatte er nicht über die Auswirkungen und die positiven Effekte nachgedacht, die er auf andere hätte haben können. Er hatte nur das Negative gesehen – zum Beispiel, dass er Hilfe gebraucht hätte, dass er eine Belastung gewesen wäre und dass er nicht hätte helfen können, wie er es normalerweise auf der Ranch hätte tun wollen.

Jetzt erinnerte er sich daran, wie gut er und Debbie sich verstanden hatten und wie er dazu beigetragen hatte, einige der Probleme zu entschärfen, die sie damals mit Gordon gehabt hatte. Wenn Gordon nicht bald begriff, was er an Debbie hatte, würde er keine Chance mehr zur Aussöhnung mit ihr bekommen. Sie war ein echter Schatz, doch sie wollte eines in ihrem Leben, und das war eine große Familie. Carter konnte gut verstehen, dass sie Gordon verlassen würde, um jemanden zu finden, der ihr geben konnte, was sie wollte. Der Wunsch nach Kindern sollte eine Ehe nicht ins Wanken bringen, doch er konnte verstehen, dass es in diesem Fall passieren würde, nachdem Gordons Beinahe-Fehltritt schon das Vertrauen zerstört hatte, das sie in ihren Mann gehabt hatte.

Carter griff auf einige seiner Programme zu und lud eines auf diesen Laptop herunter. Es war ein ziemlich einfaches Programm, doch es zeigte ihm, wie oft einzelne Buchungen geändert und verschoben worden waren. Es würde Tastenanschläge und mehrere Benutzer und den Verlauf anzeigen. Er ließ es laufen und lehnte sich zurück. Da sein Rücken steif wurde, stand er auf und streckte die Arme über den Kopf. Danach drehte er seinen Hals, um seine Schultern zu lockern. Hailey bemerkte es nicht einmal.

Sie war damit beschäftigt, auf ihrer Unterlippe herumzukauen, den Blick auf ihren Computer gerichtet, während sie mit der linken Hand auf dem Nummernblock tippte und mit der rechten Hand etwas mit einem Bleistift schrieb. Es war faszinierend, ihr dabei zuzusehen. Das war Multitasking auf einer ganz neuen Ebene. Er glaubte nicht, dass er das jemals zuvor bei jemandem gesehen hatte. Er wollte ein Video davon machen, wollte aber nicht, dass Hailey glaubte, er sei übergriffig.

Er wusste jedoch, wenn er das jemals im Internet posten würde, würde die Welt verrückt werden. Er holte sein Handy hervor und filmte etwa dreißig Sekunden lang, wie sie mit beiden Händen gleichzeitig arbeitete. Er achtete darauf, außer der Tastatur und dem Papier nichts zu zeigen, was auf dem Bildschirm zu sehen war, auch nicht ihr Gesicht. Dann steckte er es weg und lächelte.

„Was hast du gerade gemacht?", fragte sie. Ihr Blick verließ den Bildschirm nicht.

„Ich habe noch nie jemanden gesehen, der gleichzeitig tippt und schreibt."

„Wenn du den Überblick behalten willst, musst du neue und einzigartige Wege finden, das zu tun. Die Welt ist ein beschissener Ort, wenn man immer alles auf dieselbe Art und Weise macht."

Er lachte. „Vielleicht, aber ich kann mir nicht vorstellen, das zu tun, was du tust."

Sie blickte auf ihre Hände und lächelte. „Das ist nicht schwer. Ich habe vor ein paar Jahren damit angefangen. Ich glaube, es war, als ich auf dem College war. Ich hatte immer Mühe, mit meinen Gedanken Schritt zu halten, und das schien eine der wenigen Möglichkeiten zu sein, das zu tun."

„Gut für dich", sagte er. „Das kann ich definitiv nicht."

Sie warf einen Blick auf seine Prothese. „Und trotzdem kannst du sehr gut mit Computern umgehen."

„Ich habe gelernt, mit der rechten Hand schnell zu tippen. Das Zehnfingersystem habe ich nie gelernt, also war es kein großes Problem."

„Das war Vorsehung."

Das brachte ihn zum Lachen. Dann fragte er: „Hast du eine Ahnung, wer sich in das Unternehmen eingeschlichen und Ärger gemacht haben könnte?"

„Ich möchte sagen, dass es Slim war, aber das liegt daran, dass ich ihn nicht leiden kann. Außerdem wäre diese Antwort viel zu einfach. Ich glaube nicht, dass er die Computerkenntnisse dazu besitzt."

„Spricht nicht von sehr viel Verstand, Fotokopien im Kopierer liegenzulassen."

„Ja. Wahrscheinlich war er der Idiot am Kopierer", sagte sie. „Aber was die Sache mit den zwei Büchern angeht — wenn er es *war,* muss er sich mit einer unserer drei Partnerkennungen angemeldet haben, weil ich hier keine anderen Log-ins sehe."

„Wie schwer ist es, an eure Passwörter ranzukommen?"

„An das von Phil ranzukommen, war wahrscheinlich nicht allzu schwer. Er war faul und hat alles auf seinen Schreibtisch geschrieben. Fred war viel sicherheitsbewusster."

„In einer Branche wie dieser ist Sicherheit alles", sagte Carter. Er hatte ein ungutes Gefühl, wenn er daran dachte, dass jemand so unvorsichtig war. „Die Anzahl der Konten, auf die jemand durch euer Büro zugreifen könnte …"

„Ich weiß. Das ist eines der Dinge, für die ich gekämpft habe, bevor das alles passiert ist. Im Laufe des letzten Jahres habe ich Fred langsam an Bord bekommen, aber Phil war nicht einmal ansatzweise überzeugt."

„Wie oft ist das passiert?"

„Was meinst du?" Sie schüttelte den Kopf und versuchte, sich auf ihn zu konzentrieren.

„Wie oft hat sich ein Partner gegen einen anderen Partner auf eine Seite gestellt?"

Als ob es ernster wäre, das zu verstehen, als sie ursprünglich angenommen hatte, lehnte sie sich zurück und runzelte die Stirn. „Ich bin mir nicht sicher. Nicht oft. Es gab nicht viel, worüber wir uns nicht einig waren."

„Gut. Wenn es drei Partner gibt, ist das immer eine Frage."

„Wenn wir Jahrzehnte zusammen verbracht und vor allem mehrere Wirtschaftszyklen durchlaufen hätten, dann vielleicht. Aber wir sind erst seit etwas mehr als vier Jahren zusammen. Als jüngster Partner habe ich ihren Wünschen meistens nachgegeben. Aber ich habe in letzter Zeit meine Stimme gefunden", gab sie zu. „Und bei einigen Dingen – wie der Sicherheit im Büro und Online – habe ich mich massiv dafür eingesetzt."

„Hast du ein IT-Unternehmen, das sich darum kümmert?"

„Ja. Sie sind sehr gut." Sie nannte eine Firma, von der er gehört hatte. „Das ist natürlich keine Garantie dafür, dass sie kein Problem in ihrem eigenen System haben, aber wir haben nichts gesehen."

„Nun, Phil hat offensichtlich seine Passwörter rumliegen lassen", sagte Carter. „Damit wäre es für jemand anderen leicht genug, sie zu bekommen, egal ob es ein Mandant ist, der auf einen persönlichen Besuch ins Büro kommt oder ein Mitarbeiter. Vor allem, wenn sie wussten, dass er das getan hat. Also sollten wir uns zuerst auf Phils Akten konzentrieren."

„Ja. Und eine von denen, mit denen ich sprechen muss, ist seine Sekretärin."

„Ja, das ist eine gute Idee. Hat sie Freunde hier im Büro?"

Der Schimmer eines Lächelns flüsterte über ihr Gesicht. „Keine Freunde, aber einen Ehemann, der mit Slim befreundet ist. Sein Name ist Andy. Die beiden sind seit Ewigkeiten beste Freunde. Andy könnte sogar mit den Longfellows verwandt sein. Ich weiß nicht. Und genau daran hatte ich eben gedacht."

KAPITEL 6

HAILEY WAR SICH nicht sicher, ob sie beunruhigt oder dankbar sein sollte, dass Carter auf derselben Wellenlänge funkte wie sie. Sie deutete auf die Computer vor sich. „Jemand muss Zugang gehabt und gewusst haben, was er tat."

„Was macht ihr Mann für die Firma?"

„Andy ist Junior-Analyst."

„Also weiß er vielleicht genug, um in Schwierigkeiten zu geraten?"

„Vielleicht. Er hat auch die Verbindung, um die Log-ins von ihr zu bekommen."

„Sie muss nochmal vernommen werden, und das aus dem Blickwinkel der Untreue. Denkst du, du kannst den Sheriff dazu bringen, es zu tun, damit du da außen vor bleiben kannst?"

„Ich habe darüber nachgedacht, heute in seinem Büro vorbeizuschauen", sagte sie langsam. „Ich will keinen Ärger machen, wo keiner ist, aber wir müssen der Sache auf den Grund gehen."

„Ich komme mit", sagte er. Dann deutete er auf den Laptop. „Wie sicher ist dieses Zimmer?"

Sie warf einen Blick auf die verschlossene Tür. „Na ja, falls jemand die Schlüssel hat, ist es nicht sehr sicher."

„Die Tür hat ein Tastenfeld für einen Zugangscode auf

dem Türknauf."

„Ja, aber wir haben aufgehört, ihn zu verwenden, und sind zu Schlüsseln zurückgekehrt. Alle haben dauernd die Codes falsch eingegeben." Sie beobachtete, wie sich seine Augenbrauen hoben, und zuckte mit den Schultern. „Wie gesagt, ich habe versucht, gewisse Dinge zu verbessern."

„Weißt du, ob du wieder den Code verwenden kannst? Wir können abschließen, aber es wäre gut, wenn du auch den Code benutzen würdest."

„Für mein Büro, sicher", sagte sie. „Aber ich bin nicht sicher, ob das in Phils Büro noch funktioniert."

„Damit ist Phil wieder das schwächste Glied."

Hailey beobachtete Carters Gesicht, als er sich zur Tür umdrehte. Es war fast so, als könnte sie hinter diesem Blick sehen, wie sich die Räder drehten. Sie hatte vergessen, wie intelligent er war. Die letzten paar Male, als sie ihn gesehen hatte, hatten sie nichts anderes getan, als sich zu streiten. Sie sah jetzt eine andere Seite an ihm. Vielleicht ließ sie ihn nur näherkommen, weil sie seine Hilfe brauchte.

„Möglich", sagte sie, „aber wir können das nicht einfach als gegeben hinnehmen, nur weil es eine einfache Annahme ist."

Er lachte. „Das hätte ich so ähnlich auch sagen können. Können wir in Phils Büro gehen?"

Sie nickte und stand auf. „Komm. Ich zeig's dir." Sie schloss ihr Büro ab und ging zu dem von Phil hinüber. Sie hätte die Tür mit ihrem Schlüssel aufgeschlossen, doch sie war schon offen, als sie den Knauf drehte. Sie fluchte leise. „Das hätte nicht passieren dürfen."

„Es sei denn, das Sheriff's Department hat alle elektronischen Geräte mitgenommen, und es ist nichts mehr da?"

„Ich weiß. Aber ich würde trotzdem sagen, dass dieses

Zimmer nicht unverschlossen sein sollte."

Carter ging in Phils Büro, das eine gute Aussicht bot. „Wirst du jetzt in ein Eckbüro umziehen?"

Sie zuckte mit den Schultern. „Ich weiß noch nicht, was ich tun werde. Es ist eine sehr seltsame Situation."

„Versuch' einfach, durch diesen Sturm zu kommen, und dann schau, wie es auf der anderen Seite aussieht."

„Hängt davon ab, wie lange dieser Sturm anhält", sagte sie. „Sowas schadet noch mehr, wenn kein Täter gefasst wird. Wenn jemand festgenommen wird, haben wir zumindest Antworten, ob sie mir gefallen oder nicht."

„Ja, Gerüchte sind in der Finanzwelt tödlich. Hat der Sheriff Phils Laptop mitgenommen?"

„Ich werde ihn fragen. Du hast definitiv recht – das ist wichtig." Sie nahm ihr Handy und rief den Sheriff an. „Phils Tür war nicht abgeschlossen, als ich sie gerade aufgemacht habe. Ich hatte sie heute Morgen aber wieder abgeschlossen, als ich hergekommen bin."

Der Sheriff holte tief Luft. „Du sagst also, jemand ist in diesen Raum gegangen und hat ihn unverschlossen gelassen? Hat derjenige was mitgenommen?"

„Nicht, dass ich wüsste", sagte sie. „Ich werde mir die Sicherheitsfeeds für das Gebäude ansehen, dann melde ich mich wieder." Damit legte sie auf.

„Warum hast du die Sicherheitsfeeds nicht früher erwähnt?", fragte Carter.

Sie seufzte. „Vielleicht, weil ich gerade erfahren habe, dass meine beiden Partner tot sind. Ich kann nicht klar denken – ganz zu schweigen davon, dass der Sheriff schon über unsere Video-Feeds gesprochen hat. Also habe ich angenommen, dass er sie sich angesehen hat."

„Wo sind sie?"

Hailey führte ihn nach unten in einen der Nebenräume. Sie spürte die seltsamen Blicke, die Carter von anderen Leuten zugeworfen wurden. Die Kanzlei gehörte jetzt ihr, und sie schien mit ihm befreundet zu sein. Sie wussten nicht, wer er war – er war ein Fremder hier, wo jeder jeden kannte – und das war das Schlimmste, was man hier in einer Stadt voller Longfellows sein konnte. Hailey seufzte.

Carter jedoch ignorierte sie alle und folgte ihr in einen kleinen Raum voller Monitore und Computer. „Wo sind die Kameras?", fragte er.

„Eine ist oben an der Treppe, aber die ist deaktiviert."

„Seit wann?"

„Seit Mai", sagte sie. „Bei einer Maifeier, die ein bisschen aus dem Ruder gelaufen ist."

Er starrte sie nur an.

„Ich weiß. Anscheinend hat jemand versucht, eines der Büros im Obergeschoss für ein Tête-à-Tête zu nutzen. Jemand hat die Kamera deaktiviert, dabei aber so gute Arbeit geleistet, dass wir eigentlich eine neue bekommen sollten, aber die ist noch nicht da."

„Es ist Juli."

„Ja, ich weiß. Wir haben sie nicht zeitnah reparieren lassen. Wieder so ein Ding, dessentwegen ich mich gestritten habe."

„Weshalb muss man überhaupt über sowas streiten? Es hätte einfach getan werden müssen."

„Ich habe die Voucher eingereicht, um es erledigen zu lassen", sagte sie. „Und unser Buchhalter ist zu Fred gegangen, um seine Genehmigung einzuholen, und Fred hat es zu Phil gebracht, und beide dachten, es sei Zeit- und Geldverschwendung. Aber ich habe gesagt, wenn es gut angelegtes Geld war, überhaupt in das Sicherheitssystem zu investieren, wäre es auch gut angelegtes Geld, es zu reparieren, aber die alten Männer waren stur.

Sie beobachtete, wie Carter sie verständnislos anstarrte.

„Wir leben in einer Kleinstadt. Und ich verstehe, dass sie nicht gedacht haben, dass jemals was Schlimmes passieren würde."

„Du schon?"

„Ich mochte Slim nicht", sagte sie sofort. „Ich habe ihm nicht vertraut. Und wenn du jemandem nicht vertraust, schaust du dich immer um und fragst dich, was er alles tun könnte."

„Okay, wir haben also keine Kameras im ersten Stock. Was ist mit den Treppenhäusern und den Aufzügen?"

„Treppenhäuser, ja. Aufzüge, nein."

Er rief den Treppenhaus-Feed auf. „Hast du eine Firma, die sich um die Sicherheit kümmert?"

„Ja, aber sie kümmern sich nur um die Wartung der Geräte."

„Aber anscheinend nicht genug, um die Kamera oben wieder zum Laufen zu bringen."

„Nein, tatsächlich war es jemand vom Wartungsteam, der auf der Maifeier mit einer der verheirateten Sekretärinnen geschlafen hat. Darum wusste er, welche Kamera er deaktivieren musste."

„Oh Gott."

„Nicht wahr?" Hailey lachte. „Ich kann dir seinen Namen geben. Wenn du ihn auseinandernehmen willst, wäre das für mich in Ordnung, denn er würde sicher nicht auf mich hören."

„Warum nicht?"

„Er ist ein Longfellow."

„LÄUFT HIER IMMER alles auf die Longfellows hinaus?"

„Sie sind wie ein Virus", sagte Hailey. In ihrer Stimme lag eine gewisse Belustigung, doch sie lachte nicht. „Sie sind überall. Sehr ansteckend. Du könntest dir das Virus einfangen, indem du einfach an ihnen vorbeistreichst."

„Lass mich das mal klarstellen. Dieser Longfellow ist einer eurer IT-Leute, und er war zu einer Maifeier hier und wusste, dass es Kameras gab, die er dann deaktiviert hat, damit er ein Schäferstündchen mit jemandem aus der Firma haben konnte. Richtig?"

„Richtig, und die Frau war verheiratet." Sie betonte das letzte Wort.

„Guter Gott", sagte er. „Das ist schlimmer als eine Seifenoper."

„Wir leben in einer Seifenoper", sagte sie. „Jedenfalls weiß der Sheriff von dem Sicherheitsproblem, und er kennt die Firma, die für unsere Sicherheit zuständig ist. Er weiß auch, dass unser IT-Mann ein Longfellow ist, der ebenfalls mit Fred verwandt ist. Wenn wir also irgendwas finden, ist das eine Sache. Aber wenn wir zu diesem Longfellow gehen müssen, um es zu bekommen, ist das eine andere Geschichte, und Sicherheit und Datenschutz werden dann ein Problem sein."

„Das sollte es nicht", sagte er.

„Na ja, nochmal, das ist eine Kleinstadt, und jeder kennt jeden."

„Es wäre mir egal, wenn er mit dir verheiratet wäre. Er sollte niemandem erzählen, was zum Teufel in diesem Büro vor sich geht."

„Theoretisch hast du recht", sagte sie. „Aber realistisch

betrachtet …"

Carter schüttelte den Kopf und sah sich den Feed weiter an. „Also können wir das Obergeschoss nicht sehen. Wir haben nichts im Aufzug, und ich sehe nichts im Treppenhaus. Ich nehme an, jeder in der Firma weiß, dass die Kamera im Obergeschoss nicht funktioniert und keine in den Aufzügen ist?"

„Ich bin mir nicht sicher, aber ich gehe mal davon aus. Und wenn alle es gewusst und darüber gesprochen hätten, dann ist es wahrscheinlich, dass etwa drei Viertel der Stadt es auch wissen."

Er klickte durch die Kameras. „Und doch läuft diese hier."

Sie beugte sich vor. „Ja, ich bin diejenige, die darauf bestanden hat, dass wir diese hier installieren. Aber sie haben sie nie mit dem Hauptsystem verbunden, weil sie dachten, ich sei paranoid."

„Eine Überwachungskamera auf einem Parkplatz ist dumm?"

„Das ist rausgeschmissenes Geld, hätte Fred gesagt."

„Wow." Carter pfiff durch die Zähne. „Hört sich an wie ein Hinterwäldler, und doch verwaltet er Millionenvermögen."

„Ja. Wir haben mehr Firewalls und Sicherheitsvorkehrungen für die Internetdatenbanken unserer Firma als im Gebäude selbst."

„Was nützt diese digitale Sicherheit, wenn Phil seine Passwörter auf seine Schreibtischunterlage schreibt?", fragte Carter.

„Ich weiß das. Wie ich dir schon gesagt habe, bin ich diejenige, die gegen die Sicherheitslücken angekämpft hat. Aber mit zwei Partnern aus einer anderen Generation sind mir die Hände gebunden."

„Falsch", korrigierte er. „*Waren*, nicht sind. Das wird sich ändern."

Sie sah ihn an und lächelte. „Ich denke, das Erste, was ich tun sollte, ist, zu sehen, ob ich eine Sicherheitsfirma ohne Longfellows finden kann. Dann werde ich dafür sorgen, dass sich der Umgang mit den Passwörtern ändert."

„Ich würde jemanden beauftragen, der nicht einmal aus der Nähe dieser Stadt kommt. Wenn du eine größere Firma nimmst, kommen sie sicher auch hierher."

„Vielleicht. Ich werde mich damit befassen."

„Ich würde es schnell tun, weil du nicht weißt, worauf jemand sonst noch Zugriff hat."

„Was meinst du?", fragte Hailey.

„Was ist zum Beispiel, wenn es versteckte Kameras in deinem Büro gibt und jemand dir auf die Finger schaut, während du dich irgendwo einloggst? So weit hergeholt ist das nicht." Er beobachtete, wie die Farbe aus ihrem Gesicht schwand.

Sie verschränkte die Arme vor der Brust.

Er ging zu ihr hinüber und sagte: „Ich versuche nicht, dir Angst zu machen …"

Sie schüttelte den Kopf. „Das ist es nicht. Ich hatte nur immer das Gefühl, dass mein Büro überwacht wird."

Er erstarrte und legte dann einen Finger an die Lippen. Er zog sie an sich und flüsterte: „Wir werden die Büros nach Wanzen und Kameras durchsuchen."

„Aber ich weiß nicht wie", sagte sie.

Er trat zurück und sagte: „Das bildest du dir wahrscheinlich nur ein. Ich sehe nichts Verdächtiges hier drin. Lass uns zurück an die Arbeit gehen."

Sie schlossen die Tür hinter sich ab, und Hailey achtete

darauf, auch das Tastenfeld zu verriegeln.

Carter nickte. Als sie jedoch in den Flur kamen, sah sich Carter um und flüsterte: „Wir müssen Ausrüstung besorgen."

„Sicher, aber auch wenn wir sie noch nicht haben, muss ich weiterarbeiten", sagte Hailey, als sie in ihr Büro zurückkehrten.

„Kannst du heute von zu Hause aus arbeiten?"

Sie runzelte die Stirn, nickte aber.

Er bedeutete ihr, alles einzupacken, was sie brauchte, und er packte alles, woran er gearbeitet hatte. Als er sich die Ordner ansah, hielt er inne und schlug vor, alle mit nach Hause zu nehmen.

„Wie bitte?", fragte sie verwirrt. Er deutete auf die Akten, die überall in ihrem Büro verteilt lagen.

Sie nahm eine Kiste und stapelte die Akten hinein, legte dann ihren Laptop obendrauf und ließ den, den er benutzt hatte, zurück.

„Ich bringe das zu meinem Truck", sagte Carter zu ihr, nachdem sie mit dem Packen fertig war.

„Okay", sagte sie. Als sie das Zimmer verließen, schloss sie wieder nicht nur ab, sondern benutzte auch wieder das Tastenfeld.

Danach gingen sie zu Freds Büro. Dort war nichts mehr, was weggeschlossen werden musste, da der Sheriff alles genommen hatte. Sie ging ihm voraus die Hintertreppe hinunter und hinaus auf den Parkplatz, wo Carter die Kiste in Gordons geliehenen Truck verstaute, während Hailey in ihren eigenen Truck einstieg. Als sie in ihrem Wagen saß, ging Carter zu ihr und lehnte sich hinein.

„Ich möchte, dass du direkt nach Hause fährst", sagte er. „Ich werde ein paar Anrufe tätigen und mir ein paar Geräte schicken lassen." Sie runzelte die Stirn, und er schüttelte den

Kopf. „Keine Diskussion. Wir müssen wissen, ob es ein Überwachungsproblem gibt.”

„Wir wissen schon, dass es ein Problem gibt. Was wir wissen müssen, ist, wie groß es ist.”

„Ich kann was über Nacht besorgen. Oder ich nutze den Nachmittag und mache einen Ausflug, um Ausrüstung zu besorgen. Ich muss darüber nachdenken.”

„Gut”, sagte sie, „aber ich muss einkaufen, bevor ich nach Hause gehe.”

„Okay. Mach das. Sei aber vorsichtig, ja?”

Sie nickte, setzte zurück und fuhr vom Parkplatz. Danach stieg Carter in seinen Truck und machte sich ebenfalls auf den Weg. Er fuhr jedoch nur um die Ecke, hielt am Seitenstreifen an und rief Geir an, um ihm das Problem zu erklären.

Geir unterbrach ihn mitten im Wortschwall. „Okay, da ist verdammt viel los mit deinen Freunden, aber was ist mit dem Hund?”

„Die Longfellows haben sich nicht um den Hund gekümmert”, antwortete Carter. „Kannst du mir Ortungsausrüstung schicken? Ich spüre, dass das alles miteinander zusammenhängt. Ich weiß nur nicht wie.”

„Du solltest aber nicht vergessen, dass du da bist, um den Hund zu finden”, warnte Geir.

„Das werde ich”, sagte er und beendete das Gespräch. Er trommelte mit den Fingern auf das Lenkrad, während er darüber nachdachte. Dann rief er Brendas Fahrer an.

„Hey, ich bin’s nochmal, Carter”, sagte er.

Der Fahrer reagierte fast mürrisch.

„Ich brauche den Hund.”

Geschocktes Schweigen breitete sich am anderen Ende der Leitung aus, bevor der alte Mann antwortete. „Ich habe den Hund nicht."

„Sie haben ihn nicht, aber ich muss wissen, was Sie mit ihm gemacht haben." Und wieder folgte Schweigen. „Hören Sie. Es ist mir egal, welche Probleme Sie haben oder wie viel Ärger Sie sich mit diesem Hund eingehandelt haben. Ich glaube, Sie haben den Hund irgendwo ausgesetzt. Wahrscheinlich, weil Sie ihm helfen wollten, aber ich muss wissen wo, damit ich ihn finden kann."

Der Fahrer sprach kurz mit jemandem auf Spanisch und sagte dann: „Ich habe ihn kurz hinter dem Flughafen freigelassen."

„Wie lange ist das her?"

„An dem Tag, an dem er hier angekommen ist. Er hat da gelegen in seinem Käfig und darauf gewartet, dass ihn jemand mitnimmt, aber ich wollte ihn nicht mitnehmen, weil ich wusste, wie Brenda mit ihm umgehen würde", sagte der alte Mann hastig. „Niemand war in der Nähe, also habe ich den Käfig aufgemacht und den Hund rausgebracht. Dann ist er weggelaufen. Ich glaube auch nicht, dass es ihm gefallen hat, die ganze Zeit im Käfig zu sitzen. Vielleicht wusste er, was Freiheit ist."

„Jetzt haben wir also einen verlorenen Hund. Haben Sie ihn seitdem nochmal gesehen?"

„Nein, habe ich nicht. Jetzt lassen Sie mich in Ruhe."

Der Fahrer legte auf, bevor Carter antworten konnte. Carter rief Geir noch einmal an und erzählte ihm die Neuigkeiten.

„Wow, Brenda geht so schlecht mit Tieren um, dass ihr Fahrer dachte, der Hund wäre allein im Wald besser dran?", fragte Geir.

„Ich bin mir auch nicht sicher, ob ich dieser Aussage vertraue, aber ich denke, er hat irgendwas mit dem Hund gemacht, damit Brenda ihn nicht bekommt."

„Glaubst du, er hat ihn mit nach Hause genommen?"

„Ich weiß nicht", sagte Carter. „Ich brauche die Adressen von ihm und seiner Enkelin."

„Ah. Gib mir die Namen, und ich werde sehen, was ich finden kann."

Als Carter auflegte, fühlte er sich besser. Was er wirklich wissen wollte, war, wo die Enkelin war und wie hoch die Wahrscheinlichkeit war, dass sie einen Hund namens Matzuka bei sich hatte. Da er für den Moment nichts Besseres zu tun hatte, fuhr er zurück zur Ranch.

Als er jedoch den Motor anließ, kamen zwei Fahrzeuge die Straße entlanggerast. Beide hatten auf dem Parkplatz der Spedition geparkt, während er hier telefoniert hatte. Er hatte sie gesehen. Er wusste nicht, wer sie waren, doch mit der Geschwindigkeit, mit der sie fuhren, waren sie nicht auf einer fröhlichen Ausfahrt. Neugierig fuhr er los. Er beschloss, ihnen zu folgen und zu sehen, wohin sie wollten.

KAPITEL 7

NACHDEM SIE IHREN Lebensmitteleinkauf abgekürzt und nur das besorgt hatte, was sie für heute Abend und morgen brauchte, fuhr Hailey nach Hause, ihr Verstand schwirrte vor Verwirrung und seltsamen Gedanken. Sie hasste es, das zu sagen, doch es fühlte sich an wie Angst. Sie hatte Angst, dass jemand absichtlich versuchte, ihre Firma zu sabotieren. Angst, dass der Täter mehr als nur versucht hatte, das Geschäft zu sabotieren, sondern auch ihre Partner getötet hatte und nun hinter ihr her war.

Sie konnte sich nicht davon abhalten, in den Rückspiegel zu blicken, um zu sehen, ob sie verfolgt wurde. Die Straße war frei, aber sie wünschte sich, Carter wäre hinter ihr her gefahren. Sie tadelte sich für diesen Gedanken. Das war dumm. Sie wollte nicht von ihm abhängig sein. Die Tatsache, dass er aufgetaucht war, um ihr bei der Durchsicht der Akten zu helfen, war schon enorm. Es stellte auch einen Wendepunkt in ihrer Beziehung dar. Es war schwer, auf jemanden wütend zu sein, der versuchte, einem zu helfen.

Vielleicht war er schon immer so gewesen. Vielleicht hatte sie es einfach nicht bemerkt, weil sie nur den Spott und die Scherze gesehen hatte. Er hatte jetzt fast so etwas wie Härte an sich. Und vielleicht wollte sie es auch nur so sehen, damit sie sich von ihren Emotionen zurückziehen konnte – weg von der Enttäuschung und dem Schmerz.

Sie hatte es nicht fassen können, als er diese Schlampe geheiratet hatte. Zu dieser Zeit war Hailey verletzt und verzweifelt gewesen. Endlich war ihm die Wahrheit über diese Frau bewusst geworden, und er benahm sich jetzt wie ein völlig anderer Mensch – und, ja, sie auch. Sie wollte nicht sagen, dass das vielleicht eine zweite Chance für sie war, aber sie konnte nicht anders, als es zu denken. Daraus konnten so viele gute Dinge entstehen, und gleichzeitig war es ziemlich schwierig, dorthin zu gelangen. Immerhin hatte sie Jahre damit verbracht, sich von ihm fernzuhalten und absichtlich gemein und ätzend zu sein, um ihn auf Armeslänge zu halten. Aber jetzt war er geschieden und fing ein neues Leben an. Und hier stand sie auch vor einem Neuanfang, ob sie darum gebeten hatte oder nicht …

Sie wollte sich freuen, dass die Kanzlei jetzt ihr allein gehörte, doch daran zu denken, dass das Blut ihrer Partner dafür bezahlt hatte, war kein angenehmer Gedanke. Sie hatte es immer vorgezogen, ihre eigenen Berge zu erklimmen und ihre eigenen Erfolge zu verbuchen. Das hier fühlte sich nicht wie ein Erfolg an. Es war überhaupt nicht das, was sie gewollt hatte. Natürlich hatte sie davon geträumt, irgendwann ihre Partner auszubezahlen und die Gesellschaft ganz für sich zu haben – aber nicht so. Niemals so.

Sie fuhr ein paar weitere Kurven auf dem Weg nach Hause, bis sie bemerkte, dass zwei Fahrzeuge sehr schnell hinter ihr auftauchten. Sie wurde automatisch langsamer.

Sie fuhr einen guten, zuverlässigen und schweren Truck und hatte gelernt, nie ein Risiko mit billigen Reifen einzugehen, da sie auf einer Ranch lebte. Eines der Fahrzeuge fuhr vorbei und wehte ihr eine Staubwolke ins Gesicht. Sie atmete erleichtert auf, weil sie dachte, der Fahrer müsse es eilig haben. Doch dann fuhr er vor sie und wurde langsamer.

Nicht sicher, was das bedeutete, bremste sie auch. Dann begriff sie. Das zweite Fahrzeug war noch immer hinter ihr. Das gefiel ihr gar nicht.

Anstatt sich ihre Handlungen von diesen beiden Fahrzeugen diktieren zu lassen, scherte sie aus und gab Gas, um an dem Truck vor ihr vorbeizukommen. Der Fahrer schien davon überrascht zu sein, und sie schaffte es, ihn zu überholen. Als sie vorbeifuhr, bemerkte sie die Überraschung auf seinem Gesicht und erkannte, dass es jemand war, der für sie arbeitete.

Was zum Teufel war los? Sie fuhr weiter und hielt den Blick geradeaus gerichtet. Sie war sich nicht sicher, ob das ein absichtliches Zangenmanöver war oder ob hier etwas anderes vor sich ging. Sie zögerte und überlegte, ob sie anhalten und warten sollte, bis sie vorbeifuhren. Doch andererseits war sie sich nicht sicher, was sie wollten. Nach dem, was mit ihren Partnern passiert war, wagte sie es nicht, dieses Risiko einzugehen.

Dann sah sie ein drittes Fahrzeug näherkommen. Sie runzelte die Stirn. Sie war jetzt auf dem Weg zu ihrer Ranch. Waren die anderen drei Trucks auch auf dem Weg dorthin? Sie atmete tief durch, trat das Gaspedal durch und brachte Abstand zwischen sich und die drei Fahrzeuge, die ihr folgten. Dann trat sie auf die Bremse, um sie zu überraschen, und bog abrupt ab, sodass sie die Einzige war, die ihre Einfahrt hinunterfuhr. Die anderen Fahrzeuge fuhren auf der Hauptstraße durch die Staubwolke hindurch, die sie hinterlassen hatte. Sie erhaschte einen kurzen Blick auf den zweiten Fahrer, doch er reichte aus, um auch ihn zu identifizieren. Das letzte Fahrzeug, dessen Fahrer offensichtlich Carter war, bog hinter ihr in die Auffahrt ein.

Als sie vor dem Haus ankam, stellte sie den Motor ab

und stieg mit zitternden Händen aus. Sie wartete auf Carter.

„Bist du okay?", fragte er.

„War das komisch, oder was war da los?" Ihre Stimme brach. „Was zur Hölle war das?"

„Es sah aus, als wollten sie dich in die Zange nehmen. Kennst du die beiden?"

„Sie arbeiten beide für die Kanzlei, oder besser gesagt: Slim hat früher für uns gearbeitet und Andy tut es immer noch", sagte sie geschockt. „Ich muss den Sheriff anrufen."

„Gut", sagte er. „Und ich versuche herauszufinden, was ich wegen dieses verdammten Hundes anstellen soll."

Sie starrte ihn an. „Oh richtig. Das ist der Grund, warum du hier bist."

„Kennst du Brenda Longfellows Fahrer?"

Sie runzelte die Stirn. „Diego?"

Er nickte. „Ich denke schon. Er hat mir erzählt, dass er den Hund freigelassen hat."

Sie schüttelte den Kopf. „Ich kann mir nicht vorstellen, dass er sowas tun würde. Er liebt Tiere. Früher hat er ein Zentrum für verletzte Tiere geleitet. Er hat sie gesund gepflegt."

„Ah", sagte Carter. „Weißt du, wo seine Enkelin wohnt?"

„Wegen dem, was der Burgess-Satansbraten getan hat, oder wegen des Hundes?"

„Wie wäre es mit beidem?", sagte er mit einem halben Lächeln. „Willst du mitkommen, sozusagen als bekannte Größe? Wenn sie den Hund hat, dann ist alles in Ordnung."

„Vielleicht, aber was ist, wenn wir den Hund finden? Würdest du ihn ihr wegnehmen?"

Er runzelte die Stirn. „Ich muss nur wissen, dass es dem Hund gut geht. Ich muss ihn ihr nicht wegnehmen."

„Warum fahren wir dann nicht zu ihr raus und sehen nach?", schlug Hailey vor.

„Du hast recht. Das hätte ich zuerst machen sollen. Gleich am Anfang hatte ich gedacht, dass er das getan haben könnte."

„Wie kommst du darauf?"

„Seine Reaktion", sagte Carter, lehnte sich in den Truck und holte die Kiste mit den Akten und ihrem Laptop heraus. Er ging hinein und stellte die Kiste auf den Küchentresen, dann drehte er sich um und schob sie wieder nach draußen. Vor dem Truck deutete er auf die Beifahrerseite. „Lass uns mit ihr reden."

„Wir hätten meinem Bruder sagen sollen, was ich vorhabe", sagte Hailey nach einer Weile.

„Wahrscheinlich ist er bei den Kühen draußen", sagte Carter lachend.

„Solange er okay ist, ist mir alles recht."

Carter runzelte die Stirn. „Glaubst du, dass jemand ihm was antun will?"

„Nicht unbedingt", antwortete sie. „Aber ich habe das Gefühl, dieser Krieg heizt sich auf allen Seiten auf."

„Also glaubst du, dass die Sache mit der Grundstücksgrenze was mit deinen Partnern zu tun hat?"

Sie hob beide Hände und schüttelte den Kopf. „Keine Ahnung. Nichts davon ergibt einen Sinn. Ich hätte nie gedacht, dass Fred oder Phil in etwas Derartiges verwickelt sein könnten. Aber der Rest ihrer Familien – wer weiß – vielleicht."

„Wir werden dem auf den Grund gehen. Irgendwann. Doch bisher haben wir einfach noch nicht alle Puzzleteile."

Während er ihrer Wegbeschreibung folgte, rief Hailey den Sheriff an. Sie erzählte Raleigh, was gerade mit den beiden Fahrzeugen passiert war. Dann sah sie Carter an. „Ich hätte den Anruf auf Lautsprecher stellen sollen."

„Nicht schlimm", sagte er. „Was hat er dazu gesagt?"

„Er sagte, er hat es sich notiert, und sie haben Phils Laptop. Er hat auch gesagt, er habe die Überwachungskameras überprüft, aber nichts gefunden oder gesehen."

„Okay."

„Ich glaube, damit habe ich gerechnet."

„Wir haben auch nicht wirklich was gesehen, außer dass mir aufgefallen ist, wie ein Fahrzeug am Montagmorgen, als du die Leiche gefunden hast, früh auf den Parkplatz gefahren und kurz darauf wieder verschwunden ist", sagte Carter. „Vielleicht wusste also jemand von der Kamera auf dem Parkplatz und hat dieses Wissen genutzt, um nicht gesehen zu werden."

„Wem hat das Fahrzeug gehört?"

„Laut Nummernschild Fred."

„Also, nachdem Fred getötet wurde, ist jemand durch Phils Fenster verschwunden, was erklären würde, warum es offen war. Das macht die Annahme wahrscheinlicher, dass Phil ihn ermordet hat."

„Zumindest will es jemand so aussehen lassen", sagte Carter stirnrunzelnd.

„Ich weiß nicht, wer seinen Namen so durch den Dreck ziehen will. Phil war immer sehr beliebt."

„Hat aber, was IT angeht, nicht viel Vorsicht walten lassen."

„Ja, aber das muss nichts heißen. Wer so beliebt ist wie Phil, dem lässt man eher was durchgehen als jemandem, den man nicht leiden kann."

„Vielleicht lassen die Leute ihm mehr durchgehen", sagte er, „aber das bedeutet nicht, dass er sich auf diese Weise

Respekt verschafft."

„Vielleicht. Ist wirklich schwer zu sagen."

„Genau."

Sie lotste Carter um ein paar Ecken in die Außenbezirke der Stadt, wo sich viele kleine Hobbyfarmen befanden. Sie sahen heruntergekommen aus.

„Er lebt hier", sagte Hailey.

„Und die Enkelin?"

„Die ganze Familie lebt zusammen. Du glaubst doch nicht wirklich, dass Brenda ihm genug bezahlt, dass sie sich eigene Häuser leisten können, oder?"

CARTER RUNZELTE DIE Stirn, blieb aber ruhig. Sie fuhren um zwei weitere Ecken, hinter denen sich die Straße zu einem älteren kleinen, aber sauberen Haus öffnete, neben dem viele Hunde in Zwingern herumliefen. Carter bog in die Einfahrt ein und stieg aus. Anstatt mit Hailey zum Haupthaus zu gehen, ging er direkt zu den Hundezwingern. Matzuka war nicht dort. Stirnrunzelnd drehte er sich um und sah Brendas Fahrer in der Nähe stehen.

Carter stemmte seine Hände in die Hüften. „Ich suche den Hund und werde nicht aufhören, bis ich ihn gefunden habe."

Diego schüttelte den Kopf. „Ich habe ihn nicht."

„Warum?"

Der Mann zögerte.

In diesem Moment erschien Hailey. „Hallo Diego, wie geht's Ihnen?"

Sein Gesicht verzog sich zu einem Lächeln. Er streckte ihr die Hand entgegen. „Mir geht's gut." Dann sah er Carter an und runzelte die Stirn. „Sag ihm, dass ich den Hund nicht habe."

„Wenn Sie den Hund nicht haben, dann wissen Sie, wo er ist", sagte sie sanft.

Diego sah plötzlich besorgt aus.

Als Hailey es bemerkte, fügte sie hinzu: „Es ist allgemein bekannt, dass Sie niemals einem Tier schaden würden, und Sie würden ganz sicher auch keins allein in der Wildnis aussetzen, wo es verletzt werden könnte."

Sein Blick wurde traurig.

„Ich weiß nicht, warum Sie glauben, dass Sie in Schwierigkeiten sind. Wir wollen nur den Hund." Er zuckte mit den Schultern, schwieg aber, und sie drängte etwas stärker. „Sie verstehen, dass die US-Regierung nach ihm sucht, nicht wahr?"

„Ja."

„Dann seien Sie bitte ehrlich, und sagen Sie uns, wo er ist. Wir werden es Brenda nicht sagen", sagte Carter.

Diego schnaubte. „Das sagen Sie. Das heißt nicht, dass sie es nicht erfährt."

„Haben Sie den Hund aus dem Käfig gelassen?"

Diego zögerte.

„Das haben Sie also nicht", sagte Carter. „Haben Sie gesehen, wie jemand anderes den Hund aus dem Käfig gelassen hat?"

Da sah er wieder verzweifelt aus.

„Ist der Hund frei und läuft irgendwo da draußen herum?", drängte Carter.

Diego zuckte mit den Schultern. „Ich habe ihn nicht gesehen."

„Haben Sie es versucht?"

Er nickte. „Ich habe es versucht, aber ich habe ihn nicht

gesehen."

„Als ich angekommen bin", sagte Carter, „dachte ich, ich hätte einen Kojoten auf der Rückseite des Flughafens gesehen. Matzuka sieht aus wie ein Kojote, fast rehbraun. Er wird seit drei Monaten vermisst. Das ist eine lange Zeit."

„Rund um den Flughafen gibt es eine Menge Müll", sagte Diego. „Hunde können dort problemlos überleben."

„Sie haben den Käfig nicht geöffnet und den Hund nicht gesehen, aber Sie wissen etwas über ihn. Was ist passiert?"

Der Fahrer ließ langsam die Schultern sinken. „Ich war nicht dabei. Ich habe Ihnen von meiner Enkelin erzählt." Er blickte von Carter zu Hailey. Beide nickten. „Aber mein Neffe … er arbeitet manchmal da. Er fand, dass der Hund traurig aussah. Mein Neffe ist … anders."

Da erinnerte sich Hailey daran, dass sein Neffe ein Down-Syndrom hatte. Sie nickte. „Hat er den Hund rausgelassen, weil der Hund traurig ausgesehen hat? Wollte er mit dem Hund spielen?"

Diegos Miene hellte sich auf. „Sie erinnern sich an ihn?"

„Natürlich tue ich das. Carlos ist ein fröhlicher Junge." Hailey glaubte, dass er jetzt ungefähr zwölf Jahre alt war, doch sie wusste nicht wirklich, wie sein geistiger Entwicklungsstand war.

„Er geht mit seinem Vater zum Flughafen, wo er auf dem Parkplatz für Geld Autos wäscht."

„Und Carlos war allein, als er den Hund gesehen und den Käfig aufgemacht hat? Er hat den Hund rausgelassen, in der Hoffnung, mit ihm spielen zu können, doch dann ist er weggelaufen?", fragte Hailey. Sie sprach sanft und voller Mitgefühl.

Diego nickte und seufzte schwer. „Ich habe nach dem

Hund gesucht, aber ich habe keine Spur von ihm gefunden."

„Der Flughafen ist nicht gerade in Ihrer Nähe", sagte Carter. „Fahren Sie manchmal vorbei, um sich umzusehen?"

„Ja", sagte der alte Mann. „Ich habe immer Hundefutter dabei und lasse welches am Flughafen, in der Hoffnung, dass ich den Hund vielleicht einfangen kann."

„Weil Sie wissen, dass jemand diesen Hund suchen würde, nicht wahr?"

„Immer, wenn die Regierung involviert ist, ja", sagte er. „Als ich herausgefunden habe, dass er ein Kriegshund war, wusste ich, dass wir in Schwierigkeiten geraten würden." Dann hob er seine Hände, bevor er fortfuhr: „Aber was kann ich tun? Ich war nicht mit Carlos dort. Er war eine Weile allein – das nur, weil seine Mutter bei der Arbeit war, während sein Vater auf dem Parkplatz am Flughafen versucht hat, Arbeit zu bekommen. Also ist Carlos für ein paar Minuten verschwunden. Ich hätte den Hund schon abgeholt haben sollen, aber ich hab's nicht getan, und Carlos hat ihn gesehen und aus dem Käfig gelassen."

Hailey lächelte. „Wissen Sie was? Das ist nicht das Ende der Welt. Wir müssen den Hund jetzt nur noch finden."

„Aber was kann ich tun? Ich habe den Hund nie gesehen."

„Überhaupt nicht?"

„Einmal, vielleicht zweimal", sagte er. „Aus der Ferne und nur in der ersten Woche."

„Okay", sagte Carter. „Ich werde zum Flughafen fahren und sehen, ob ich Spuren finden kann. Wo haben Sie ihn zuletzt gesehen?"

„Etwa eine Stunde vom Flughafen entfernt oder etwa ein paar Meilen von dort, in der Nähe einer kleinen Müllhalde, in die alle ihren Mist werfen. Also ist oft Futter da, was manchmal auch zu Problemen mit Bären führt, aber Kojoten sind immer da."

„Matzuka könnte es leicht mit Kojoten aufnehmen", sagte Carter, „aber es ist immer noch kein ideales Leben, oder?"

Diego schüttelte den Kopf. „Nein, ich hätte es Ihnen gleich sagen sollen."

„Ja, das wäre gut gewesen."

„Lass uns einfach gleich hinfahren und uns umsehen", sagte Hailey.

„Ja", antwortete Carter. „Ich mache mir Sorgen, dass jemand ihn mitgenommen haben könnte."

„Vielleicht", sagte Diego plötzlich. „Ich glaube, ich habe neulich jemanden mit einem rehbraunen Schäferhund in der Stadt gesehen."

„Wer war das?"

„Harold", sagte er. „Harold Longfellow."

„*Noch* ein Longfellow?" Carter schüttelte den Kopf, als er Hailey ansah, bevor er sich Diego zuwandte.

Er nickte. „Einer von der unangenehmeren Sorte."

„Oh Shit", sagte Hailey. „Slims Cousin. Ja, ich kann mir vorstellen, dass er so einen Hund haben wollen würde."

„Hat er ihn gut behandelt?", fragte Carter.

„Der Hund hat sich nicht benommen, und er ist ziemlich grob mit ihm umgegangen", sagte Diego. „Aber man kann hier nicht wagen, das Verhalten der Longfellows zu kritisieren oder zu kommentieren."

„Er hat den Hund nicht benutzt, um irgendjemanden zu bedrohen, oder?"

„Der Hund hat ein breites Stachelhalsband getragen. Harold ist niemand, mit dem Sie zu tun haben wollen. Er ist Buchmacher und verleiht auch Geld an die weniger glücklichen Einwohner dieser Stadt." Er warf Carter einen Blick zu. „Die Zinsen, die er verlangt, bedeuten im Grunde, dass er sich so manchen Schuldknecht gekauft hat."

Daraufhin sah Carter Hailey an.

„Von all dem weiß ich nichts", sagte sie. „Ich weiß nur, dass er früher in der Schule der Punk an der Straßenecke war und mit Marihuana gedealt hat. Er hat also von damals Verbindungen zur Drogenszene. Er stand nicht auf das härtere Zeug oder sowas, zumindest nicht, dass ich wüsste, aber scheinbar hat er sich stattdessen auf das Wett- und Kreditgeschäft spezialisiert. Es würde zu seiner Erscheinung passen. Lederwesten und viele Tätowierungen. Aber bei den Longfellows ist Familie immer noch Familie."

„Und natürlich sollte der Hund zu Brenda und David kommen, aber sie wissen nichts darüber, wo er gelandet ist, oder? Und wenn sie es im Nachhinein herausgefunden hätten, hätten sie dann was gesagt?", fragte Carter Hailey.

„Vielleicht. Aber Brenda mag Harold nicht. Brenda ist wahrscheinlich die Einzige in der ganzen Familie, die ihm den Hund nicht gegeben hätte. Obwohl, wenn Harold sie bedroht hätte, hätte sie es vielleicht getan."

Diego nickte. „Ich denke, das ist passiert. Aber man weiß nie."

„Wie kann ich diesen Typen finden?"

Hailey holte tief Luft und schüttelte den Kopf. „Das willst du nicht."

„Warum nicht?"

Sie runzelte die Stirn. „Weil es mir egal ist, für wie tough du dich hältst, Harolds Generation ist einfach nur gemein."

„Ich habe den Eindruck, dass keine Generation sehr nett ist", sagte er. „Außerdem will ich nur wissen, dass es dem Hund gut geht. Wenn er da nicht glücklich ist, werde ich einen Ort für ihn finden, an dem er glücklich sein kann."

„Zusammen können wir ihn erledigen", sagte Diego fröhlich.

Carter lächelte. „Das werde ich in Betracht ziehen, aber es könnte Ihren Job bei Brenda gefährden."

„Ich suche einen anderen Job. Aber es ist schwer, einen anderen zu finden, weil ich keine Referenzen von ihr bekomme."

„Diesen Mist kann ich nicht ausstehen. Hören Sie. Wenn mir ein anderer Job für Sie einfällt, lasse ich es Sie wissen." Carter verabschiedete sich und winkte Hailey dann zurück zum Truck.

„Glaubst du ihm?", fragte Carter Hailey, nachdem er den Motor angelassen hatte.

„Ich weiß nicht mehr, was ich glauben soll", sagte sie. „Mir kommt es vor, als wäre ein ganzer Haufen Schlangen unter meinen Füßen, die ich vorher nicht gesehen habe. Ich zweifle derzeit stark an meinem Urteilsvermögen."

„Das verstehe ich. Ich kann nicht sagen, dass ich selbst sehr begeistert davon bin."

„Was willst du wegen des Hundes unternehmen?"

„Ich würde ihn gerne mit Gewalt da rausholen", sagte er und seufzte dann. „Ich weiß wirklich nicht, wie weit meine Autorität reicht. Es ist eine offizielle Angelegenheit der Navy, aber dann auch wieder nicht. Ich denke, ich muss mit Geir darüber sprechen."

Wie aufs Stichwort klingelte sein Handy. Er warf einen Blick darauf und lächelte. „Es ist Geir", sagte er. Er setzte den Truck zurück und fuhr die Straße hinunter, während er den Anruf annahm und ihn auf die Freisprecheinrichtung legte. „Geir, was gibt's?"

„Ein Paket ist für dich unterwegs. Übernacht-Kurier. Du

kannst es heute bei der Post abholen."

„Wird gemacht. Ich habe auch eine neue Geschichte darüber, wie der Hund am Flughafen freigelassen wurde", sagte Carter und erzählte ihm, was er erfahren hatte.

„Also", sagte Geir, „glaubst du, du hast beim dritten Mal wirklich die richtige Geschichte?"

„Ich denke, dem alten Mann ist seine Familie sehr wichtig, und ich glaube, er wollte seinen Neffen beschützen", sagte Carter. „Die Frage ist, ob es dem Hund besser geht, wo er jetzt ist."

„Nun, wir können nicht einfach davon ausgehen. Wir müssen sicher sein, dass er nicht misshandelt wird."

„Ich habe vor, in bekanntes Drogengebiet zu gehen. Anscheinend ist dieser Harold auch ein Longfellow. Allerdings von der falschen Seite der Gleise. Nicht sehr beliebt beim Rest der Familie. Macht Straßengeschäfte."

„Natürlich. Und er kann einen großen Macho-Sidekick in Gestalt eines Kriegshundes gut gebrauchen, damit er sich wie ein großer Macker fühlen kann, nehme ich an?"

„Ich denke schon", sagte Carter. „Nach allem, was ich gehört habe, würde das passen. Die Sache ist nur, dass Hailey sagt, er sei gefährlich."

„Ja, nun, wir wissen, wie das läuft", sagte Geir und klang müde. „Wäre es nicht schön, wenn wir zur Abwechslung den Hund mal bei einem von den Guten finden würden? Warum können diese Hunde nie bei jemandem landen, der nach Sonnenschein und Rosen duftet oder sowas?"

„Ja, das scheint uns nicht vergönnt zu sein", sagte Carter.

„Vielleicht nicht, aber es wäre sicherlich mal eine nette Abwechslung."

„Ich muss diesen neuen Hinweisen nachgehen und sehen, ob ich an ihn rankommen kann. Dann werden wir sehen, ob wir eine Lösung finden müssen."

„Hast du vor, einfach zu ihm zu gehen und ihn nach dem Hund zu fragen?", fragte Geir.

„Du kannst darauf wetten, dass er einen Eigentumsnachweis verlangen wird", sagte Carter.

„Das hast du alles in der Akte. Die Adoptionsformulare, seine tierärztlichen Unterlagen und die anderen Dokumente in seiner Akte – dazu seine Tätowierung. Vielleicht solltest du ihn nach seinem Eigentumsnachweis fragen."

„Ja." Carter lachte. „Die dürfte hinter einer 9-mm sein. Das weißt du selbst am besten."

„Da warst du schonmal", sagte Geir amüsiert, „aber es wäre eine gute Idee, wenn du nicht allein hingehst."

„Vielleicht, aber ich habe hier kein Backup."

„Natürlich", antwortete Geir, „denn das wäre viel zu einfach. Da du ja schon gesagt hast, dass die örtlichen Strafverfolgungsbehörden unter Longfellow-Befall leiden, muss ich weiter draußen suchen. Ich melde mich wieder, wenn mir was einfällt. Recherchiere in der Zwischenzeit weiter, aber tu nichts Überstürztes, das dir Probleme mit den örtlichen Cops einbringen könnte."

„Verstanden", sagte Carter, bevor er auflegte. Er warf das Handy neben sich. „Weißt du, wo dieser Typ wohnt?", fragte er Hailey.

„Nein, aber jeder in den Slums könnte es dir sagen", sagte sie leise.

„Sag mir, wie ich dort hinkomme, damit ich mir ansehen kann, womit ich es zu tun habe."

Sie beschrieb ihm den Weg, und sie fuhren zurück in die Stadt.

„Wie viele Leute leben hier?"

„Ungefähr dreißigtausend", sagte sie. „Aber das schließt

auch alle Ranches in der Umgebung mit ein."

„Verstehe. Also, der Kern der Stadt ist wie viel, zwanzig, vielleicht fünfundzwanzigtausend?"

„Weniger. Vielleicht die Hälfte. Sie ist groß genug, um Schulen und einen Sheriff und eine Handvoll Deputies zu haben, aber nicht unbedingt groß genug, um große Kaufhäuser oder Ähnliches anzulocken."

„Natürlich nicht. Wie weit musst du dafür fahren? Eine Stunde, vielleicht anderthalb, um diese Art von Läden und Restaurants zu finden?"

„Ja", sagte sie. Sie deutete nach vorn. „Bieg hier ab."

Er bog nach links ab, und sie dirigierte ihn um zwei weitere Ecken.

„Jetzt solltest du die typischen Merkmale erkennen", sagte sie.

„Wenn Pfandhäuser auftauchen", sagte er, „ist das normalerweise der beste Hinweis darauf, dass ich nicht unbedingt in einer Gegend mit Spitzenverdienern bin."

„Ich bin mir nicht sicher, ob Harold noch selbst an Straßenecken steht, aber er hat ein paar Leute, die wahrscheinlich diese Art von Geschäften für ihn erledigen."

„Aber er steht nicht zu weit oben in der Rangordnung auf den Straßen, oder?"

„Ich weiß nicht", sagte sie. „Ich bin früher mit ihm zur Schule gegangen, aber er ist nicht mehr der Teenager, den ich kannte. Oh, halt an! Ich glaube, das ist er!"

Carter hielt am Straßenrand und sah zu, wie ein hochgewachsener, tätowierter Mann die Straße entlangging. An seiner Seite war ein Schäferhund mit einem Stachelhalsband. Carter betrachtete angewidert das Halsband, ließ den Blick über den Hund schweifen und öffnete dann die Dateien auf seinem Handy. Als er das Foto gefunden hatte, hielt er es hoch und zeigte es Hailey. „Was denkst du?"

Sie nickte. „Das sieht aus wie der Hund bei ihm."

Carter sprang aus dem Truck und eilte durch den Verkehr, um auf Harold zuzugehen. Der Mann sah ihn an und hob eine Augenbraue. „Alter, was können wir für dich tun?"

Anstatt zu antworten, pfiff Carter scharf und gab ein paar Kommandos. Sofort schossen Kopf und Ohren des Hundes nach oben, als er sich hinsetzte, sich dann hinlegte und dabei an der Leine weiter zog.

Harold riss heftig an der Leine. „Was zum Teufel hast du gerade mit meinem Hund gemacht?"

„Nun", sagte Carter lächelnd. „Er hat mir gerade ein paar Fragen beantwortet." Er bückte sich und befahl dem Hund, sich auf die Seite zu legen. Carter warf einen Blick auf die Innenseite seines Beins. „Ich fordere hiermit das Eigentum von Uncle Sam zurück." Mit einer abrupten Bewegung löste er das Halsband des Hundes, ließ es fallen und ließ den Hund frei.

Der Mann beschimpfte Carter und rannte dem Hund hinterher, um ihn wieder an die Leine zu legen. „Warum zum Teufel hast du das getan?"

„Dieser Hund wurde speziell für eine Adoptivfamilie hierher geschickt und ist versehentlich am Flughafen freigelassen worden. Ich würde gerne wissen, warum Sie Eigentum der US Navy in Ihrem Besitz haben."

„Ich, also, ich war gut zu ihm. Habe ihm zu fressen gegeben und ihn nur gut behandelt."

„Bis auf die Tatsache, dass das nicht Ihr Hund ist", sagte Carter. „Er ist ein Kriegshund, und ich nehme ihn mit." Er rief den Hund zu sich, und er kam wie der Blitz zurück. Er bückte sich zu ihm hinunter, streichelte seinen Kopf und kraulte ihn unterm Kinn, Liebkosungen, die er wahrscheinlich schon lange nicht mehr bekommen hatte. Der Hund war überglücklich, denn plötzlich sprach jemand seine Sprache. Dann, ohne dem anderen Mann eine Gelegenheit zu geben, weiter zu protestieren, ging Carter zu Gordons Truck, öffnete die Tür und befahl dem Hund, hineinzuspringen.

„Danke, dass Sie sich für mich um meinen Hund gekümmert haben", sagte Carter, bevor er einstieg und losfuhr.

KAPITEL 8

HAILEY STARRTE CARTER an. „Ich bin mir nicht sicher, ob das eine so gute Idee war", sagte sie und drehte sich um, um aus dem Rückfenster sehen zu können.

„Vielleicht nicht", sagte er. „Aber hier passiert genug Scheiße, dass wir herausfinden müssen, wie das alles zusammenhängt. Ich wollte den Hund aus der Gleichung nehmen. Außerdem muss man sich gegen Sandkastentyrannen zur Wehr setzen." Matzuka saß mit dem Kopf nach vorn hinter ihm, fast zwischen ihnen beiden. „Wie geht's dir, Junge?"

Er antwortete mit einem gedämpften Bellen, scheinbar vollkommen glücklich.

„Du hast ihm das Halsband abgenommen. Brauchst du nicht eins für ihn?"

„Nicht, wenn er ein ausgebildeter K9 ist", sagte er. „Ihr Training ist unglaublich."

„Woher kennst du diese Befehle?"

„Ich habe früher mit Hunden gearbeitet. Meine Familie hat in meiner Kindheit Hunde gehabt, und meine Ex-Frau und ich hatten zwei, die sie beide mitgenommen hat, als sie gegangen ist. Aber als ich wusste, dass ich hierherkommen würde, habe ich einen Freund von mir kontaktiert und ein paar zusätzliche Befehle gelernt, die Matzuka gewohnt sein muss. Mein Freund hat gesagt, dass es besonders wichtig ist, dass ich meine Befehle ohne Zögern erteile. Du musst ein

Kommando in der Erwartung geben, dass es befolgt wird, denn sobald der Hund Zweifel an deinem Kommando hört, wird er es ausnutzen. In diesem Fall sollten diese Hunde es besser wissen. Aber Matzuka ist schon lange aus der K9-Einheit raus."

„Hast du seine Tätowierung nochmal überprüft?"

„Ja", sagte er. „Hast du nicht gesehen, wie ich ihm befohlen habe, sich hinzulegen? Da habe ich die Nummer gelesen."

„Und was jetzt? Jetzt werden dir mehrere Longfellows im Nacken sitzen."

„Harold ist derjenige, den sie nicht mögen, also werden die anderen wahrscheinlich eher über ihn lachen, und das wird ihn noch wütender machen. Wenn er wusste, dass der Hund von Anfang an für Brenda bestimmt war, würde das erklären, warum er ihn aufgenommen hat. Aber die Chancen stehen gut, dass er den Hund einfach nur gefunden hat, ohne seine Vorgeschichte zu kennen oder sich dafür zu interessieren."

„Und was ist mit Brenda? Steht ihr der Hund jetzt nicht rechtlich zu?"

„Nein, sie hat eine Erklärung unterschrieben und bestätigt, dass sie Matzuka nie erhalten hat und entsprechend keine Haftung oder Verantwortung für den Hund trägt. Ich habe ein PDF davon in der Akte, die Geir mir geschickt hat."

„Dann hat er derzeit keinen Besitzer", sagte Hailey.

„Doch, hat er", sagte Carter mit einem breiten Grinsen. „Mich."

Sie schüttelte den Kopf. „Wow."

„Wow was?"

„Wenn du dich bewegst, bewegst du dich schnell", sagte

sie. Sie drehte sich auf dem Beifahrersitz um, um den Hund anzusehen, einen Schäferhund, wenn auch ein bisschen größer als gewöhnlich. Seine Zunge hing auf einer Seite aus seinem Maul. „Denkst du, er wird glücklich sein? Was, wenn er eine Beziehung zu Harold aufgebaut hat?"

„Das bezweifle ich", sagte Carter. „Hast du gesehen, wie er an der Leine gerissen hat?"

„Oh nein", sagte sie mit tödlicher Stimme, „ich spüre Striemen auf seinen Schultern und seinem Rücken."

Er warf ihr einen harten Blick zu, betrachtete den Hund im Rückspiegel, behielt aber auch die Straße im Auge.

„Du hattest keine Gelegenheit, es früher zu bemerken", sagte sie, „aber es fühlt sich so an, als wäre er mit einem Gürtel oder sowas geschlagen worden."

„Umso mehr Grund dafür zu sorgen, dass Harold ihn nicht wieder zurückbekommt."

„Erwartest du, dass er hinter dem Hund her ist?"

„Nein, aber das bedeutet nicht, dass er nicht versuchen wird, ihn zurückzubekommen. Hängt auch davon ab, ob er dich gesehen hat oder nicht."

Sie seufzte. „Möglich. Ich meine, ich habe mein ganzes Leben hier verbracht und bin mit ihm zur Schule gegangen." Genau in diesem Moment klingelte ihr Handy. Eine Nummer, die sie nicht kannte. „Hallo?", fragte sie vorsichtig.

Harolds Stimme dröhnte durch den Truck. „Ich will meinen verdammten Köter zurück, Schlampe!" Dann legte er auf.

Fasziniert starrte sie auf das Handy. „Nun, ich schätze, er erinnert sich, wer ich bin."

„Gut", sagte Carter. „Hast du seine Nummer?"

Sie hielt das Handy hoch und nickte.

„Wähl' sie und gib mir das Handy."

Hailey seufzte, tat aber, was Carter verlangte. Sie wollte nicht in noch mehr Longfellow-Streitigkeiten verwickelt werden.

Sobald sich die wütende Stimme am anderen Ende meldete, sagte Carter: „Dieser Hund gehört der US-Navy. Ich habe seine Tätowierung überprüft, die ihn als Kriegshund ausweist. Sie haben dieses sehr wertvolle Tier offensichtlich misshandelt. Rechnen Sie mit einer Anzeige.” Damit legte er auf und warf das Handy zurück zu Hailey.

Schockiert war sie sich nicht sicher, was sie denken sollte. „Wirst du ihn anzeigen?”

„Vielleicht. Wahrscheinlich aber nicht. Niemand scheint Tierquälerei je ernst zu nehmen, was mich ankotzt. Aber wenn Harold Ärger macht, kannst du darauf wetten, dass ich sein kleines Straßengeschäft zerstören werde.”

„Glaubst du, du kannst das?”

„Ich kann. Das Problem ist, sobald ich das tue, kommen zehn weitere Hackfressen wie er aus dem Schatten, um seinen Platz einzunehmen.”

„Ich weiß”, sagte sie, „aber ich habe gehört, dass er in letzter Zeit viel schlimmer geworden ist.”

„Schlimmer in welcher Hinsicht?”

„So wie er die Leute auf der Straße behandelt. Er ist vom selben Blut wie der idiotische Schuljunge, der Diegos Enkelin angegriffen hat.”

„Du hast genug Sorgen”, sagte Carter. „Überlass das mir. Sobald wir bei dir zu Hause sind, sehen wir uns den Hund an und sehen, ob er einen Tierarzt braucht. Ich weiß nicht, ob ihr hier einen Tierarzt habt, der kein Longfellow ist und dem du vertrauen kannst.”

Hailey hellte sich auf. „Es gibt eine. Sie ist relativ neu in der Gegend und hat eine Praxis gekauft, was den Longfellows gar nicht gefallen hat."

„Haben sie den alten Tierarzt aus dem Geschäft getrieben?"

„Mehr oder weniger. Ich habe dir schon gesagt, dass es nie eine gute Idee ist, sich mit ihnen anzulegen."

„Dann ist die Frage, ob die neue Tierärztin nicht schon verdorben ist, wenn die Longfellows ihr erlaubt haben, die Praxis zu übernehmen." Carter schüttelte den Kopf. „Hört sich an, als wäre in dieser Gegend eine echte Umstrukturierung erforderlich. Die Longfellows sind vollkommen außer Kontrolle. Jemand muss sich ihnen entgegenstellen."

„Vielleicht", sagte sie. Und dann sank sie in ihren Sitz zurück. „Ich weiß nur nicht, wer bereit ist, das Risiko einzugehen."

Sie schloss ihre Augen und wünschte sich, sie könnte ein oder zwei Wochen in der Zeit zurückreisen. Sie wünschte, ihre Freunde wären nicht gestorben. Sie wünschte sich – plötzlich spürte sie heißen Atem in ihren Nacken. Und dann stupste eine feuchte Nase ihren Hals. Sie lächelte, doch sie ignorierte Matzuka, bis er sein Kinn an ihre Schulter schmiegte. Sie kicherte und hob eine Hand, um den Schäferhund wissen zu lassen, dass er die Aufmerksamkeit bekommen würde, nach der er sich sehnte. Oder vielleicht dachte er, sie brauchte seine Aufmerksamkeit. Als sie zu Carter hinüberblickte, bemerkte sie sein Lächeln.

„Nur, weil ich Tiere mag", sagte sie, „heißt das noch lange nicht, dass ich deine Methoden gutheiße."

„Vielleicht nicht ideal, aber sie bringen Dinge zum Laufen."

„Stimmt, doch sie erinnern mich ein bisschen zu sehr an die Longfellows. Die strecken auch einfach die Hand aus und nehmen sich, was sie wollen."

„Aber in meinem Fall aus ganz anderen Gründen", sagte er. „Ich bin mit einer Mission hierhergekommen, um sicherzustellen, dass der Hund gut versorgt ist. Einen Hund zu schlagen, ist so ziemlich das Gegenteil davon."

„Aber das wusstest du nicht, als du ihm den Hund weggenommen hast", protestierte sie.

„Das musste ich nicht", sagte er. „Aber das Stachelhalsband und die Art und Weise, wie Harold an der Leine gerissen hat, waren genug Warnsignale. Dieser Hund wurde für Einschüchterungstaktiken missbraucht. Wenn Harold jemals die Befehle gelernt hätte, die nötig sind, den Hund töten zu lassen, dann hätten wir hier ein ganz anderes Problem. Und dieser Hund hätte wegen Harolds Missbrauch dieser Befehle eingeschläfert werden können."

„Gibt es dafür wirklich Befehle?"

„Definitiv. Angriffsbefehle. Wir wollen nicht, dass diese Kriegshunde töten. Doch wenn einer unserer eigenen Männer in Schwierigkeiten wäre, würde das spezielle Training des Hundes, um diesem Angriff entgegenzuwirken, nicht auf die Schulter des Angreifers abzielen. Er würde ihm an die Kehle gehen."

„Hunde sind wirklich die besten Freunde des Menschen, nicht wahr?"

„Das können sie sein", sagte er mit einem Nicken. „Es sei denn, du bist dem besten Freund feindlich gesinnt."

„Und in den Händen von jemandem wie Harold ..."

CARTER SCHMUNZELTE VOR sich hin, weil er wusste, dass Hailey nicht verstand, dass seine militärische Ausbildung eher offensiven als defensiven Charakter hatte. Er war darauf trainiert worden, den Gegner aufzuhalten, ihn nicht weiterkommen zu lassen. Er hatte vor langer Zeit gelernt, das Leben mit beiden Händen zu packen. Herumzusitzen und darauf zu warten, dass es passierte, hatte Carter noch nie gefallen. Das war ein Teil seines Problems bei seiner Genesung in den diversen Krankenhäusern gewesen – warten zu müssen, dass sein Körper heilte, etwas, worauf er wenig Einfluss hatte, außer ihm so viel Ruhe, gute Ernährung und so wenig Stress wie möglich zu geben. Er war ungeduldig gewesen und wollte, dass sein Körper sich selbst reparierte, und zwar schnell.

Seine Gedanken kehrten zur gegenwärtigen Situation zurück. Seit er angekommen war, war ihm klar geworden, dass die Stadt in den letzten zwei Jahren den Bach runtergegangen war und dass ernste Gegenmaßnahmen ergriffen werden mussten. Eine davon war die Tatsache, dass die Ranch seines Kumpels ernsthafte Schwierigkeiten hatte, weil diese Longfellows Zäune zerstörten, um Vieh zu stehlen und wahrscheinlich auch Gordons Land. Die Longfellow-Familie war wahrscheinlich seit mehr als einem Jahrhundert in dieser Gegend, und alle schienen mit der Vorstellung geboren zu sein, dass alle anderen hier ihre Leibeigenen waren und dass die Longfellows tun konnten, was sie wollten.

Carter war nicht allzu besorgt über einen kleinen Straßenschläger wie Harold, der zufällig auch ein Longfellow war. Wenn nötig, würde Carter ein Gespräch mit ihm führen. Die dringlicheren Angelegenheiten waren nun das Problem der Landnahme und natürlich die Morde an Haileys Partnern, von denen Carter vermutete, dass sie dem Zweck dienten, sie zu zerstören. Nicht unbedingt, indem der- oder diejenige sie tötete, sondern indem sie ihr Geschäft durch den Tod ihrer Partner zerstörten und sie dadurch

Kunden verlor, was möglicherweise sogar zu Klagen gegen ihr Unternehmen führen und sie zwingen könnte, alle entstehenden finanziellen Verpflichtungen abzudecken.

Vielleicht konnte es sogar so weit gehen, dass sie die Ranch ihrer Familie zum Verkauf anbieten musste.

„Dir und deinem Bruder gehört die Ranch immer noch zu gleichen Teilen?"

„Ja. Warum?"

„Weil", sagte er, „nach diesem Mitnahmeselbstmord eure Kunden das Vertrauen in das Unternehmen verlieren könnten. Es könnte Klagen geben, die zum Verlust des Unternehmens führen. Vielleicht kommst du dadurch in eine Situation, in der du deine Hälfte der Ranch verkaufen musst, um finanziellen Verpflichtungen nachzukommen."

„Das passiert nicht", sagte sie schnell. „Unsere Kanzlei ist so aufgestellt, dass alle Partner vor persönlichen Verlusten geschützt sind. Und mein Partnerschaftskapital habe ich in Cash von meinem Sparkonto eingezahlt, mein Anteil der Ranch ist also unbelastet. Die Ranch ist demnach in keiner Weise an die Kanzlei gebunden. Selbst, wenn ich das Unternehmen irgendwie durch den Tod meiner Partner verlieren *sollte* – selbst, wenn ich dadurch irgendwie meinen guten Ruf als Finanzanalystin verlieren würde – könnte ich mich einfach zurückziehen. Ich kann gut von den Zinsen meiner Investitionen leben."

„Die Ranch ist bezahlt?"

Sie nickte. „Schon seit Jahrzehnten."

„Ich versuche herauszufinden, welches Motiv die Long-fellows haben könnten, dich in diese Sache reinzuziehen."

„Vielleicht wollen sie mich als Sündenbock für die Morde benutzen. Ich lande im Gefängnis, und sie glauben, sie könnten das Geschäft in meiner Abwesenheit übernehmen.

Wenn das nicht gelingt, bin ich vielleicht der dritte Partner, der stirbt, und die Angestellten oder wer auch immer, werden darum ringen, den Platz zu übernehmen, ohne zu wissen, dass ich die Nachfolge des Unternehmens geregelt habe für den Fall, dass ich auch getötet werden sollte. Oder vielleicht hatte es nichts mit mir zu tun, und ich bin nur Kollateralschaden.

„So kommt es mir nicht vor. Nicht, wo du die letzte verbliebene Teilhaberin deiner Kanzlei und Miteigentümerin einer Ranch bist, von der die Longfellows versuchen, Land abzuknabbern."

„Stimmt, aber würde das dann nicht bedeuten, dass diese Übernahmeaktion auch gegen Gordon gerichtet sein sollte?"

„Ja." Carter deutete geradeaus und erinnerte sich an den Vorfall auf dem Weg zur Ranch. Sie waren jetzt in der Nähe. „Was glaubst du, was diese Typen vorhatten, als sie dich in die Zange genommen haben?"

„Punks, die Spiele spielen."

„Du bist – oder warst, je nachdem, über wen wir reden und was du tun wirst – ihr Boss", sagte er trocken.

„Ja, aber ich habe keine Beweise, nur mein Wort, dass sie es waren."

„Ich habe Fotos von ihren Nummernschildern gemacht", sagte er. „Also, lass uns Raleigh die Fotos geben und sehen, ob sich dein Sheriff wirklich an seinen Eid gebunden fühlt oder ob er sich von Geld und politischem Druck beeinflussen lässt."

Als Carter den Motor in der Einfahrt abstellte, klingelte Haileys Handy. Es war der Sheriff. „Sheriff, was gibt's?"

„Musst du dich immer wieder in Schwierigkeiten bringen?" Seine Stimme war gereizt.

„Was ist es diesmal?"

„Ob du es glaubst oder nicht, jemand sagt, dein Freund hätte einen Hund von der Straße entführt."

„Carter ist hier", sagte sie und stellte ihr Handy auf Lautsprecher.

„Harold hatte den vermissten K9, was ich anhand seiner Tätowierung bestätigen konnte", sagte Carter. „Und der Hund wurde offensichtlich misshandelt."

„Das dürfte helfen." Raleigh seufzte. „Ich hatte sowieso ein paar Beschwerden darüber, dass Harold Leute mit einem Hund eingeschüchtert und dem Hund befohlen hat, sie anzugreifen, damit die Leute zahlen."

„Genau", sagte Carter. „Sie sollten mir danken, dass ich ein Problem in Ihrem Leben beseitigt habe."

„Ich weiß noch nicht, ob ich Ihnen danken soll", sagte der Sheriff. „Der Typ ist gefährlich. Passen Sie auf sich auf."

„Kein Problem. Lassen Sie ihn nur kommen." Carter hielt inne, bevor er fortfuhr: „Sie sollten wissen, dass ich in mehreren Kriegen im Nahen Osten gekämpft habe. Da drüben haben wir gewusst, wer der Feind war. Aber hier? Hier scheint es die Gründerfamilie, die Longfellows, zu sein. In dieser Hinsicht ist Ihre Stadt ziemlich scheiße, Sheriff."

„Ich fange an, dasselbe zu denken", antwortete Raleigh müde. „Ich habe es geschafft, viele Jahre lang auf dem schmalen Grat zu gehen und den Frieden zu wahren, aber ich wusste, dass diese Zeit kommen würde."

„Die Zeit, in der Sie sich für eine Seite entscheiden müssen", sagte Carter mit einem Lachen, obwohl er es todernst meinte.

„Ich muss mich nicht für eine Seite entscheiden", sagte Raleigh. „Ich habe einen Eid geleistet, und ich habe ihn nie gebrochen. Aber die Longfellows machen mein Leben komplizierter, als ich es gern hätte."

Carter sagte: „Ja, wie Andy und Slim, die vorhin Straßenspielchen mit Hailey gespielt haben." Carter ging noch einmal auf den Vorfall ein und schickte dem Sheriff die Fotos der Nummernschilder der beiden beteiligten Fahrzeuge. „Und was ist mit den Angriffen auf Gordons Vieh und Land?"

„Ja", sagte der Sheriff mit einem tiefen Seufzer. „Passen Sie auf ihn auf, ja?"

„Was soll das heißen?", fragte Hailey.

„Das heißt, dass ich gerade ein Gespräch belauscht habe, in dem jemand gesagt hat, dass sie sich schon um dich gekümmert haben, Hailey. Sie waren vor meinem Büro, aber als ich rausgekommen bin, um zu sehen, wer gesprochen hat, waren sie weg. Sie haben gesagt, dass sie jetzt nur noch dafür sorgen müssen, dass Gordon keinen Ärger macht. Das ist der Grund für meinen Anruf. Ich versuche seit zehn Minuten, Gordon anzurufen, aber er geht nicht ran."

Sowohl Carter als auch Hailey sprangen aus dem Truck und stürmten ins Haus.

„Scheiße", sagte Carter. „Hoffen Sie besser, dass diese Leute Gordon nicht schon was angetan haben, denn Sie wissen, dass es in dieser Stadt noch lange keinen Frieden geben wird." Er gab Hailey das Handy zurück, während der Sheriff immer noch am anderen Ende war. Dann holte er sein eigenes heraus. „Geir, schick mir so schnell wie möglich Verstärkung auf Gordons Ranch."

„Der Sheriff eines benachbarten Bezirks ist auf dem Weg zu euch. Eigentlich ist er auf dem Weg, um mit eurem Sheriff zu sprechen, aber ich lasse ihn einen Umweg über die Ranch machen."

„Mach das und schnell. Gordon ist verschwunden." Damit beendete er das Gespräch und steckte sein Handy weg.

„Wir gehen jetzt Gordon suchen", sagte Hailey dem Sheriff.

„Lass mich wissen, was du findest, aber ich mache mich auch auf den Weg." Daraufhin legte Raleigh auf.

Carter und Hailey beendeten ihre Suche im Haus und wandten sich den Scheunen zu.

Carter rief: „Gordon! Wo bist du?"

„Der alte Ford Truck ist nicht da!", rief Hailey hinter Carter. „Das ist der, den Gordon die meiste Zeit fährt, um die Zäune zu überprüfen. Wir müssen die Pferde nehmen."

„Oder den Truck, den ich gefahren bin", sagte er und rannte zurück zu dem Truck, der an der Seite des Hofs geparkt war. Er rief Matzuka an seine Seite. Der Hund sprang eifrig in den Wagen, begeistert, mit ihnen zu gehen.

Sie stieg neben ihm ein. „Aber er ist vielleicht zu weit rausgefahren."

„Dieser Truck ist kein Weichei. Wenn euer alter Ford auf dieser Ranch irgendwo hinkommen kann, dann kann dieser hier das auch." Er ließ den Motor an und fuhr zurück.

„Aber der ist schon ziemlich Schrott", bemerkte sie.

„Nicht, dass es eine Frage wäre, ob du lieber diesen Truck oder Gordon verlieren würdest. Irgendeine Ahnung, wo er hingegangen ist?"

„Wahrscheinlich dorthin, wo die Grenze umstritten ist."

„Gibt es Grund dazu?"

„Nein", sagte sie. „Die Markierungen sind sehr klar."

„Dann sag mir, wohin ich fahren soll." Carter folgte ihren Anweisungen. „Irgendeine Ahnung, wie viel Land die Longfellows haben?"

„In der Stadt haben sie eine Menge. Doch hier draußen haben sie weniger als wir."

„Könnte es sein, dass das das Problem ist? Sie denken vielleicht, sie sollten mehr haben als du, weil sie schließlich *Longfellows* sind?"

„Wer kann das schon wissen?", fragte Hailey.

Danach fuhren sie ein paar Minuten schweigend weiter.

„Da ist der alte Ford!" Hailey zeigte auf das Fahrzeug.

Carter fuhr darauf zu und hielt dahinter. Sie fanden jedoch keine Spur von Gordon. Carter stieg aus und kontrollierte den Truck. „Hier ist nichts."

Er ließ den Blick über die Weite des größtenteils öden Landes um, und sah nur ein bisschen Gestrüpp, ein Wäldchen und einen durchgeschnittenen Zaun etwa fünfzehn Meter entfernt, aber keine Spur von irgendjemandem.

Keine Spur von Gordon.

KAPITEL 9

„UND DARUM WOLLTE ich die Pferde nehmen", sagte Hailey und stemmte die Hände in die Hüfte. „Jetzt müssen wir zu Fuß gehen." Hailey richtete ihren Blick zum Himmel, wo zwei Vögel ihre Kreise zogen.

„Wir haben keine Zeit zu verlieren. Lass uns gehen", sagte Carter und rief den Hund zu dem alten Truck, um Gordons Fährte aufzunehmen.

Sie beobachtete, wie Carter dem Hund Anweisungen gab, Gordon zu finden. Matzuka brauchte ein paar verwirrte Momente, um zu verstehen, was er wollte, aber schon bald schnappte er etwas auf und schoss davon. In Richtung der Vögel, die weiter südlich kreisten.

Hailey verstand plötzlich. Mit einem Schrei folgte sie Matzuka. Carter rannte neben ihr her. Sie konnte sehen, dass die Prothese seinen Gang beeinflusste, doch er beschwerte sich nicht. Wenn überhaupt, rannte er schneller.

„Ich hoffe für sie, dass sie ihm nichts getan haben!", rief sie aus Angst vor dem, was sie finden würden.

„Leider sind schon drei Menschen tot", sagte Carter. „Ich glaube nicht, dass ein Vierter ihnen viel ausmachen würde."

„Glaubst du wirklich, dass das alles miteinander zusammenhängt?", fragte sie, während sie neben ihm her joggte.

„Ich kann mir nicht vorstellen, wie es nicht damit zusammenhängen kann, wo diese Stadt so eine Jauchegrube ist. In der Regel fließt alle Scheiße in die gleiche Kanalisation."

„Du hast eine farbenfrohe Art, dich auszudrücken. Und es gefällt mir wirklich nicht."

„Vielleicht nicht, aber es ändert nichts an der Tatsache, dass es gut sein kann." Er sah sich um. „Diese Felsen sind nicht zu groß. Wir hätten fahren können."

„Vielleicht müssen wir das noch", sagte sie, „abhängig davon, wie verletzt Gordon ist."

Sie kamen über eine leichte Anhöhe und sahen einen Körper vor sich liegen. Matzuka erreichte ihn, bellte zweimal und ließ sich daneben nieder.

Hailey keuchte. Sie rannte so schnell sie konnte und kam vor Carter an der Seite ihres Bruders an. Sie ließ sich neben ihn fallen und prüfte schnell seinen Puls.

„Er lebt, aber sie haben ihn angeschossen." Sie machte Platz, um Carter näher zu lassen, während ihre Hand instinktiv zu Matzuka wanderte und sie ihn für seine Arbeit lobte.

Carter überprüfte seinen Freund. „Ich sehe eine Schusswunde in seiner Hüfte, und einen Streifschuss an der Seite seines Kopfes."

Blut sickerte träge aus der Wunde an seiner Hüfte. Während Hailey sich um Gordons Kopfwunde kümmerte, zog Carter sein Hemd aus, dann sein T-Shirt, um es als Verband zu benutzen. Er rollte das Hemd zusammen und schob es in Gordons Jeans, direkt unter den Bund, in der Hoffnung, der Druck würde die Blutung stoppen. Als Hailey begriff, was er tat, zog sie ihr Longsleeve über den Kopf, faltete es zusammen und steckte das Stoffquadrat in Gordons Tasche, genau dort, wo aus der Schusswunde Blut quoll. Hoffentlich würden diese beiden provisorischen Druckverbände dank

Gordons Jeans an Ort und Stelle bleiben.

Ihr Bruder brauchte dringend medizinische Hilfe. Sie warf einen Blick zurück in Richtung des Trucks. „Wir hätten fahren sollen.”

„Wir haben keine Zeit zu verlieren”, sagte er und zog sein Hemd wieder über. Er beugte seine Beinprothese, wusste jedoch, dass er Gordon nicht allein hochheben sollte. Scheiß drauf, dachte er.

Hailey beobachtete ihn dabei und machte sich Sorgen. Sie bezweifelte, dass er Gordons Gewicht tragen sollte, doch Carter richtete sich langsam auf, Gordon auf seinen Schultern. Ihr Bruder war kein Leichtgewicht. Er wog locker über neunzig Kilo. Und alles Muskeln, dank der harten Arbeit als Rancher.

Neben ihr sagte Carter: „Matzuka, lass uns gehen. Zurück zum Truck.”

„Ich komme euch entgegen!”, rief Hailey, als sie gefolgt von Matzuka vorausrannte.

Carter sagte nichts. Doch wahrscheinlich war er nicht dazu in der Lage. Er hielt seinen Blick auf den unebenen Boden vor sich gerichtet, während er ihren Bruder in Richtung Truck trug. Sie sprang hinein und ließ den Motor aufheulen, während sie sich wünschte, sie könnte schneller zu ihnen kommen und ihm die zusätzlichen Schritte ersparen. Sie konnte die Anspannung in seinem Gesichtsausdruck und seinen zusammengekniffenen Lippen sehen.

„Mach die Ladeklappe auf!”, rief er. „Ich werde mit ihm hinten sitzen. Matzuka auf!” Ohne zu zögern, sprang der Hund auf die Ladefläche und ging winselnd auf und ab, als er sich mit Gordon näherte.

„Das ist kaum sicher.”

„Wir drei passen nicht zusammen in den Truck. Ist kein

Viertürer."

Sie gehorchte und öffnete die Ladeklappe. Als sie wieder einstieg, entdeckte sie hinter dem Sitz ein altes kariertes Hemd. Sie zog es an, weil sie wusste, dass sie in die Stadt fahren würde, und sie nur ihr Unterhemd und Jeans trug. Es war rau und schmutzig, aber es würde reichen.

Als Carter Gordon aufgeladen hatte, fuhr sie los. Unbeholfen lehnte sich Carter gegen die Wand des Ladebetts und hielt seinen Kumpel so stabil wie möglich. Hailey öffnete das Fenster zwischen der Fahrerkabine und dem Ladebett, sobald sie eingestiegen war, und fuhr dann so schnell sie konnte.

„Mach dir keine Sorgen um uns. Ich halte Gordon fest, so gut ich kann. Fahr du so schnell du kannst zum nächsten Krankenhaus", sagte Carter.

„Das mache ich. Ich rufe sie auch gleich an, damit sie wissen, dass wir kommen."

CARTER HÖRTE ZU, als Hailey zuerst im Krankenhaus anrief und ankündigte, dass sie Gordon mit einer Schusswunde an der Hüfte und einer Kopfverletzung auf dem Ladebett hatte. Ihr Ton war ruhig und kühl. Genau wie gerade eben, als sie Gordon gefunden hatten. Dass sie ihr Longsleeve ausgezogen hatte, ohne darüber nachzudenken, um ihrem Bruder zu helfen, sagte viel über sie. Ihre honigfarbene Haut hatte in der Nachmittagssonne gestrahlt. Es war unmöglich gewesen, ihren wunderschönen Körper zu ignorieren, ihre Brüste von einem weichen, weißen, spitzenbesetzten Hemdchen verdeckt. Doch es war ihre direkte, sachliche Herangehensweise, die ihn viel mehr beeindruckt hatte.

In der Zwischenzeit rief Carter Geir an, um ihn auf den

neuesten Stand zu bringen.

„Damit ist Hailey die Nächste im Fadenkreuz. Ich habe zwei weitere Cops in eure Richtung geschickt."

Carter machte sich nicht die Mühe, Einzelheiten zu erfragen. „Schick einen von ihnen ins Krankenhaus. Den anderen zur Ranch, um den Sheriff aus dem anderen County abzulösen." Er war nur froh, bewaffnete Verstärkung zu haben, die keine Verbindungen zu den Longfellows hatte. Dann hörte Carter wieder Hailey am Telefon. Diesmal im Gespräch mit dem Sheriff.

„Ich wollte dir nur Bescheid geben", sagte sie mit harter und rauer Stimme. „Der Krieg hat gerade die Stadt erreicht. Sie haben Gordon angeschossen."

Sogar auf der Ladefläche konnte Carter Raleigh fluchen hören. Das Letzte, was der Sheriff Hailey sagte, war jedoch, dass sie nichts Dummes tun sollte.

Hailey lachte darüber. „Nichts tun wäre dumm. Sich zu verteidigen, ist nicht dumm. Wir haben zwischenzeitlich drei Tote und einen Mann, den sie zum Ausbluten zurückgelassen haben. Sie werden für jeden Einzelnen bezahlen."

Dann legte sie auf und überließ es sowohl Carter als wahrscheinlich auch dem Sheriff, sich über ihren Ton zu wundern.

Doch andererseits musste sie den Verlust ihrer Geschäftspartner und jetzt den Angriff auf ihren Bruder verarbeiten.

„Geir hat drei verschiedene Strafverfolgungsbehörden auf dem Weg zu uns. Einer ist ein Sheriff aus einem nahe gelegenen County, der ein ernstes Wort mit Raleigh reden wird."

„Kann nicht früh genug passieren", knurrte Hailey.

„Ich habe einen ins Krankenhaus und den anderen an

die umstrittene Grundstücksgrenze schicken lassen, damit der Sheriff von außerhalb mit Raleigh reden kann."

Sie nickte, konzentrierte sich aber darauf, schneller zu fahren.

Carter würde auf der Ranch helfen, solange Gordon nicht da war. Vorübergehend nicht da war. Nur vorübergehend. Carter weigerte sich auch nur daran zu denken, dass er sterben könnte. Gordon hatte zu viel Leben in sich. Er holte sein Handy aus der Tasche und wählte Geirs Nummer. Sobald er sich meldete, sagte Carter: „Den Hund habe ich auch."

Der Hund lag auf dem Ladebett direkt neben Gordon, sein Kopf auf dessen Schulter.

„Wow", sagte Geir. „Die Kacke war wirklich am Dampfen, was?"

„Ja. Ich bin nicht bewaffnet, aber ich werde mich aus Gordons Gewehrsammlung auf der Ranch bedienen."

„Tu, was du tun musst."

Sobald Geir aufgelegt hatte, rief Carter Debbie an. „Debbie, jemand hat auf Gordon geschossen."

Sie schrie am anderen Ende der Leitung auf und fand keine Worte, um etwas zu sagen.

„Triff uns im Krankenhaus", sagte er. „Er hat eine Kugel in der Hüfte und eine Kopfwunde. Ich weiß nicht, ob er sonst noch Verletzungen hat. Ich hoffe nicht, weil wir gerade auf der Ladefläche eines Pickups sitzen."

Dann fragte sie ruhig und sachlich, als hätte sie plötzlich ihre Gefühle ausgeschaltet. „Wann seid ihr da?"

„Etwa zehn Minuten. Wir haben die Notaufnahme schon in Alarmbereitschaft versetzt, aber ich —"

„Ich treffe euch dort", sagte sie, bevor sie auflegte.

Carter lehnte sich zurück und betrachtete die wächserne,

blasse Haut seines Freundes. „Verdammt, Gordon, du überstehst das besser."

Von seinem Kumpel kam keine Antwort. Nicht einmal ein Wimmern oder ein Zucken. Gordon war bewusstlos und kämpfte ums Überleben. Carter fragte sich, wie lange Gordon schon unbemerkt so dagelegen hatte. Je früher seine Verletzungen medizinisch versorgt wurden, desto besser. Sobald der Körper anfing, dichtzumachen, konnte niemand mehr viel tun.

Carter schloss die Augen und wartete darauf, dass sie endlich ankamen. Die Fahrt schien sich endlos hinzuziehen. Er war der Verletzte auf dem Ladebett gewesen, als ihn sein Team während dieser Alptraummission im Irak zum Lagersanitäter zurückgeschleppt hatte. Zwischen Wachen und Bewusstlosigkeit hatte er sich gewünscht, er wäre tot. Es war jedes Mal eine Folter, wenn sie durch ein Schlagloch gefahren oder über eine Bodenwelle und gegen seinen verletzten Körper gestoßen waren.

Schließlich hielt Hailey vor der Notaufnahme an, und ein Team rannte auf sie zu. Sie öffneten die Ladeklappe und luden Gordon so behutsam wie möglich auf die Trage. Innerhalb von Sekunden raste das Team mit Gordon davon, und Hailey warf Carter einen Blick zu.

„Ich würde reingehen, aber ich bin weder vorzeigbar noch keimfrei", sagte sie mit einem schiefen Lächeln. „Wir müssen nach Hause und ein paar Sachen für uns beide und Kleidung für Gordon holen. Dann können wir mit meinem Wagen zurückfahren und bei Gordon bleiben."

Carter betrachtete seine blutbefleckte Kleidung und nickte dann.

Zwei Streifenwagen fuhren mit heulenden Sirenen und blinkendem Blaulicht vor, und die Fahrer beider Fahrzeuge stiegen aus, kamen zu ihnen und identifizierten sich. Carter schickte einen ins Krankenhaus und bat den anderen, ihnen zur Ranch zu folgen. Mit einem Nicken stieg er wieder in seinen Wagen.

„Und ich muss Matzuka hier füttern", sagte er zu Hailey. Er streckte die Hand aus, um den Schäferhund zu streicheln, der jetzt wimmernd an seiner Seite lag, halb auf der Ladeklappe und halb auf der Ladefläche des Trucks. „Das war auch hart für ihn."

„Davon gehe ich aus", sagte Hailey trocken. „Kommt beide mit nach vorn, dann fahren wir nach Hause. Dort können wir uns aufteilen und tun, was wir tun müssen."

Carter kletterte von der Ladefläche und nahm den Hund mit. „Ich fahre zurück. Wir sollten auch den alten Truck holen."

Sie zögerte. „Wenn er überhaupt noch fährt."

„Gut möglich, dass sie den Motor sabotiert haben, aber nachdem sie ihn angeschossen haben, glaube ich nicht, dass sie sich einen Dreck um den Truck gekümmert haben."

„Okay. Wir müssen offensichtlich mit Schwierigkeiten rechnen, und ein zusätzlicher fahrbarer Untersatz ist nie schlecht."

Sie brauchten zwanzig Minuten zurück auf die Ranch, eine weitere halbe Stunde, um dem Beamten den Tatort zu zeigen, wo er blieb, um den Zaun zu bewachen, während Carter den alten Ford zurück zum Haus fuhr und Hailey den anderen Truck. Weitere zwanzig Minuten später hatten beide geduscht und sich saubere Kleidung angezogen.

Als sie fertig war, hatte Hailey eine kleine Tasche mit frischer Kleidung für Gordon und ihren Laptop gepackt. Sie sah Carter an und sagte: „Ich weiß nicht, was gerade im Büro vor sich geht, aber mein Bruder hat offensichtlich Priorität."

Sie trat aus dem Haus und ging die Verandatreppe hinunter.

Carter folgte ihr. „Ich habe die Geräte zur Wanzensuche noch nicht", sagte er. „Ich werde die Büros untersuchen, sobald sie angekommen sind."

Sie zögerte, dann holte sie einen Satz Schlüssel aus der Tasche. „Das sind Gordons Schlüssel. Wenn du sie brauchst, um ins Büro zu kommen, verwende sie." Dann sprang sie in ihren Truck.

Carter schüttelte den Kopf und sagte: „Ich wünschte, du würdest eine halbe Stunde warten. Ich will dich nicht allein fahren lassen."

„Ich fahre nur ins Krankenhaus."

„Sci vorsichtig. Ich muss den Hund füttern. Hast du sowas wie eine Leine hier?"

Sie lachte. „Nein. Unsere Hirtenhunde arbeiten nicht an der Leine."

„Dann hole ich ein Seil aus der Scheune. Ich brauche es wahrscheinlich nicht wirklich, aber es ist besser, vorbereitet zu sein. Danach fahre ich zurück in die Stadt."

„Du kannst mich jederzeit anrufen", sagt sie. „Ich glaube nicht, dass mich jetzt noch jemand angreifen wird."

„Aber wissen kannst du es nicht."

Sie schüttelte den Kopf. „Nein, das nicht." Sie schloss die Fahrertür mit Nachdruck. „Ich sag' dir Bescheid, wenn ich dort bin."

Hailey wendete und fuhr davon, während Carter sie noch ein paar Augenblicke beobachtete, bevor er sich Matzuka zuwandte.

Carter gefiel gar nicht, dass sie allein fuhr, doch er ging zurück durchs Haus und trat auf die hintere Veranda hinaus. Dort nahm er einen Wassernapf und einen Hundefutternapf und fand ein kurzes Stück Seil, das jemand über die Brüstung geworfen hatte, was ihm den Weg in die Scheune ersparte. Dann ging er ins Gästezimmer, um das mitgebrachte Hundefutter und eine Flasche Wasser zu holen. Damit hatte er alles, was Matzuka brauchte.

Danach nahm er seinen Laptop, sein Handy und seinen Geldbeutel. Er ging am Gewehrschrank im Wohnzimmer vorbei und nickte. Fünf Gewehre und jede Menge Munition. Gut. Bei allem, was passiert war, musste er diesen verdammten Laptop aufstellen und sein Programm laufen lassen. Es war zu viel passiert, und sie mussten erfahren, wer dahintersteckte. Er konnte einen kurzen Umweg machen. Das Büro war noch geschlossen. Er könnte reingehen, das Programm starten und dann ins Krankenhaus fahren.

Er öffnete die Haustür und pfiff nach dem Hund. Matzuka kam hinausgeschossen. Carter stieg in den Truck, und Matzuka sprang neben ihn, setzte sich und war mehr als glücklich darüber, mitfahren zu können.

Carter lachte. „Offensichtlich fährst du gern."

Matzuka wuffte, und Carter lachte wieder. Bei all dem Mist, der um sie herum geschah, wollte er dieses unschuldige Wesen auf keinen Fall allein lassen. Während der Fahrt rief er Geir an und brachte ihn auf den neusten Stand.

„Hast du die Sendung schon bekommen?", fragte Geir.

„Ich bin auf dem Weg, sie abzuholen. Bisher hatte ich keine Zeit, mehr zu tun, als Feuer zu löschen. Diese Stadt geht viel zu schnell den Bach runter."

„Ich versuche immer noch, mehr Verstärkung für dich zu organisieren." Geirs Ton war scharf.

Carter zögerte, dann sagte er: „Ich kann jede Hilfe gebrauchen, die du mir schicken kannst. Der Sheriff hier und seine Deputies sind alle irgendwie mit Longfellow verwandt. Und jemand hat auf Gordon geschossen und ihn zum

Sterben zurückgelassen. Ich bin nicht bewaffnet, aber wenigstens habe ich Matzuka bei mir. Später werde ich mich aus Gordons Waffenschrank bedienen."

„Vielleicht haben diese Longfellows eine Grenze überschritten, und du könntest Verstärkung von den Bewohnern der Stadt bekommen – eine kleine Armee aufstellen."

„Vielleicht. Inzwischen wünschte ich nur, ich wüsste, wo der Sheriff steht."

„Er ist ein typischer gewählter Beamter. Sein Job ist ein Balanceakt. Er geht auf einem schmalen Grat und versucht zu verhindern, dass er aus dem Job gewählt wird."

„Dann sollte er besser einen guten Gleichgewichtssinn haben, weil ich ihn von seinem Grat stoßen werde, wenn er sich nicht in die richtige Richtung lehnt."

KAPITEL 10

HAILEY WAR AUF halbem Weg zum Krankenhaus, als sie bemerkte, dass ein Truck hinter ihr näherkam. Es war Carter. Er musste sich wirklich beeilt haben, um sie einzuholen. Dennoch war das Gefühl der Erleichterung, das sie empfand, schwer zu ignorieren. Nicht nur ihre Beziehung hatte eine Wende genommen, sondern alles in ihrem Leben. Nicht, dass sie die Wende in ihrem Leben mochte. Sie parkte am Krankenhaus und ging hinein.

„Wie geht's Gordon?", fragte sie die Frau am Empfang.

Die Frau sah zu ihr auf und runzelte die Stirn. „Die Wunde an der Hüfte ist ziemlich schlimm. Ich glaube, sie bereiten ihn auf eine Operation vor. Gehen Sie zur Notaufnahme, und sprechen Sie dort mit jemandem."

Hailey ging hinein und blieb stehen, als sie bemerkte, dass Carter sie ansah. Sie winkte ihn zu sich, aber die Frau am Empfang rief: „Nur Familie!"

„Ich weiß." Sie streckte eine Hand aus, und Carter ergriff sie. Dann gingen sie in die Notaufnahme und hielten Ausschau, bis sie jemanden fanden. „Wo ist Gordon?"

Der Arzt deutete in die hinterste Ecke. „Wir werden ihn bald zur OP hochbringen. Wir haben ihn stabilisiert, und er hält sich gut."

„Die Kopfverletzung?"

„Die ist gar nicht so schlimm. Nur ein Streifschuss. Wir

haben zur Sicherheit Röntgenaufnahmen gemacht. Wir machen uns mehr Sorgen wegen der Hüfte."

„Verstehe ich", sagte Carter. „Können wir ihn sehen?"

Der Arzt nickte und brachte sie in die entsprechende Kabine, wo ein uniformierter Beamter wachte. Glücklicherweise war es keiner der örtlichen Deputies. Der Arzt nickte dem Beamten zu und zog dann den Vorhang zurück. „Sie können ein paar Minuten mit ihm verbringen, aber wir bringen ihn bald hoch, um ihn vorzubereiten."

Hailey eilte an die Seite ihres Bruders und ergriff seine Hand. Sie beugte sich hinunter und küsste seine kalte Stirn und flüsterte in sein Haar: „Verdammt, Gordon. Du schaffst das, hörst du?"

Doch sie bekam keine Antwort. Kein Zucken, kein nichts. Sie betrachtete die fahle Haut ihres Bruders. Ihr Bruder hatte immer so stark und unbezwingbar gewirkt, einer der Männer, die für immer da sein würden. So hatte sie sich ihn nie vorgestellt. Sie spürte, wie ihr die Tränen in die Augen traten. Sie wischte sie entschlossen weg. Sie hatte nicht einmal die Gelegenheit gehabt, sich zu verabschieden.

„Ich muss ihn hochbringen", sagte ein Pfleger und machte sich daran, sein Bett in Richtung Flur zu schieben. Der Polizist schloss sich ihm an.

Carter ergriff ihre Hand und zog sie aus dem Weg, während er seine Arme um sie legte.

Sie hatte jetzt nichts dagegen. Tatsächlich spürte sie, wie sie sich tiefer in seine Umarmung schmiegte. Es war so niederschmetternd, mit anzusehen, wie ihr einziger lebender Verwandter, der Bruder, den sie verehrte, in den OP gebracht wurde. Sie blickte zu Carter auf. „Ich bleibe hier."

„Vielleicht kannst du oben warten", sagte er zu ihr. „Es sollte einen Warteraum in der Nähe des OP geben."

Sie wandte sich einem Arzt in der Nähe zu, der mit einer Krankenschwester sprach. „Ist das möglich?"

„Wir haben mehrere Wartezimmer. Wenn Sie der Rezeptionistin oder einer der Schwestern sagen, wo Sie sind, können wir Ihnen Bescheid geben, wenn er aus dem OP kommt."

„Danke", sagte sie. Sie ging zur Rezeptionistin und hinterließ ihren Namen und ihre Nummer, dann fragte sie, wo sie am besten warten sollte.

„Sie sehen aus, als könnten Sie eine Tasse Kaffee gebrauchen", sagte die Frau mitfühlend. „Gehen Sie doch erst einmal in die Cafeteria, und holen Sie sich einen, dann können Sie in den ersten Stock gehen und sich da in einen der Wartebereiche setzen."

Trotz der neugierigen Blicke der Rezeptionistin bemerkte Hailey kaum, wie viel Interesse sie auf sich zog. Wahrscheinlich, weil Carter bei ihr war. „Ich weiß nicht, was du zu tun hast", sagte sie zu Carter, „aber wenn du bleiben willst, kannst du gerne bleiben."

„Es ist schon spät, und ich muss noch ein paar Telefonate führen und ein paar Dinge klären. Außerdem habe ich Matzuka im Truck gelassen. Ich komme in etwa einer Stunde wieder rein?" Sie nickte, und er brachte sie in die Cafeteria. „Denkst du, du kannst hier was essen?"

„Ich muss was essen", murmelte sie. „Ich brauche Energie, um diese Tortur zu überstehen. Aber es ist mir wirklich egal, was."

„Das verstehe ich, aber wenn dir hier nichts zusagt, kann ich dir was anderes bringen."

„Ich hole mir erstmal einen Muffin und einen Kaffee. Wenn du was anderes besorgen willst, bring es einfach später in den Warteraum im ersten Stock mit."

„Wird gemacht." Er beugte sich vor und gab ihr einen Kuss auf die Stirn, eine vollkommen unerwartete Geste und verschwand.

Hailey stand fassungslos da, ihre Gedanken waren von diesem Kuss verzehrt. Wieder eine Wendung, doch die Gründe dafür waren alles andere als gut. Sie bezahlte ihren Kaffee und ihren Muffin und versuchte dann, einen Platz zu finden, wo sie auf ihren Bruder warten konnte. Ein Wartezimmer war direkt vor dem OP, und auch andere Familien warteten dort und konnten kaum die Tränen zurückhalten. Sie sah einen freien Platz in der Ecke und setzte sich. Doch kaum hatte sie sich gesetzt, erkannte sie eine der Frauen auf der anderen Seite, die am Rande des Zusammenbruchs zu sein schien. „Debbie?"

Debbie blickte auf, rannte zu ihr und zog sie in ihre Arme. „Ich habe dich nicht reinkommen sehen", schniefte sie.

Hailey schüttelte den Kopf und umarmte ihre Schwägerin. „Ich glaube, wir sind beide nicht ganz da."

„Können wir uns irgendwo unter vier Augen unterhalten?", fragte Debbie.

„Im Flur sind ein paar Bänke, wenn du willst."

Die beiden Frauen gingen in den Flur, wo sie die anderen Familien nicht stören würden.

„Erzähl mir, was passiert ist", bat Debbie.

Hailey zuckte mit den Schultern. „Es ist eine lange Geschichte." Sie bemühte sich, Debbie auf den neusten Stand zu bringen. Als sie schließlich fertig war, starrte Debbie sie nur mit großen Augen an.

„Heilige Scheiße", sagte sie. „Carter hat sich bei mir gemeldet, also wusste ich, dass er in der Stadt ist. Aber ich habe nichts von dem Hund gewusst. Er ist also einfach zu diesem Drogendealer gegangen und hat ihn ihm weggenommen?"

„Ja", sagte Hailey, ihre Lippen zuckten. „Er schien genau zu wissen, was er tut."

„Ich denke, in gewisser Weise wusste er es auch, nicht wahr?"

„Ich weiß, dass er in der Navy war, aber seit wann hat ein Seemann mit sowas zu tun?"

Debbie senkte ihre Stimme. „Er hat mir mal erzählt, dass er in einer Spezialeinheit war."

Daraufhin lehnte sich Hailey zurück. „Das ergibt einen Sinn, aber wie kommt es, dass ich es nicht wusste?"

„Weil du ihm immer aus dem Weg gegangen bist", sagte Debbie mit einem schiefen Grinsen.

„Ja, du hast recht, aber wir scheinen uns jetzt besser zu verstehen."

„Gut. War auch Zeit. Du liebst diesen Mann schon seit einer Ewigkeit."

Hailey zuckte zusammen. „Ist das so offensichtlich?"

„Wahrscheinlich nur für mich", sagte Debbie. „Niemand ist in der Nähe von jemandem so reizbar, wie du es warst, es sei denn, er versucht bewusst, Distanz zu schaffen."

„Er hat mir das Herz gebrochen, als er geheiratet hat", gab Hailey zu. „Ich war vorher schon ziemlich reizbar in seiner Nähe, weil er sich da offensichtlich einen Dreck um mich geschert hat, aber als er geheiratet hat …" Sie schüttelte den Kopf und schob sich ein Stück Muffin in den Mund. So musste sie nicht sprechen.

„Damals habe ich mir wirklich Sorgen um dich gemacht", sagte Debbie. Dann hielt sie inne und sah sie an. „Wo ist Carters Frau jetzt?"

„Weg", sagte Hailey. „Ich bin mir nicht sicher, ob ich die Umstände ganz verstehe. Sie hat ihn einfach vor etwa zwei Jahren verlassen."

„Wahrscheinlich, als er verletzt war. Sie war so eine Frau. Wann ist *bis, dass der Tod uns scheidet* zu *bis mir nicht passt, dass du nicht mehr in der körperlichen Verfassung bist, in der ich geheiratet habe* geworden?"

„Das ist jetzt auch egal", sagte Hailey. „Gordon ist alles, was zählt."

Debbie nickte. „Ich kann nicht fassen, was passiert ist."

„Die Longfellows haben dieses Jahr aggressiv unsere Grundstücksgrenze verletzt. Ich weiß nicht, aber vielleicht hat Gordon diesmal vielleicht auch aggressiver reagiert."

„Nicht Gordon", sagte Debbie. „So ist er nicht."

„Nein, *normalerweise* ist er nicht so", sagte Hailey. „Aber seit du gegangen bist, ist er wütender und mürrischer geworden. Manchmal sogar verzweifelt."

Debbie schüttelte den Kopf. „Und doch hat er mich nie gebeten, zurückzukommen. Also ist es ihm vielleicht egal."

„Oh, ich weiß, dass es ihm nicht egal ist", sagte Hailey. „Und ich weiß, dass Carter auch mit ihm gesprochen hat, mehrmals sogar, seit er angekommen ist. Gordon weiß einfach nicht, was er tun soll. Er will eine Familie, aber er will sich nicht testen lassen, und von IVF will er nichts wissen. Wahrscheinlich steckt hinter allem das männliche Ego-Problem, möglicherweise zu erfahren, dass er derjenige ist, der …"

Debbie verzog das Gesicht und nickte.

„Was Adoption oder Leihmutter betrifft, weiß ich nicht, wie er darüber denkt."

„Ich will eine Familie", sagte Debbie, „aber ich habe nie gesagt, dass es leibliche Kinder sein müssen. Ich weiß, dass es andere Methoden gibt, aber der Test ist nun einmal der erste Schritt. Wir müssen uns beide untersuchen lassen, und sein Sperma muss auch untersucht werden, um zu sehen, ob er zeugungsfähig ist oder nicht.

„Ich weiß nicht, wie du das Thema angegangen bist, aber das hat ihn vielleicht dazu gebracht, sich als Mann geringer zu fühlen. Und für Gordon ist das eines der wenigen Dinge, die ihm ziemlich wichtig sind.”

Debbie kicherte. „Wem sagst du das?” Dann wurde sie schnell wieder ernst. „Wie traurig, dass wir in dieser Situation sind.”

„Ich weiß”, sagte Hailey. „Die Kanzlei ist nach dem Tod von Fred und Phil auch eine Katastrophe.”

„Oh mein Gott, ja. Ich kann nicht fassen, dass sowohl Fred als auch Phil tot sind. Sie waren Eckpfeiler der Gemeinde.”

„Ich weiß. Es war ein wirklich beschissener Tag. Ich weiß nicht, was die neueste Theorie ist, aber es ist möglich, dass Phil sowohl Betty als auch Fred getötet und dann Selbstmord begangen hat.”

„Aber warum sollte er das tun?”

„Ich weiß nicht”, sagte Hailey. „Ich hatte gehofft, der Sheriff würde sich mit Phils Arzt in Verbindung setzen.”

„Natürlich”, sagte Debbie und tippte sich mit dem Zeigefinger gegen die Unterlippe. „Er hatte Bauchspeicheldrüsenkrebs. Ich habe vor etwa einem Monat mit Betty darüber gesprochen. Der Krebs war im fortgeschrittenen Stadium. Sie sagte, dass er nur noch etwa neun Monate zu leben hatte. Aber trotzdem, warum sollte er Selbstmord begehen und vorher andere ermorden?”

Hailey starrte ihn geschockt an. „Das wusste ich nicht. Warum hat er mir nie was davon gesagt?”

„Wahrscheinlich hatte er sich selbst noch nicht damit abgefunden”, sagte Debbie. „Betty hat gesagt, dass es ihn wirklich schwer getroffen hat.”

„Natürlich kann das nicht leicht sein! Aber wir hätten in der Kanzlei alles vorbereiten sollen."

„Ich denke, er hatte das Gefühl, dass es der Kanzlei ohne ihn gut gehen würde, und dass er abkömmlich war."

„Aber warum sollte er Fred töten wollen?"

„Das verstehe ich auch nicht", sagte Debbie. „Und niemand kann mich davon überzeugen, dass Phil das getan hat. Ich sage es nur ungern, aber ich kann mir vorstellen, dass es ein Mitnahmeselbstmord war. Und ich könnte mir sogar vorstellen, dass Betty es wollte."

Hailey starrte sie fassungslos an. „Aber warum?"

Debbie fuhr fort: „Ich weiß nicht, wie es Betty gesundheitlich ging, aber sie waren mehr als fünfzig Jahre zusammen. Ich weiß, dass Betty gesagt hat, ohne ihn wäre es kein Leben für sie. Sie könnten also einen Pakt geschlossen haben."

Hailey ließ die Schultern sinken. „Darauf wäre ich nie gekommen", flüsterte sie. „Wie traurig."

„Aber es ist auch …" Debbie zögerte. „Ich weiß, das klingt vielleicht falsch, aber ich meine, es ist auch die ultimative Liebesbekundung, denkst du nicht? Sie wollte nicht allein zurückbleiben. Ich denke, das muss schrecklich sein."

„Trotzdem hast du Gordon verlassen", sagte Hailey unverblümt. Sie konnte nicht verhindern, dass die Worte aus ihrem Mund kamen. Es klang vorwurfsvoll, und das Schlimmste war, dass sie verstand, warum Debbie es getan hatte, und es trotzdem sagte. Sie würde immer auf der Seite ihres Bruders stehen, das wurde ihr in diesem Moment klar.

„Das war ein Tiefschlag", flüsterte Debbie mit am Boden zerstörter Miene.

„In letzter Zeit gibt es nur noch Tiefschläge", sagte Hailey traurig. „Jeder einzelne Schlag war einer. Wie sollen wir mit alldem umgehen?"

„Ich weiß nicht. Ich würde gern mit dem Sheriff reden. Es wäre gut, wenn er uns sagen könnte, was hier wirklich vor sich geht."

„Aber warum sollte er?", fragte Hailey. „Er ermittelt noch immer. Er hat noch keine Antworten."

„Ich habe kein Motiv gefunden, warum Phil Fred töten sollte. Ich kann mir einfach nicht vorstellen, dass er das tun würde", sagte Debbie nach einer Weile. „Das ergibt keinen Sinn."

„Ich weiß. Darüber habe ich mich auch schon gewundert."

„Könnte es sein, dass Fred von Phils Krebs und dem geplanten Selbstmord wusste und entschieden hat, dass es auch eine gute Idee wäre, sich das Leben zu nehmen?"

Hailey starrte sie an und schüttelte den Kopf. „Warum sollte er das tun?"

„Ich weiß nicht, warum jemand Selbstmord begehen würde, weil ich noch nie in einer Situation war, in der ich auch nur daran gedacht hätte, aber ich denke, dass Selbstmorde in Clustern passieren, nicht wahr? Manche Leute kommen auf den Gedanken, nachdem jemand, den sie kennen, insbesondere jemand, der eine wichtige Rolle in ihrem Leben spielte, es getan hat. Meinst du, dass Fred angesichts der Tatsache, dass Phil Fred möglicherweise gesagt hat, was er und seine Frau vorhatten, um ihn auf die Folgen für die Kanzlei vorzubereiten, dasselbe getan hat?"

„Und doch hat *keiner* von ihnen mit mir darüber gesprochen, um mich auf die Konsequenzen vorzubereiten?" Hailey schüttelte den Kopf. „Ich kann mir das einfach nicht vorstellen. Okay, den Selbstmordpakt von Phil und Betty, den könnte ich mir vorstellen. Aber Fred?… Ich hätte gedacht, dass er sich mit einem Knall aus dem Leben verabschiedet hätte."

Debbie neigte den Kopf. „In gewisser Weise hat er das. Zumal es so aussieht, als wäre er ermordet worden. Ich habe Gerüchte gehört, nicht nur hier und jetzt von dir, aber ich weiß natürlich nichts Genaues."

„Ich weiß", sagte Hailey. „Aber selbst wenn Fred unter einer Krankheit gelitten hat, kann ich mir nicht vorstellen, dass er den einfachen Ausweg nimmt und Selbstmord begeht."

„Ich glaube nicht, dass Selbstmord ein einfacher Ausweg ist", sagte Debbie ruhig. „Ich kenne zwei Leute, die so gegangen sind. Eine von ihnen hat es getan, weil sie eine unheilbare Krankheit hatte und nicht damit umgehen konnte. Sie wollte nicht, dass ihre Familie mit ihr leidet. Am Ende hat sie einfach ihre Medikamente überdosiert und Schluss gemacht."

„Tut mir leid", sagte Hailey. „Ich bin gerade nicht ich selbst, und ich war noch nie in einer solchen Situation, daher fällt es mir schwer, mir das vorzustellen. Ich wollte diese Leute nicht verurteilen, aber ich würde sicher nicht allein zurückgelassen werden wollen. Ich würde alle Zeit wollen, die ich mit demjenigen haben könnte. Ich… ich weiß einfach nichts mehr."

Debbie nickte und fuhr fort: „Fred und Phil hätten aber gewusst, dass die Firma mit dir in guten Händen ist. Sieh dich an. Du bist der Star der Kanzlei."

„Ich bin die Juniorpartnerin, die sich auf all ihre jahrelange Erfahrung stützen konnte, aber ich weiß nicht, wie man ein Star ist."

„Du bist es, ob du es akzeptieren willst oder nicht. Beide

Männer wussten das. Du warst die neue Generation, die unglaublich talentierte Analystin. Du bist die digitale Version von ihnen. Die Zukunft. Außerdem hatte keiner von beiden Familie."

„Phil hatte Betty. Und Fred hatte seine Großfamilie", sagte Hailey mit einem Seufzen. „Das ist kaum fair."

„Aber niemanden, denen sie ihre Firma hätten hinterlassen wollen", sagte Debbie sanft. „Deshalb haben sie, als sie dich eingestellt haben, die Entscheidung getroffen, das Unternehmen an dich zu übergeben. Ich weiß, dass Phil mit dieser Entscheidung zufrieden war. Ich habe oft mit Betty gesprochen. Sie war überzeugt, dass du das Beste warst, was Phil je in der Kanzlei widerfahren ist, weil er endlich in den Ruhestand gehen wollte, da er wusste, dass er es konnte, weil das Unternehmen, in das er so viele Jahre investiert hat, eine Zukunft haben würde."

Hailey konnte das warme Leuchten in ihrem Herzen nicht ignorieren. „Es ist wirklich schön, das zu wissen. Schade, dass sie mir das nicht gesagt haben, als sie noch am Leben waren."

Debbie lachte. „Ich glaube nicht, dass das jemals jemand tut. Leute machen Komplimente auf Umwegen, anstatt es direkt zu sagen und auszusprechen, was sie empfinden."

„Leider wahr", sagte Hailey, „und ich schätze, wir sind genauso. Ich habe Carter nie gesagt, was ich für ihn empfinde. Ich habe nur an der Seitenlinie gesessen und zugesehen, wie er jemanden geheiratet hat, der völlig falsch für ihn war. Ich wusste damals nicht, wie er meine Einmischung aufgenommen hätte."

„Vielleicht hättest du den Verlauf seines Lebens ändern können."

„Das bezweifle ich", sagte Hailey. Und dann lächelte sie.

„Wenn ich das getan hätte, hätte ich jetzt die Kanzlei nicht."

„Ein weiterer guter Punkt. Wirst du alle Angestellten behalten?"

Hailey schüttelte den Kopf. „Ich weiß nicht. Aber mit den Unterströmungen im Büro werde ich einige personelle Änderungen vornehmen müssen. Zwei der Jungs machen definitiv Ärger. Slim und Andy, aber Slim habe ich schon rausgeschmissen."

Sie erklärte, was sie auf dem Nachhauseweg getan hatten, und Debbie starrte sie entsetzt an. „Aber du bist ihr Boss!"

„Genau. Und ich war eine Frau, die allein auf einer Landstraße gefahren ist. Ob sie wussten, dass ich es war, spielt nicht einmal eine Rolle. Es war ein echter Scheiß-Move. Das sind nicht die Leute, mit denen ich arbeiten will", sagte Hailey. Und dann seufzte sie und vergrub ihr Gesicht in ihren Händen. „Aber ich weiß auch, dass die Leute mich wegen des Todes meiner Partner von der Seite ansehen. Einige spekulieren schon, dass ich sie ermordet habe."

„Hoffentlich hat einer von ihnen einen Abschiedsbrief oder sowas hinterlassen, um die Situation zu klären."

Hailey erwähnte nicht die Tatsache, dass die Waffe in der falschen Hand gewesen war, sodass sie bezweifelte, dass Fred Selbstmord begangen hatte. Im Fall von Phil und seiner Frau hoffte Hailey, dass etwas gefunden wurde, das beweisen würde, dass es sich um einen eindeutigen Mitnahmeselbst-mord handelte, und so keine Fragen offen blieben. Sie hielt ihr Gesicht verborgen.

„Weißt du was? Eins habe ich mich schon immer ge-fragt", sagte Debbie. „Wenn ich sowas tun würde, würde ich eine klare Erklärung hinterlassen, warum ich Selbstmord begangen habe. Und auch, was ich gedacht habe, bevor ich es tat."

„Ich denke, das würden die meisten Menschen tun", sagte Hailey. „Bei Phil bin ich mir nicht sicher. Oder Fred. Beide waren eher verschlossen, wenn ich jetzt darüber nachdenke."

Debbie runzelte die Stirn. „Betty dagegen hätte es der Welt auf jeden Fall erzählt."

„Meinst du, sie hätte sowas wie einen zeitverzögerten Facebook-Post oder eine E-Mail geschrieben?", fragte Hailey.

„Ich bezweifle es, aber ich kann nachsehen."

„Wenn du könntest, wäre das eine große Hilfe", sagte Hailey und lehnte sich zurück. „Ich sitze hier und frage mich, ob der Angriff auf Gordon mit dem Tod von Fred, Phil und Betty zusammenhängt."

„Oh mein Gott", sagte Debbie. „Das habe ich nicht einmal in Betracht gezogen, weil ich dachte, dass es Selbstmorde waren."

„Genau", sagte Hailey. „Wenn wir also sicher wüssten, dass es sich bei einem um einen Selbstmord handelt, müssten wir das nicht mit den anderen Fällen in Verbindung bringen."

„Lass mich jemanden anrufen, der eng mit ihr befreundet war. Sie kann nachsehen, ob sie was auf Social Media gesehen hat", sagte Debbie. „Ich gehe den Flur runter. Gibst du mir Bescheid, wenn es Neuigkeiten über Gordon gibt?"

Hailey nickte. „Mach dir keine Sorgen. Ich hole dich sofort."

Sie blickte Debbie nach. Als sie zurückkam, schüttelte sie den Kopf. „Keine Posts in diese Richtung."

CARTER WAR IN der Stadt und holte sein Paket bei der Post ab, telefonierte mit Geir und hielt an, um Essen für sich und Hailey zu holen. Wenn sie es nicht wollte, würde sich Matzuka sicher darüber freuen. Er war sehr an den Gerüchen interessiert, die aus der Tüte kamen. Es war jetzt schon ziemlich spät, und er hoffte, dass Gordon die OP hinter sich hatte. Er stellte sich vor, wie Hailey im Wartebereich saß und sich verrückt machte.

Er rief sie an, während er mit Matzuka spazieren ging, um zu sehen, wie gut er gehorchte. Carter hatte das Seil mitgenommen, hatte es ihm jedoch noch nicht angelegt. Es schien nicht nötig zu sein. Er hatte keine Spuren von Aggression gesehen, und der Hund befolgte seine Handbefehle, ohne zu zögern. Er wünschte, er wüsste mehr über seine Geschichte.

„Danke, aber ich kann nichts essen", sagte Hailey, bevor sie das Gespräch beendete, da sie noch nichts über Gordon wusste.

Carter schickte Geir eine SMS, damit er herausfinden konnte, was Matzuka mochte und was nicht, um ihm die Eingewöhnung zu erleichtern. Offensichtlich mochte er Hamburger, da er gierig Haileys Abendessen verschlang.

Carter hatte absolut nicht die Absicht, diesen Hund aufzugeben. Vor allem, nachdem er derjenige war, der Gordon auf dem Feld gefunden hatte. Auf der Ranch gab es Hunde, aber sie waren Hütehunde. Matzuka war in anderen Aspekten ausgebildet. Carter wusste nur nicht, was diese Aspekte waren. Offensichtlich gehörten Suche und Rettung dazu. Carter wusste, dass viele der K9 im Militärdienst dazu ausgebildet waren, Aufständische in verlassenen Städten aufzuspüren.

Als er weiterging, rief jemand: „Hey, was ist das für ein

Hund?"

Er drehte sich um und lächelte die ältere Frau an, die Matzuka stirnrunzelnd beobachtete. „Ein Kriegshund im Ruhestand", sagte er. „Er hat fünf Jahre seines Lebens damit verbracht, Bomben aufzuspüren und unseren Soldaten beim Kampf im Irak zu helfen."

Das Gesicht der Frau leuchtete auf. „Wirklich? Ich habe noch nie einen getroffen."

„Ja, nicht allzu viele von ihnen haben es nach Hause zurückgeschafft. Er ist im Ruhestand und freut sich auf ein paar ruhige Jahre."

„Oh mein Gott, ja." Zögernd kam sie auf ihn zu. „Darf ich Hallo sagen?"

„Natürlich", sagte er zu der alten Frau. Dann befahl er Matzuka, sich zu setzen, und erklärte ihm, dass sie eine Freundin sei. Matzuka setzte sich. Die Frau streckte die Hand aus und berührte Matzuka mit den Fingerspitzen. Der Hund schob sich ihr entgegen und schien mehr Streicheleinheiten zu wollen.

Die ältere Dame, die fast achtzig sein musste, lachte. „Er ist wunderschön." Sie verbrachte noch ein paar Momente damit, Matzuka zu bewundern, bevor sie zu Carter aufblickte. „Sie sind Gordons Freund, nicht wahr?"

„Ja", sagte er. „Und Sie sind Donna Mari, nicht wahr?"

Sie lächelte begeistert. „Wir sind uns ein paarmal begegnet, aber Sie waren ein paar Jahre nicht mehr hier." Sie deutete auf seine Hand. „Offensichtlich waren die letzten Jahre hart für Sie."

„Ja, aber jetzt bin ich bei Gordon und Hailey zu Besuch."

„Liebe Leute", sagte sie. „So liebe Leute. Eine Schande, mit den Longfellows."

„Welche meinen Sie?", sagte er trocken.

Sie nickte. „Genau. Man muss sie ins Herz treffen, um sie aufzuhalten, denn wenn man ihnen einen Kopf abschlägt, wachsen zwei andere nach."

„Oh", sagte er. „Ich erinnere mich. Sie sind die Notarin im Ort, nicht wahr?"

„Die war ich. Ich bin jetzt auch im Ruhestand", sagte Donna Mari. „Aber ich habe von Debbie gehört, dass sie, Gordon und Hailey da draußen Streitigkeiten um die Grundstücksgrenzen hatten."

„Ja, und es ist viel schlimmer geworden, seit Debbie gegangen ist", sagte Carter. „Ich versuche immer noch herauszufinden, wie ich damit umgehen soll."

„Die Longfellows sind nicht alle schlecht, aber diejenigen, die es sind, sind unterste Kommodenschublade. Was auch immer Sie tun, sorgen Sie dafür, dass Sie sie auf Dauer loswerden."

„Wie sie es gerade mit Gordon versucht haben?", fragte er leise.

Ihre scharfen Falkenaugen bohrten sich in seine. „Sie haben Gordon was angetan?"

„Ich habe ihn an der strittigen Grundstücksgrenze mit einer Kugel in der Hüfte und einem Streifschuss am Kopf gefunden."

Sie runzelte die Stirn. „Mein Sohn und mein Neffe arbeiten für das Sheriff's Department im angrenzenden County, falls Sie jemals Hilfe brauchen."

„Die brauchen wir", platzte er heraus. „Der Sheriff hier sitzt zwischen den Stühlen."

„Er ist ein guter Mann", sagte die Frau, „aber seine Deputies stehen den Longfellows für meinen Geschmack ein bisschen zu nahe."

„Würde Ihre Familie dem Sheriff helfen?"

„Natürlich. Er sollte sie anrufen. Er kennt sie."

„Er weiß vielleicht nicht, ob er sich auf seine Deputies verlassen kann", sagte Carter. „Vielleicht würde ihm ein sanfter Schubs in die richtige Richtung helfen zu erkennen, dass er andere Möglichkeiten hat."

Sie blickte auf und lächelte. „Ich werde mich gleich darum kümmern." Sie drehte sich um und schien gehen zu wollen, doch dann erinnerte sie sich an etwas. „Ich habe gehört, Sie haben den Hund dem Drogendealer abgenommen. Stimmt das?"

„Er könnte ein Drogendealer gewesen sein, ja, das habe ich. Hunde wie er dürfen nicht missbraucht werden, um Leute einzuschüchtern. Sie können zu Killern werden. Außerdem verdient Matzuka einen ruhigen Ruhestand und nicht ein Leben voller Gewalt. Ganz zu schweigen von der Tatsache, dass Harold Matzuka mit einem Gürtel oder etwas Ähnlichen geschlagen hat."

„Fangen Sie an, die Stadt aufzuräumen. Und lassen Sie mich unseren Sheriff anrufen, um ihn an Gesetzeshüter in meiner Familie zu erinnern."

Ihr Anruf war kurz und prägnant. Zum Sheriff war sie nicht annähernd so nett wie zu Carter. Irgendwie tat ihm der Typ leid.

„Mit dem Hund haben Sie einen guten Anfang gemacht. Das ist eine Rettung, die nötig war."

„Ich bin froh, dass Sie so denken", sagte er und lächelte die entschlossene alte Dame an.

„Ich freue mich zu hören, dass Sie diesen Ort hier zu Ihrem Zuhause machen werden."

Er war sich nicht sicher, wovon sie sprach, aber irgendwie vermutete er, dass die Gerüchteküche auf Hochtouren lief.

Bevor sie ging, hatte sie ihm noch etwas zu sagen. „Und würden Sie jetzt endlich dieses Hailey-Mädchen heiraten und sie von ihrem Elend befreien?"

Dann ging sie, und er starrte ihr mit offenem Mund nach.

KAPITEL 11

HAILEY SAß IM Krankenhaus an Gordons Seite. Er hatte die Operation überstanden und war jetzt im Aufwachraum, hatte das Bewusstsein jedoch noch nicht wiedererlangt. Sie konnte nicht erwarten, dass er aufwachte, um sie wissen zu lassen, dass es ihm gutging. Allein der Gedanke, dass sie ihn hätte verlieren können, war gerade zu viel. In diesem Moment begann Gordon, sich in seinem Bett zu regen. Sie streckte sanft die Hand aus und streichelte seine Finger. „Hey Gordon. Ich bin hier. Ganz ruhig."

Eine der Krankenschwestern kam herein, um nach ihm zu sehen. Sie überprüfte seine Vitalwerte und lächelte. „Er dürfte bald aufwachen."

„Gut", sagte Hailey. „Es war ziemlich knapp."

„Ja, aber jetzt geht's ihm gut."

Hailey blickte auf und sah, dass Debbie genau in diesem Moment hereinkam.

„Wie geht's ihm?", fragte sie die Krankenschwester.

„Ist auf dem besten Weg, das Bewusstsein wiederzuerlangen", sagte die Krankenschwester.

Debbie setzte sich und hielt Gordons andere Hand. „Blöder Idiot", murmelte sie.

„Ich glaube nicht, dass er darum gebeten hat", sagte Hailey.

„Nein, hat er nicht. Aber andererseits doch. Habt ihr mit

dem Sheriff über dieses Grenzproblem gesprochen?"

Hailey nickte. „Und er ist hingegangen und hat mit den Longfellows darüber gesprochen, aber sie sagten, sie hätten nichts damit zu tun."

„Dann haben sie jemanden damit beauftragt. Oder sie haben einfach nur gelogen", schnaubte Debbie. „Du weißt, dass es so ist."

„Möglich. Ich weiß nicht. Ich hatte nie ein Problem mit Donnie."

„Wie lang hat er schon das Land neben eurem?"

„Ich glaube fast siebzehn Jahre, weshalb ich nicht weiß, warum er plötzlich angefangen hat, Ärger zu machen. Nur, dass er es vielleicht nicht war. Sein Sohn Manfred ist eingezogen, vielleicht auch mit seinen Jungs, aber das weiß ich nicht genau. Es ergibt jedoch einen Sinn, da Donnie ziemlich alt ist. Er muss zwischenzeitlich über achtzig sein."

„Wer weiß?" Müdigkeit lag in Debbies Stimme. Sie beobachtete Gordon mit gereizter Miene, doch ihre Stimme brach, als sie sprach. „Du wachst besser auf. Deswegen verlässt du mich nicht."

Hailey konnte sehen, dass ihre Schwägerin die Grenze ihrer Belastbarkeit erreicht hatte. Hailey sank in ihren Stuhl zurück und warf einen Blick auf ihr Handy. Sie schickte Carter eine Nachricht und fragte, wo er sei. Er antwortete schnell, er sei im Büro des Sheriffs, um Antworten und Verstärkung zu erbitten. Und nein, es gab noch nichts Neues.

Seufzend ließ sie das Handy auf ihren Schoß fallen. „Komm schon, Gordon. Wach auf", knurrte sie.

Da flatterten seine Augen auf. Er sah sich verwirrt um, dann drehte er den Kopf in ihre Richtung. „Hailey?"

Sie nickte und deutete auf die andere Seite. Er drehte

seinen Kopf. Sie hörte, wie sein Atem stockte.

„Debbie?", krächzte er. „Was ist passiert?"

„Du wurdest angeschossen", sagte Hailey ruhig. Sie sah zu, wie er Debbies Finger fest packte, doch sein Blick wanderte zurück zu ihr. „Was?"

„Du bist nicht ans Handy gegangen, und der Sheriff war besorgt, dass vielleicht jemand hinter dir her ist, also sind wir dorthin rausgefahren, wo wir dachten, dass du sein könntest. Wir haben den alten Truck gefunden, und dann hat Matzuka, der Schäferhund, dich gefunden."

„Matzuka? Hund? Angeschossen?"

Offensichtlich verstand er nicht, wovon sie redete. Hailey lächelte, beugte sich vor und küsste ihn auf die Wange. „Jetzt, wo du wach bist, kann ich beruhigt frische Luft schnappen gehen."

Gordon und Debbie brauchten Zeit allein. Ob das helfen würde, die Kluft zwischen ihnen zu schließen, wusste Hailey nicht, doch bei ihrem ersten Kontakt seit Monaten einen Dritten dabeizuhaben, war keine gute Idee. Hailey ging den Flur hinunter, blickte aus dem Fenster und starrte auf das Land. Sie hatte ihr Leben hier verbracht und es immer geliebt. Sie verstand wirklich nicht, warum sie diese plötzlichen Probleme auf der Ranch hatten. Sie rief Raleigh an. „Weißt du, wie alt Donnie ist?"

„Vielleicht Anfang achtzig."

„Und wer bekommt die Ranch, wenn er stirbt? Manfred?"

„Keine Ahnung", sagte er überrascht. „Warum?"

„Weil mir das helfen könnte zu verstehen, warum wir nach siebzehn Jahren Frieden und guter Nachbarschaft plötzlich diese Probleme haben."

Raleigh holte tief Luft. Er verstand, was sie meinte. „Du

hast recht. Ich werde dem nachgehen."

„Das solltest du, wenn man bedenkt, dass Gordon an der Grundstücksgrenze war, als er angeschossen wurde." Dann verabschiedete sie sich und legte auf.

Sie ließ sich auf einem Stuhl in der Nähe nieder, stützte ihre Ellbogen auf die Fensterbank und dachte darüber nach, dass alles schieflief. Es schien mit den Longfellows zu tun zu haben, doch auf welche Weise verband das ihr Land mit ihrer Kanzlei? Und dem K9? Die Tatsache, dass der Hund bei Harold Longfellow gefunden wurde, auch, wenn er mehr oder weniger ein Ausgestoßener in dieser Familie war, war ein Zufall, den sie nicht akzeptieren wollte. Doch andererseits, als sie über den Prozentsatz der Leute hier nachdachte, der in irgendeiner Weise mit den Longfellows verwandt war oder auf die eine oder andere Weise Geschäfte mit ihnen machte, war es wirklich nicht überraschend, eine Verbindung zu finden. Sie wusste nicht, wie lange sie am Fenster gesessen und ins Leere gestarrt hatte, doch als eine Stimme sie aus ihren Gedanken riss und sich ein Arm um ihre Schulter legte, schreckte sie auf.

Carter hob die Hände. „Wow. Ich habe dich gerufen."

Sie runzelte die Stirn und rieb sich die Schläfen. „Tut mir leid", sagte sie mit einem Kopfschütteln. „Ich habe versucht, die Puzzleteile zusammenzusetzen."

„Du hast einen beeindruckenden Verstand. Tut mir leid, dass ich dich gestört habe."

„Nein, das ist es nicht. Ich habe einfach das Gefühl, dass irgendwie alles miteinander verbunden ist."

„Ist es auch, zumindest in dem Sinne, dass immer wieder ein Name auftaucht: Longfellow."

„Richtig", sagte sie. „Aber hatten sie was mit den Problemen von Phil und Fred zu tun? Weil mich das stutzig macht."

„Und trotzdem scheinst du zu glauben, dass alles zusammenhängt?"

„Ich muss zurück ins Büro", sagte sie plötzlich. „Hast du nach dem Programm gesehen, das du in meinem Büro hast laufen lassen?"

Er schüttelte den Kopf. „Nein, wir könnten gleich rüberfahren, wenn du willst. Aber vorher würde ich gern Gordon Hallo sagen."

„Oh", sagte sie, nicht mehr so besorgt um ihren Bruder, angesichts der Tatsache, dass er jetzt wach war. „Lass uns reingehen. Debbie ist übrigens auch hier."

Ein Lächeln huschte über sein Gesicht. „Das ist die beste Nachricht, die ich den ganzen Tag gehört habe." Er stieß die Tür auf und trat ohne Vorwarnung ein. Direkt hinter ihm sah Hailey, wie sich die beiden schnell aus ihrem Kuss lösten.

Mit einem breiten Lächeln in Richtung ihrer Schwägerin sagte sie: „Carter wollte Hallo sagen."

„Ja", sagte Carter. „Und dann fahren wir zurück zu Haileys Büro."

„Was glaubst du, dort zu finden?", fragte Gordon herausfordernd. „Du bist so ein Bücherwurm."

„Und du ein alter Raufbold", gab Carter zurück.

Gordon lachte. „Das bin ich sowas von nicht. Du weißt, dass es nicht passt."

„Bücherwurm passt auch nicht zu mir, aber wir sind, wer wir sind." Carter streckte die Hand aus und drückte die seines Freundes. „Das war verdammt knapp."

„Ich weiß."

„Hast du jemanden gesehen, als es passiert ist?", fragte Carter. „Irgendwas? Hast du dich mit jemandem gestritten?"

Hailey wurde klar, dass sie ihrem Bruder diese einfachen

Fragen noch gar nicht gestellt hatte. Er war so benommen gewesen, als er aufgewacht war, dass er nicht einmal gewusst hatte, dass er angeschossen worden war. Alles, was ihr bis zu diesem Moment wichtig gewesen war, war, dass Debbie und er sich versöhnten.

Sie wandte ihren Blick nun wieder ihrem Bruder zu und nickte. „Jede Information wäre hilfreich."

„Ehrlich gesagt habe ich nichts gesehen. Da war niemand. Ich bin nur am Zaun entlanggegangen und habe gesehen, dass er wieder durchgeschnitten worden war. Ich habe mich gefragt, was ich dagegen tun sollte, und wurde wütend. Ich hatte meinen Hut abgenommen, und wollte ihn gerade wieder aufsetzen. Dann war es wie ein Feuer, das in meinem Kopf explodiert ist. Ich habe nach meinem Kopf gegriffen, dann kam ein anderer Schmerz an meiner Hüfte. Danach erinnere ich mich an nichts mehr."

„Das waren die beiden Schüsse", sagte Carter. „Aus welcher Richtung sind sie gekommen?"

Gordon hielt einen Moment inne und schloss die Augen. „Vom Hügelkamm. Nicht zu weit weg, in dem Wäldchen da. Da kann sich leicht jemand verstecken."

„Ich habe mit deinem Arzt gesprochen, und habe ihn gefragt, ob ich mir Kugel ansehen darf, aber er wollte sie mir nicht zeigen. Ich sagte ihm, dass ich mich mit Waffen auskenne und dass ich versuche herauszufinden, welche Art von Waffe verwendet wurde. Er hat gesagt, sie sei auf dem Weg zur Gerichtsmedizin."

„Aber das hat dich nicht aufgehalten, oder?", fragte Gordon mit einem Grinsen.

Carter lächelte ihn an. „Nachdem der Arzt gegangen war, habe ich mich an eine Krankenschwester gewandt und vorgegeben, jemand zu sein, der ich nicht bin. Ich kann dir sagen, dass die Kugel aus einem .30-30 Unterhebelrepetierer stammt, also hat jemand sehr schnell geladen und geschossen."

„Oder", sagte Hailey, „es gab zwei Schützen."

„Das wäre scheiße", sagte Gordon, „aber möglich."

„In der Tat", stimmte Carter zu. „Tut mir leid, dass ich nicht da war."

Gordon schüttelte den Kopf. „Du hattest zu tun. Außerdem war das Letzte, was ich wollte, dass du auf mich aufpasst. Das hätte nur dazu geführt, dass wir beide erwischt worden wären."

Die beiden Freundinnen sahen einander an. Hailey bemerkte, dass Gordon müde wurde. Sie ergriff Carters Arm und zog ihn zurück. „Wir sollten gehen."

„Ich möchte, dass du hier drin in Sicherheit bleibst, verstanden?", sagte Carter zu Gordon.

Er nickte. „Verstanden."

Carter sprach leise mit dem uniformierten Beamten, der vor Carters Zimmer Wache stand. Der Officer nickte, und Carter klopfte ihm auf die Schulter.

Als sie ein paar Minuten später das Krankenhaus verließen, fragte Carter Hailey: „Willst du in dein Büro gehen und einen Blick auf das Programm werfen, oder willst du direkt nach Hause fahren?"

Sie runzelte die Stirn und atmete mehrmals tief die kühle, frische Luft ein. Krankenhäuser hatten immer einen unangenehmen Geruch. „Wir sollten wahrscheinlich ins Büro gehen. Zumindest, um dein Programm zu überprüfen. Ich habe die Akten zu Hause, aber ich weiß nicht, ob ich die Energie oder die Konzentration aufbringen kann zu arbeiten."

„Okay, lass uns zuerst in dein Büro gehen. Dann kann

ich auch nach Wanzen suchen. Ich habe das Paket, auf das ich gewartet habe, von der Post abgeholt." Damit forderte er Matzuka auf, in den Truck zu springen, und wartete, bis sie ihren Truck anließ und ihn beim Verlassen des Parkplatzes überholte. Er folgte ihr zu ihrem Büro.

Als sie ausstieg, war sie froh zu sehen, dass alles so war, wie es sein sollte. Es war spät an einem Wochentag, und niemand sollte hier sein. Sie schaltete die Alarmanlage aus, und sie gingen hinein, dann stellte sie sie wieder an. „Meinst du, es ist okay, Matzuka im Truck zu lassen?"

Carter sah sie an und hob eine Augenbraue. „Wir brauchen nur ein paar Minuten."

Sie zuckte mit den Schultern. „Das Letzte, was ich will, ist, dass uns jemand ins Haus folgt und uns erschießt."

„Ich verstehe", sagte er mit einem Lächeln. „Also lass uns schnell machen, damit wir zu ihm zurückkönnen."

Oben schloss Hailey ihr Büro auf. Sie war froh, dass die Tür nach wie vor verriegelt gewesen war. Sie ging zu ihrem Schreibtisch. „Hier hat sich nichts geändert", sagte sie.

„Hier auch nicht", sagte Carter, als er den Laptop überprüfte, auf dem sein Programm weiter lief. „Das ist gut."

Dann hörte sie einen Schritt vor ihrer Bürotür und erstarrte. Carter legte einen Finger an seine Lippen, und sie nickte. Er schlich zur Tür und lehnte den Kopf dagegen, die Augen geschlossen, als würde er lauschen. Langsam öffnete er die Tür, streckte seinen Kopf hinaus und entdeckte einen großen, schlanken Mann.

Er winkte sie zu sich und sie rief: „Slim, was machen Sie hier?"

Slim warf ihnen einen erschrockenen Blick zu und ergriff die Flucht.

Carter fluchte und rannte hinter ihm her. Ihr wurde

klar, wie hart das für sein Bein sein musste. Er hatte es heute schon intensiv genutzt. Sie schloss ihr Büro ab und ging, um die anderen Büros zu kontrollieren. Freds Tür war offen. Und sie hatten sie mit dem Schlüssel verschlossen und auch mit dem Tastenfeld verriegelt. Sie ging hinein und sah nach, doch es sah unverändert aus. Dann warf sie auch einen Blick in Phils Büro.

Danach eilte sie hinter den Männern her. Als sie sie erreichte, lag Slim am Boden, und Carter hielt Slims Hände hinter seinem Rücken fest.

„Jetzt können wir Einbruch und unbefugtes Betreten in die Liste Ihrer Vergehen aufnehmen", sagte Carter.

„Das wird dir auch nichts bringen", knurrte Slim.

„Sie haben versucht, Hailey in die Zange zu nehmen", sagte er. „Sie und Ihr Kumpel, Andy, mit Ihren Trucks. Sie hatten Zugang zu den Büros."

„Ich habe nichts bekommen", sagte Slim heiser. „Sie haben alles weggebracht."

„Und was noch da ist, ist mit Codeschlössern gesichert", sagte Hailey, „Aber Sie sind trotzdem in die Büros gekommen, und das macht mich verdammt nochmal wütend."

Sie trat zur Seite und rief Raleigh an. „Sheriff, wir haben noch ein Problem."

ALS DER SHERIFF ankam, fluchte er, als er Slim am Boden liegen sah. Er hakte seine Daumen in den Gürtel und sagte: „Was zum Teufel hast du diesmal angestellt, Slim?"

Carter ließ Slim aufstehen und wartete, ob der Sheriff das Richtige tun würde.

„Meines Wissens wurdest du gefeuert und hast keine

Berechtigung mehr, dieses Grundstück zu betreten", sagte Raleigh.

„Ach? Bis ich meinen letzten Gehaltsscheck bekommen habe, habe ich noch Rechte."

„Nein, hast du nicht", sagte der Sheriff. Er warf Hailey einen Blick zu. „Ich dachte, du hättest schon die Codes geändert."

„Das habe ich", sagte sie. „Die Frage ist also wirklich, wie Slim reingekommen ist?"

Der Sheriff fluchte. Er nahm die Handschellen von seinem Gürtel und legte sie Slim an. Dann durchsuchte er ihn, nahm ihm alle Schlüssel ab und führte ihn zu seinem Dienstfahrzeug.

Er sicherte Slim auf der Rückbank und trat dann näher an Hailey heran, um mit ihr unter vier Augen zu reden. „Ich werde ihn nicht lange festhalten können", sagte er ihr. „Du hast da einen verärgerten Ex-Angestellten, der zurück ins Gebäude gekommen ist, aber er hat keinen Schaden angerichtet, oder?"

Carter zuckte mit den Schultern. „Keine Ahnung, wir hatten noch keine Gelegenheit, das zu überprüfen."

„Er hatte Schlüssel zu Phils und Freds Büros!", sagte Hailey empört. „Die, die du ihm gerade weggenommen hast. Vielleicht ist er derjenige, der auf Fred geschossen hat."

Aus dem Wagen des Sheriffs schrie Slim: „Das habe ich nicht! Er war mein Verwandter."

„Ja, aber einer, der alt war und an seinem Geld festhielt, richtig?"

Slim starrte sie finster an.

Sie nickte. „Punks wie du wollen nicht darauf warten, dass die ältere Generation geht, wenn sie es für richtig hält. Du wolltest ein bisschen nachhelfen, nicht wahr?" Dabei lächelte sie ihn an, doch es war kein freundliches Lächeln.

Carter wollte fast applaudieren, doch es gab eine Grenze. Wenn Hailey die Beherrschung verlor und Slim angriff, würde sie Ärger bekommen.

„Ich muss wissen, dass Sie gegen Slim als potenziellen Mordverdächtigen und wegen Einbruchs und unbefugten Betretens, Wirtschaftsspionage und vielleicht sogar Geldwäsche und Unterschlagung ermitteln werden", sagte Carter zum Sheriff.

Der Sheriff schob seinen Hut vom Kopf. „Das ist jetzt aber ein bisschen –"

„Entweder Sie machen Ihren Job", sagte Carter ruhig, „oder ich ziehe Leute hinzu, die es tun werden."

Der Sheriff wurde wütend.

„Sie können so wütend werden, wie Sie wollen, aber wie ich sehe, hat Ihre Stadt ein riesiges Problem. Und es wird mit oder ohne Ihre Hilfe aufgeräumt. Und zwar jetzt."

„Ich habe nie Bestechungsgelder angenommen", sagte der Sheriff. „Ich mache immer meine Arbeit. Das ist eine offizielle Angelegenheit des Sheriff's Department. Sie sind kein Deputy oder der Sheriff. Sie können sich um Ihre eigenen Angelegenheiten kümmern."

Daraufhin warf Carter ihm ein Lächeln zu, das einen Mann in die Flucht hätte schlagen können. Ihm gefiel, dass der Sheriff stattdessen vortrat und ihn böse anstarrte.

„Ich freue mich zu sehen, dass Sie doch Eier in der Hose haben", sagte Carter, „denn Sie werden sie brauchen. Wenn Sie nicht Anklage gegen Slim erheben lassen und ihn unter Arrest halten, bis Sie den Rest Ihrer Mordermittlungen abgeschlossen haben, dann …" Er ließ die Drohung undefiniert.

„Nichts deutet darauf hin, dass es sich um etwas anderes

als einen Selbstmord handelte", sagte Raleigh. Seine Stimme war leise und hart. „Und Sie sollten mich besser nicht bedrohen, oder ich werfe Sie zusammen mit ihm ins Gefängnis."

Carter nickte. „Wissen Sie was? Das ist keine schlechte Idee. Ich hätte nichts dagegen, ein paar Tage lang dieses Stück Dreck zu verprügeln."

„Du kannst ihn nicht mit mir in dieselbe Zelle stecken", protestierte Slim.

„Warum nicht? Immerhin haben Sie und Andy Hailey auf der Landstraße in die Zange nehmen wollen", sagte Carter. „Für mich ist das versuchter Mord." Er drehte sich zu Raleigh um.

Der Sheriff fluchte und sah Slim an. „Verdammt, Slim. Warum musstest du das tun? Du hast jetzt einen Haufen Ärger am Hals."

„Außerdem wurde nicht allzu lange danach auf Gordon geschossen. Vielleicht von denselben zwei Typen, die versucht haben, Hailey auf ihrem Weg nach Hause zur Ranch in die Zange zu nehmen? Sie waren in der Nähe."

Slim sank zurück, einen missmutigen Ausdruck auf seinem Gesicht. Das war alles, was Carter als Antwort brauchte.

„Beantwortet das Ihre Frage?" Carter sah den Sheriff selbstgefällig an.

Der Sheriff schnaubte angewidert, konzentrierte sich auf Slim und sagte, Carter ignorierend, „Du warst schon immer ein Stück Scheiße. Seit du im Kindergarten warst, habe ich dir gesagt, dass du dich zusammenreißen oder verschwinden sollst. Und schau dich jetzt an! Du bist ein Niemand."

„Ich bin ein Niemand mit Verbindungen", knurrte Slim. „Warte, bis mein Vater davon hört."

„Gut", sagte Carter. „Ich würde mich freuen, ihn kennenzulernen." Dann wandte er sich dem Sheriff zu. „Sind Sie sicher, dass Sie mich nicht mitnehmen wollen, Sheriff? Ich wäre mehr als glücklich, eine Weile im Gefängnis zu sitzen."

Der Sheriff schüttelte den Kopf. „Das ist das Letzte, was ich brauche. Sein Vater wird sich schon genug aufspielen, weil ich Slim einsperre."

„Mehr als nur einsperren, hoffe ich", sagte Carter mit sanfter Stimme. „Er sollte auf jeden Fall zumindest wegen fahrlässiger Gefährdung im Straßenverkehr und versuchten Totschlags angeklagt werden. Sie wissen selbst, wie gefährlich es ist, jemanden mit zwei Trucks in die Zange zu nehmen."

„Es ist nicht nur gefährlich", sagte Hailey neben ihm, „ich bin mir auch ziemlich sicher, dass vor nicht allzu langer Zeit bereits eine junge Frau auf die gleiche Weise gestorben ist. Das ist wie lange – vielleicht zwei Jahre her? War sie nicht deine Freundin, Slim?"

Slim sah sie an, und die Farbe wich aus seinem Gesicht. „Das war ein Unfall! Das schieben Sie mir nicht in die Schuhe."

„Ich frage mich, ob wir ihm glauben sollen oder nicht …" Hailey wandte sich dem Sheriff zu. „Vielleicht solltest du dir den Fall nochmal ansehen."

KAPITEL 12

HAILEY KONNTE NICHT fassen, dass sie Slim in ihrem Büro erwischt hatten. Endlich war er bei etwas Illegalem erwischt worden. Wenn sie jetzt nur genauso sicher wäre, dass er allein gearbeitet hatte. Nachdem der Sheriff gegangen war, gingen sie zurück, um sich umzusehen, fanden zum Glück nichts Ungewöhnliches, änderten die Sicherheitscodes und gingen. „Ich lasse einen Schlosser kommen, nur für den Fall, dass weitere Kopien unserer Büroschlüssel an Gott weiß wen weitergegeben wurden."

Jetzt, wo sie wieder zu Hause war, war sie zu aufgewühlt, um sich auszuruhen. Sie ging in der Küche auf und ab. Sie wollte essen, doch sie hatte keinen Hunger. Sie wollte Kaffee, wusste aber, dass das nur ihre Nerven weiter blanklegen würde. Die Hunde, Matzuka eingeschlossen, lagen ausgestreckt auf dem Boden und schliefen.

Schließlich kam Carter zu ihr und stellte ihr einen Schluck Whisky hin. „Trink das."

Sie blickte zu ihm auf. „Warum in aller Welt sollte ich Whisky trinken wollen? Versuchst du, mich betrunken zu machen?"

„Wenn ich so ein paar Antworten bekommen könnte, vielleicht."

Sie runzelte die Stirn und war bereit für einen Streit. „Was zum Teufel soll das heißen?", fuhr sie ihn an.

„Antworten", sagte er. „Antworten darauf, warum du die ganze Zeit so zickig mir gegenüber bist."

Anstatt zurückzuweichen, funkelte sie ihn an. „Außer heute", sagte sie.

„Ja, außer heute, in einer Krise. Aber sonst? Ich war in den letzten fünfzehn Jahren oft hier."

Sie zuckte mit den Schultern. „Und? Wir hatten einen schlechten Start."

„Nein", sagte er. „Ich denke, es ist weit mehr als das. Ich habe mit Gordon gesprochen, und ich hatte heute auch ein interessantes Gespräch mit einer alten Dame auf der Straße."

„Was? Du redest mit den Einheimischen über mich?" Sie wollte ihn zurechtstutzen, aber sie war auch neugierig und müde. „Worüber hast du mit ihr gesprochen?"

„Sie hat mir gesagt, dass ich zurückkommen, dich heiraten und dich von deinem Elend erlösen soll."

Röte stieg ihr ins Gesicht, und ihre Wangen brannten. Als die Hitze wieder verschwand, war sie kalkweiß und eiskalt. „Wer auch immer das war, macht wohl Witze", sagte sie.

„Ich glaube nicht", sagte er. „Und ich habe da eine Theorie. Eine Theorie, die ich noch testen muss, weil ich bisher nicht an deinen Stacheln vorbeigekommen bin."

Sie starrte ihn an und hob ihre Nase. „Ich weiß nicht, wovon du sprichst."

Er lachte und drehte sie um, sodass sie an der Theke lehnte. Dann packte er ihr Kinn. „Lass es uns herausfinden", sagte er mit leiser Stimme.

Er senkte seinen Kopf und küsste sie mit einer Kraft, die das Blut in ihren Adern rauschen ließ. Ihr ganzer Körper pulsierte, von den Zehen bis zur Stirn und dann zu ihren Lippen. Sie schlang ihre Arme um seinen Hals und küsste ihn leidenschaftlich. Er gab einen halb gutturalen Laut von sich und bewegte einen Moment lang seine Lippen auf ihren, um sie beide in Einklang zu bringen. Dann drückte er sie fester an sich und küsste sie genauso leidenschaftlich zurück.

Doch das konnte sie nicht zulassen. Schließlich gelang es ihr, eine Spur von Kontrolle zurückzuerlangen und sich zurückzuziehen. Sie starrte ihn an, ihre Brust hob und senkte sich, sein Blick wanderte zu ihren runden Brüsten. Sie hatte seine körperliche Reaktion bereits gespürt, als sie einander geküsst hatten. „Das machen wir nicht."

„Warum nicht? Laut dieser alten Dame bist du schon seit Jahren in mich verknallt."

„Die Schwärmerei eines Schulmädchens", sagte sie mit einer wegwerfenden Handbewegung. „Ich bin jetzt eine Frau."

„Absolut", sagte er. „Also, was war das gerade?"

„Stress", erklärte sie und forderte ihre Hormone verzweifelt auf, diese Situation in den Griff zu bekommen, bevor sie etwas tat, das sie bereuen würde.

Er zog sich einen Schritt zurück und musterte sie von Kopf bis Fuß. „Also, im Geiste der Versöhnung", sagte er, „willst du ein bisschen Stress abbauen?"

Er wackelte mit den Augenbrauen, und sie starrte ihn an, doch sie musste lachen. Denn, verdammt noch mal, sie wollte wirklich genau diese Art von Stressabbau. Ernsthaft. Sie sah ihn an und bemühte sich, nichts zu sagen.

„Du hast die Wahl", sagte er, „aber ich habe gehört, dass Sex großartig sein soll, um Stress abzubauen."

Sie holte tief Luft, fest entschlossen, *verdammt nein* zu sagen, aber die Worte, die herauskamen, waren anders. „Verdammt, ja", sagte sie. Dann presste sie sich eine Hand vor den Mund.

Er lachte. „Diese Antwort gefällt mir."

Sie senkte langsam ihre Hand. „Nur jetzt. Morgen nicht mehr."

„*Nur jetzt*. Wie wäre es mit hier und jetzt auf der Arbeitsplatte?"

Sie schüttelte den Kopf. „Hier lang." Sie hatte bereits die Knöpfe ihrer Bluse aufgeknöpft und sie ausgezogen, als sie voraus in Richtung ihres Schlafzimmers gerannt war. Carter folgte ihr. Oben auf der Treppe ließ sie die Bluse über dem Geländer hängen. Als sie um die Ecke ging, hatte sie bereits ihr Unterhemd ausgezogen. Auch das flog über das Geländer. Sie ließ ihre Jeans fallen und zog ihre Socken aus und drehte sich um, um ihn nur in ihrem Höschen anzustarren, als sie ihre Schlafzimmertür erreichten. Sie dachte, das könnte er ihr selbst ausziehen.

Ihr stockte der Atem, als ihr klar wurde, dass er nackt vor ihr stand. Er war ein Krieger, dessen hartes Leben Spuren hinterlassen hatte, doch er stand stolz vor ihr, mit einem Körper, der mehr gelitten hatte, als sie vermutet hatte. Sie wagte es jedoch nicht, ihren Schreck zu zeigen. Sie lächelte zu ihm auf und deutete auf seine Prothese. „Ich bin froh zu sehen, dass dieses Ding dich nicht bremst."

Sie konnte beinahe spüren, wie ein Zittern durch ihn hindurchlief. Es sah nach Erleichterung aus, und sie glaubte, es zu verstehen. Aber als er sie hochhob, sie aufs Bett warf und sich über ihr niederließ, lachte er.

„Sweetheart, ich wollte dich seit weit mehr als zehn Jahren nackt über diese Ranch jagen, von dem Tag an, als du volljährig geworden bist."

„Doch stattdessen", sagte sie und warf ihn herum, sodass sie auf ihm lag, „hast du diese Schlampe geheiratet."

Er nickte, ein Schatten in seinen Augen. „Gordon hat

mir gesagt, dass ich es nicht tun soll, aber er wusste auch nicht, dass ich seine Schwester wollte und deswegen seine Freundschaft nicht riskieren wollte."

„Das hängt davon ab, ob es dir nur darum ging, Matratzentango zu tanzen", sagte sie. „Aber im Moment ist mir das wirklich scheißegal."

Er lachte und legte seine Hand um ihre nackte Brust. „Du hast immer noch zu viele Klamotten an."

Sie bewegte sich hin und her, rieb an seinem Schaft und flüsterte: „Das tue ich, aber manchmal fühlt sich das vielleicht auch ziemlich gut an."

„Das tut es, aber nicht heute und nicht jetzt. Nicht, nachdem ich dich schon so lange wollte."

Plötzlich fand sie sich auf dem Rücken wieder, ihr Höschen zerrissen und zur Seite geworfen und ihre Beine gespreizt. Er positionierte sich an ihrem Eingang und sah sie an. Sie nickte und sagte: „Absolut."

Dann stieß er tief und hart in sie hinein.

Sie bog ihren Rücken und schrie auf, packte sein Haar. Er fing an, sie zu reiten, stieß tiefer, schneller und härter, bis sie in seinen Armen explodierte und die ganze Zeit schrie. Als sie seinen eigenen Schrei der Erlösung hörte und sein Körper erzitterte, hielt sie ihn fest, als er neben ihr zusammenbrach.

„Ich habe mich immer gefragt, ob du ein Schreihals bist", sagte er trocken.

Sie lachte. Dann öffnete sie die Augen, sodass sie ihm direkt in seine sehen konnte. „Schade, dass du das nicht schon vor langer Zeit herausgefunden hast, oder?"

Er ließ seine Hand hinter ihren Kopf gleiten und zog sie näher. „Das ist okay. Ich schätze, wir werden die verlorene Zeit heute Nacht aufholen", flüsterte er.

CARTER HATTE DEN Überblick verloren, wie oft sie aufgewacht waren und einander gefunden hatten, um danach erschöpft wieder einzuschlafen. Als er am nächsten Morgen aufwachte, summte sein Körper immer noch, befriedigt, glücklich und satt. Seine Arme waren um Hailey geschlungen, die sich an ihn schmiegte und leise schnarchte. Er liebte es, dass sie völlig unbekümmert war, was ihren Körper anging. Sie lag nackt, ohne Decke da, und fühlte sich offensichtlich wohl in ihrer eigenen Haut. Gott sei Dank war sie nicht erschrocken, als sie seinen nackten Körper zum ersten Mal gesehen hatte. Nach seinem Unfall hatte er in der Reha hart gearbeitet, um der Beste zu sein, der er sein konnte, und er war in Topform, doch er war sich nicht sicher gewesen, ob das für eine Frau reichte.

Als seine Frau ihn verlassen hatte, hatte Carter gewusst, dass mehr als nur ein Problem dazu geführt hatte, dass sie gegangen war, aber es hatte trotzdem einen Nerv getroffen. Einen Nerv, der viel tiefer ging, als er gedacht hatte. Es war ein Gefühl der Verlassenheit und das Gefühl, so viel weniger zu sein als früher. Aber Hailey … Hailey hatte nicht einmal mit der Wimper gezuckt. Und dafür wollte Carter sie noch fester umarmen und küssen. Sie hatten in der Nacht über seine Verletzungen gesprochen, und sie hatte geweint, als sie einige der Narben an seinem Körper gesehen hatte. Dann hatte er irgendwann sogar seine Prothese abgenommen und ihr seinen Stumpf gezeigt. Sie hatte die Narbe mehrmals mit Tränen in den Augen geküsst, während er versucht hatte, ihr zu versichern, dass es ihm jetzt gutging.

Er schätzte, dass die langen Jahre der Genesung jetzt viel weniger wichtig und in seinen Gedanken viel weiter entfernt wirkten. Hier mit jemandem zu liegen, der ihn in seinem kaputten Zustand akzeptierte, ohne zu erwarten, dass es ihm je besser gehen würde, hatte etwas sehr Aufschlussreiches und einfach Herzerwärmendes. Er wusste, dass er im Laufe der Zeit wahrscheinlich seine Muskeln aufbauen könnte, wenn er sie bei verschiedenen Aktivitäten einsetzte, und dass die Prothesen selbst so gebaut waren, dass er wahrscheinlich noch viel verbessern konnte. Er hatte vor einiger Zeit von einer großartigen Designerin in New Mexico gehört, Badgers Frau. Carter arbeitete jetzt mit ihr zusammen, und sie hatte viele Ideen, die er unbedingt in seiner nächsten Prothese umsetzen wollte.

Die, die er hatte, war schon sehr anständig, und Badgers Frau war von der Qualität und Flexibilität dessen, was er derzeit verwendete, überrascht gewesen, doch sie glaubte, sie könnte sie noch besser machen. Carter hatte Geirs Prothese gesehen und die der anderen, und Carter war ziemlich erstaunt gewesen. Er hatte selbst eine ultraleichte Carbonlauffeder, was das Leben in den letzten Tagen, als Carter Gordon herumgewuchtet und versucht hatte, Leute aufzuspüren, viel erleichtert hatte, doch er wollte so normal wie möglich aussehen.

Es war interessant zu sehen, wie Leute reagierten, wenn sie sahen, dass er eine körperliche Behinderung hatte. Sie behandelten ihn sofort anders, fast so, als wäre er taub, und sie mussten lauter reden, damit er sie hören konnte. Seine Sinne waren vollkommen in Ordnung, doch sie schienen das nicht zu begreifen. Wenn er Kleidung trug, die den Großteil seiner Prothesen verdeckte, bemerkten sie es nicht und behandelten ihn daher genauso wie alle anderen.

„Was denkst du?", murmelte Hailey und schlang die Arme um ihn.

„Dass ich das schon vor langer Zeit hätte tun sollen."

„Das hättest du", kicherte sie. „Wir hätten uns viele Jahre Ärger ersparen können."

„Ich dachte immer, es wäre nicht gut, weil du Gordons Schwester bist."

„Und ich dachte immer, du wärst perfekt, weil er dich als Freund wirklich mag."

„Das heißt, Gordon mochte deine anderen Freunde nicht?"

„Meistens nicht", sagte sie. „Ich glaube, er hat sie immer mit dir verglichen."

„Das bezweifle ich. Gordon und ich sind Freunde, aber wir haben nie darüber gesprochen, dass wir vielleicht Familie sein könnten. Und er hat mir bestimmt nie die Erlaubnis gegeben, mit seiner Schwester ins Bett zu gehen."

„Das überrascht mich nicht, aber das ändert nichts daran, dass ich denke, dass es ihm auch gefallen hätte."

„Er hat auf jeden Fall sehr darauf geachtet, es mir gegenüber nicht zu erwähnen", sagte er und dachte an all die Gespräche, die sie im Laufe der Jahre geführt hatten. Er konnte sich nicht erinnern, dass Gordon jemals erwähnt hatte, dass Carter seine Schwester daten sollte. Zumindest nicht vor diesem Besuch. „Vielleicht habe ich Barrieren errichtet, die gesagt haben, dass ich kein Interesse habe. Ich weiß nicht. Ich müsste mit Gordon darüber sprechen. Ich war offensichtlich interessiert. Jeder gesunde Mann in deiner Nähe wäre interessiert, aber ich wollte meine Freundschaft mit Gordon nicht riskieren, wenn du und ich nicht klick gemacht hätten."

„Ich verstehe", sagte sie. Dann gähnte sie und schmiegte sich in seine Umarmung. „Müssen wir schon aufstehen?"

„Nicht, wenn du nicht willst. Zumindest wissen wir,

dass Gordon wach war und aus dem Gröbsten raus ist. Aber wir haben noch viele andere Fragen zu klären, um uns das Leben ein wenig leichter zu machen."

„Was ist mit Matzuka? Es ist, als hätten wir ihn vergessen."

Da hörten sie ein gedämpftes Wuff. Carter drehte sich um und blickte neben sich auf den Boden. Er lachte und begrüßte den Hund, während der mitten auf das Bett sprang. Lachend rollte Hailey sich herum, um ihm Platz zu machen. Matzuka streckte sich zwischen den beiden aus. Sie kuschelten ihn, bis er wieder gedämpft zu bellen begann.

„Ich denke, diese Nachricht ist für dich", sagte Hailey. „Er will raus."

„Für mich?", fragte er, doch er saß bereits da, zog die Socke über seinen Stumpf und befestigte dann seine Prothese. Er stand auf. „Komm, Matzuka."

Hailey sprang aus dem Bett und rannte zur Schlafzimmertür, hielt ihn auf. „Willst du nicht was anziehen?", sagte sie.

Er blickte an sich hinunter und verdrehte die Augen. „Vielleicht besser. Es ist allerdings nicht so, als hättet ihr Nachbarn in Sichtweite."

„Dann bedeck' deine Scham für die Rehe", sagte sie.

„Hm. Es würde mich wundern, wenn ihr bei der Menge Hunde hier Rehe hättet." Trotzdem zog er seine Boxershorts und dann seine Jeans an, während der Hund ungeduldig an der Schlafzimmertür wartete. Danach ging er die Treppe hinunter und öffnete die Tür, damit Matzuka in den Garten laufen konnte, ging dann zurück in die Küche und setzte Kaffee auf. Er starrte hinaus in die morgendliche Landschaft. Es war laut seiner Uhr fast sieben, doch er und Hailey waren beide müde nach einem sehr stressigen Tag gestern, gefolgt von wenig Schlaf letzte Nacht.

Er richtete seine Aufmerksamkeit auf Matzuka und beobachtete, wie er die anderen Hunde begrüßte und den Garten erkundete. Ihm schien es hier zu gefallen, oder zumindest genoss er es, wieder draußen zu sein. Carter fand, es war ein guter Ort für den Hund. Doch was ihn anging? Carter wusste es nicht. Er wurde von Minute zu Minute verwirrter, denn obwohl Hailey gesagt hatte, es sei nur für die Nacht, war sie alles andere als eine Frau für einen One-Night-Stand. Und er war es auch nicht.

Vor allem, wenn er jemanden gefunden hatte, der ihn so akzeptieren konnte, wie er war. Er war nicht daran interessiert, sie zu verlieren. Nicht jetzt. Wahrscheinlich nie gewesen. Irgendetwas brachte ihn immer wieder hierher zurück. Klar, sein Kumpel war hier, doch das Hin und Her mit Hailey hatte er bis jetzt nie ganz verstanden. Die Jahre, in denen sie gelitten haben musste, ohne dass er es bemerkt hatte, schmerzten ihn. Er hatte eine Beziehung mit ihr einfach als unmöglich ausgeblendet.

Und zu denken, dass er stattdessen die falsche Person geheiratet hatte, obwohl Hailey die ganze Zeit da gewesen war und gewartet hatte. Das drückte sein Herz noch ein bisschen mehr. Doch andererseits war das Leben so. Er dachte an all die Enttäuschungen, die er durchgemacht hatte, und die Probleme und die Dinge, von denen er wünschte, er könnte in der Zeit zurückgehen und es anders machen, doch die Möglichkeit gab es nicht. Das Leben konnte gemein sein. In der Ferne hörte er ein Handy klingeln und nahm an, dass es wahrscheinlich Haileys war. Mit etwas Glück war es ihr Bruder.

Wann würde Gordon nach Hause kommen? Carter ging dorthin, wo er seinen Laptop aufgestellt hatte, dann setzte er sich und machte sich daran, die Bücher der Firma anzusehen. Er verlor sich schnell in den Zahlen und hätte es fast nicht bemerkt.

Er scrollte zurück und stellte fest, dass Einträge auf einem Konto mehrfach geändert worden waren. Es war kodiert, also war er sich nicht sicher, ob die Angestellten diese spezifischen Codes verstanden oder nicht, doch als Carter weiter zurückging und sich die alten Einträge ansah, wurde ihm klar, dass die Zahlen geändert worden waren, um sie um 500 Prozent zu senken. Und es waren Gordons Ranchkonten. Auf die ohne Haileys Wissen zugegriffen worden war. Er runzelte die Stirn und überprüfte den Verlauf der Datei. Es war ein Nummernkonto. Das machte ihn immer misstrauisch. Viele Leute hatten Nummernkonten, doch keine mit mehreren geänderten Einträgen.

Und die Zahlen hier waren nicht nur einmal, sondern viele Male geändert worden. Er runzelte die Stirn und dachte über mögliche Gründe nach. Dann war da noch das zweite Konto … Sicher, schlechte Datenerfassung war ein Grund, warum Einträge geändert wurden, doch nicht gleich mehrmals. Es sei denn, jemand fälschte Zahlen, um sie anders aussehen zu lassen. Er kontrollierte es und stellte fest, dass es sich um eine Immobilienverwaltungsgesellschaft handelte. Aber woher kamen diese revidierten Zahlen? Wer hatte sie eingegeben? Und warum?

Als Carter noch einmal genauer hinsah, bemerkte er, dass sie von einem von Phils Firmenkonten stammten. Carter runzelte die Stirn und überprüfte die anderen, doch da war nichts Verdächtiges. Er notierte sich einige Details, stand auf und rief nach Matzuka. Dann ging er in die Küche, um zwei Tassen Kaffee einzuschenken, und kehrte dann zu Hailey zurück. Sie saß im Bett, gegen das Kopfteil gelehnt, die Decke bis zur Brust hochgezogen, und telefonierte mit Gordon.

„Mir geht's gut, Gordon", sagte sie. „Ich verspreche, dass ich rausgehe und das Vieh füttere. … Ja, ich weiß. Ich bin noch im Bett, tut mir leid. Gestern war ein bisschen stressig." Sie blickte auf, als Carter hereinkam, und grinste ihn schelmisch an. „Ja, ich habe gut geschlafen. … Ja, ich werde Carter aus dem Bett holen, damit er kommt und mir hilft. … Kein Grund, warum er nicht helfen sollte", blaffte sie nach etwas, das Gordon gesagt hatte.

Carter schmunzelte. Er stellte eine Tasse neben Haileys Seite des Bettes, ging dann an seine Seite, um seinen Kaffee abzustellen, und kletterte wieder hinein. Matzuka, der nicht außen vor bleiben wollte, legte sich neben ihn. Er schrieb die Informationen in eine E-Mail und schickte sie sowohl an Hailey als auch an Gordon, da er wusste, dass sie die Benachrichtigung auf ihren Handys sehen würden, sobald sie auflegten. Er hatte vor, seine Erkenntnisse nach Ende des Telefonats durchzugehen. Oder vielleicht später, abhängig von ihrer Zeit allein …

Er streichelte Matzuka sanft und sah sich die heilenden Striemen an. Er war immer noch wund und empfindlich, und an seiner Seite waren definitiv dicke Krusten zu sehen. Carter fragte sich, ob er zu einem Tierarzt gebracht worden war, seit er am Flughafen verschwunden war, und streichelte sanft mit der Hand über die Tätowierung des Hundes. Der arme Junge. Er hatte viel durchgemacht. Er drehte sich auf die Seite und legte einen Arm um Matzuka. Die beiden lagen so da, Matzuka vollkommen zufrieden damit, bei Carter zu sein, und das war immer wichtig.

Carter fragte sich, ob Matzuka so schnell eine Bindung zu diesem Typen aufgebaut hatte, der ihn geschlagen hatte.

Nicht nach dem, was Carter gesehen hatte, als Harold Matzuka gestern durch die Stadt geführt hatte. Carter war sich dessen sicher. Der Hund war mit gespannter Leine gelaufen, so weit wie möglich von Harold Longfellow entfernt. Aber selbst das war vielleicht nur, weil Matzuka sehen wollte, was um ihn herum los war.

Carter wünschte, er hätte Matzuka in einer natürlichen Umgebung sehen können, in der er nicht dafür missbraucht worden war, Leute zu bedrohen. Das war nicht, wofür er ausgebildet war. Als er auf ihn hinabblickte, lächelte er nur und vergrub sein Gesicht an seinem Hals, während er ihn kraulte. Plötzlich setzte sich Matzuka auf und knurrte tief in seiner Kehle, während er aus dem Zimmer stürmte. Carter stand auf und folgte ihm. Der Hund folgte seinen Instinkten, und er hörte auch besser als er.

Unten konnte Carter ein Fahrzeug kommen sehen. Matzuka stand knurrend an der Tür. „Du magst ihn nicht, was? Ich frage mich, warum." Er legte seine Finger auf den Kopf des Hundes und streichelte ihn sanft. Er beruhigte sich nicht.

Kaum war der Sheriff aus seinem Truck gestiegen, bellte Matzuka wie verrückt. Carter sah den Deputy an Raleighs Seite an. Er kannte den Jungen nicht. Dann griff er Matzuka am Genick und befahl ihm, sich zu beruhigen. Er hörte sofort auf zu bellen, doch das gedämpfte Knurren tief in der Kehle des Hundes war eine interessante und vielsagende Reaktion. Viele Ranchhunde waren in der Nähe, doch keiner von ihnen reagierte so aggressiv wie Matzuka im Moment. Etwas gefiel ihm nicht.

Carter legte Matzuka das Halsband und die Leine an, die er gestern Abend in der Stadt besorgt hatte, und brachte ihn dann auf die Veranda. „Morgen, Sheriff", sagte Carter.

Der Sheriff nickte, der lockere Umgang und die höfliche Fassade waren nach ihrem letzten Treffen verschwunden. Er stemmte die Hände in die Hüften und sagte: „Ist das der Hund? Ich habe einen Bericht vorliegen, der besagt, dass Sie ihn gestohlen haben."

Carter lächelte milde. „Gestohlen?"

„Laut dem Bericht, den ich heute Morgen erhalten habe, sind Sie über die Straße gegangen, haben ein paar Worte mit Harold gewechselt, dann Harold den Hund aus der Hand gerissen, ihn zurück in Ihren Truck gebracht und sind gegangen."

„Dann nehme ich an, dass er Ihnen einen gültigen Kaufvertrag gezeigt hat?", fragte Carter.

Der Sheriff sah ihn nur finster an.

„Wie ich bereits erklärt habe, ist das der Kriegshund namens Matzuka, den ich im Auftrag von US Navy Commander Cross von der War Dogs Division gesucht habe", sagte Carter. „Natürlich gehe ich davon aus, dass derjenige, der die Beschwerde eingereicht hat, einen offiziellen Polizeibericht unterschrieben hat. Ich hoffe doch sehr, dass er sich nicht der Falschaussage schuldig gemacht hat", sagte Carter und starrte den Sheriff herausfordernd an. „Und ich gehe auch davon aus, dass der Zeuge gültige Beweise vorgelegt hat, um die Aussage zu untermauern?"

Der Sheriff ließ seinen Blick seitwärts zu dem Mann an seiner Seite wandern.

Carter wandte sich dem Deputy zu und lehnte sich über die Motorhaube von Gordons Truck. „Oh, sieh sich das einer an", sagte Carter. „Noch ein Longfellow." Er sagte es mit so einem höhnischen Grinsen, dass der Deputy sich sofort aufrichtete.

„Hey, jetzt", sagte der Sheriff. „Das ist nicht nötig."

„Anscheinend doch. In dieser Stadt muss dringend aufgeräumt werden."

„Und Sie glauben", sagte der Deputy, „dass Sie Manns genug sind, es zu tun? Ich glaube nicht, alter Mann."

„David, Donnie und Brenda sind älter als ich."

„Das ist die alte Generation", sagte der Deputy. „Die stirbt bald aus."

Irgendetwas in seinem Ton, diese beiläufige Respektlosigkeit, brachte Carter plötzlich auf einen Gedanken. Er wandte sich dem Sheriff zu. „Wie alt ist Donnie?"

„Irgendwo in seinen Achtzigern", sagte der Sheriff.

„Die Frau, mit der ich letzte Nacht gesprochen habe, war eine gut erhaltene Lady Ende siebzig oder Anfang achtzig", sagte Carter.

„Brenda würde es bis ins Grab leugnen, aber ich denke, dass sie auch gut über der Achtziger-Marke liegt." Der Sheriff schob seinen Hut zurecht. „Und?"

„Und ihr Mann, David?"

„Genauso alt. Worauf wollen Sie hinaus?"

Carter musterte den Deputy. Der Junge musste Anfang dreißig oder Ende zwanzig sein. „Klingt für mich so, als würde die jüngere Longfellow-Generation nicht warten wollen, bis die ältere Generation auf natürliche Weise einpackt."

Der Deputy fing an, wütend zu werden. „Sie haben keine Ahnung, wer ich bin."

„Nein, aber ich weiß, dass Sie mit Harold verwandt sind, dem Möchtegern-Drogendealer der Stadt, und Sie sind hierhergekommen, um ihn zu verteidigen."

„Wir sind hergekommen, weil Sie seinen Hund gestohlen haben."

„Zeigen Sie mir den Kaufvertrag, der besagt, dass es sein

Hund ist", sagte Carter. „Natürlich haben Sie ihn mitgebracht, um ihn mir zu zeigen, nicht wahr?"

„Wir werden sehen müssen, was der Richter in diesem Fall sagt", sagte der Deputy.

„Ja. Lassen Sie uns sehen, ob sich der Bezirksrichter mit der War Dogs Division der US Navy anlegen will." Carter hatte nicht wirklich eine Ahnung, wie viel rechtliche Unterstützung er bekommen würde, doch es war ein ziemlich guter Bluff.

Der Deputy runzelte die Stirn und sah den Sheriff an, der nur mit den Schultern zuckte.

„Das würde mich wirklich auch interessieren", sagte Carter und deutete auf den Sheriff, „vor allem, da Sie Harold erlauben, weiter auf der Straße herumzulaufen und seine illegalen Geschäfte zu betreiben. Ja, wenn es um einen Kriegshund geht, den er misshandelt und quasi als Waffe benutzt, um Menschen zu bedrohen, scheint Sie das überhaupt nicht zu stören."

„Woher wollen Sie das wissen?" Der Sheriff starrte Carter jetzt böse an. „Wir haben viele Berichte darüber erhalten, dass er einen gefährlichen Hund hat."

„Natürlich. Und Sie haben nichts dagegen unternommen, oder? Und ich dachte, Sie wären einer der Guten, Sheriff."

Der Sheriff starrte Carter weiter finster an.

Carter nickte. „Ja, ich bin immer noch hier, und wer auch immer auf Gordon geschossen hat, ist immer noch da draußen. Was haben Sie deswegen unternommen?"

Genau in diesem Moment hörte er Schritte hinter sich. Er wartete darauf, dass Hailey sich zu ihm gesellte.

Hailey sah den Deputy an. „Walton, bist du wieder Deputy? Ich dachte, du hättest deinen Job verloren." Dann wandte sie sich dem Sheriff zu. „Oder war der Druck wieder mal zu groß, Sheriff? Muss schwierig sein, zwischen Baum und Borke zu sitzen, zwischen dem Gesetz und den Longfellows."

„Das reicht", sagte Walton barsch. „Der Sheriff tut nur, was er tun soll."

„Um seinen Job zu behalten", sagte sie ruhig, „aber scheinbar nicht, um das Gesetz zu schützen. Also, warum seid ihr wirklich hier? Es sei denn, ihr habt den oder die Schützen gefunden, die auf Gordon geschossen haben? Oder wollt ihr mir erzählen, dass er es selbst getan hat?"

„Vielleicht hat er das", sagte Walton. „Ich würde ihm zutrauen, dass er es getan hat, um den Longfellows was anzuhängen."

„Natürlich", mischte Carter sich ein. „Vielleicht, wenn es ein Revolver gewesen wäre. Aber ein Gewehr mit Jagdmunition? Das funktioniert nicht."

„Woher wollen Sie das wissen?", fragte Raleigh.

„Weil ich das Geschoss gesehen habe. Und wenn Sie Ihren Job machen würden, wüssten Sie es auch."

Der Sheriff schob seinen Hut zurück. „Viele Leute hier draußen haben Gewehre."

„Das war ein Jagdrepetierer, und er hätte sehr schnell laden müssen, um zwei Geschosse abzufeuern", sagte Carter. „Oder es waren zwei Schützen."

„Du glaubst, du weißt verdammt viel, nicht wahr?", knurrte Walton. „Aber wir sind hier auf der Seite des Gesetzes, und es sieht nicht so aus, als wärst du einer der ach, so gesetzestreuen Bürger, von denen du so gerne redest."

Carter winkte ab, als wollte er ihm sagen, er solle die Klappe halten. Er hielt den Blick auf den Sheriff gerichtet. „Lassen Sie uns Tacheles reden, Sheriff. Suchen Sie überhaupt nach Gordons Angreifer?"

„Natürlich tue ich das! Ich mag es nicht, wenn Sie sich in meine Angelegenheiten einmischen."

„Und trotzdem hast du Walton wieder eingestellt", sagte Hailey. „Hier ist er wieder, nachdem er einen Verdächtigen verprügelt hat. Komisch, wie das funktioniert. Glaubst du wirklich, wir haben uns noch nicht bei Gesetzeshütern in anderen Bezirken erkundigt, was man unternehmen kann, wenn der Sheriff seinen Job nicht macht?"

„Ich bin kein schlechter Sheriff."

„Vielleicht sind Sie noch nicht ganz da", sagte Carter. „Im Moment stehen Sie auf Messers Schneide. Doch Sie haben jeden Tag die Möglichkeit, der Sheriff zu sein, der Sie sein sollten, oder Sie können tun, was die Longfellows wollen. Und glauben Sie nicht, dass Sie sie nicht abservieren würden, sobald sie haben, was sie von Ihnen wollen, und Sie ihnen nicht mehr von Nutzen sind."

„Seit wann geht es hier darum, dass die Longfellows die Bösen sind?", sagte Walton halb im Scherz.

Carter ignorierte ihn.

Das schien ihn umso wütender zu machen. „Hey, du!", rief Walton. „Du kannst mich nicht so ignorieren."

„Warum nicht? Du sagst nichts, was ich hören müsste. Offensichtlich solltest du nicht einmal Deputy sein. Aus dieser Vertrauensstellung hätte man dich schon lange entlassen sollen. Also muss auch diesbezüglich eine Untersuchung eingeleitet werden. Wenn ich das richtig verstanden habe, sollte dein trauriger kleiner Arsch im Gefängnis sein, nicht in Uniform." Carter wandte sich Hailey zu. „Erinnerst du dich, wann dieser Vorfall passiert ist?"

Sie nickte. „Ich weiß auch, wen er verprügelt hat – jemanden, der sich gegen die Longfellows gestellt hat. Sie haben ihn festgenommen und auf die Wache gebracht, und während der Sheriff hier nicht da war, haben die Deputies ihn zusammengeschlagen. Er kam mit mehreren gebrochenen Rippen ins Krankenhaus. Diese Deputies wurden bis zum Abschluss der Untersuchung suspendiert, aber dreimal darfst du raten, wer jetzt wieder bei der Arbeit ist?"

„Da es in der Zelle auf der Wache passiert ist, sollte es Videos davon geben. Nicht wahr, Sheriff?", fragte Carter.

„Das ist allein unsere Sache", sagte Walton plötzlich.

„Nicht länger. Ich werde bei den Feds offene Türen einrennen, wenn ich ihnen sage, was in diesem County vor sich geht."

„Er hat eine Wiedergutmachungszahlung geleistet", sagte der Sheriff. „Die Familie des Opfers hat beschlossen, keine Anzeige zu erstatten. Ich hatte keine Wahl."

„Hey", blaffte Walton, „das geht ihn nichts an."

Der Sheriff drehte sich zu ihm um. „Halt die Klappe. Du bist nur als Verstärkung hier. Ich warne dich, wenn du dich nochmal einmischst, bist du hier raus."

„Wie auch immer. Denk dran, dass dein Job auch auf dem Spiel steht."

Raleigh schüttelte den Kopf. „Es ist nicht mein Job, der auf dem Spiel steht. Es ist deiner. Setz dich in den Wagen und lass mich mit ihnen sprechen."

Walton zuckte mit den Schultern und ließ sich auf dem Beifahrersitz des Trucks nieder.

„Was ist hier los?", fragte Hailey, als sie in die Küche gingen.

„Ich stehe unter Beschuss", sagte der Sheriff, „und ich würde es begrüßen, wenn ihr aufhören würdet, mir Knüppel zwischen die Beine zu werfen. Mein Job ist schon schwer genug. Die Longfellows regieren diese Stadt und machen mir das Leben schwer. Der Bezirksrichter steht auch auf ihrer Gehaltsliste."

„So viele der älteren Generation sind so alt, dass sie bald weg sein werden."

„Da gibt es eine Lücke, ja. Ich weiß nicht genau, wie es dazu gekommen ist. Ein paar Unfälle? Die Dreißigjährigen scheinen um Macht zu ringen. Wir haben immer noch die Fünfzig- bis Sechzigjährigen, wie Manfred, die gegen sie kämpfen, aber sie gewinnen nicht. Ich denke, wir werden ein echtes Problem haben, wenn die alten weg sind."

„Ich bin mir ziemlich sicher, dass dieses Problem schon angefangen hat", sagte sie, „weil das Einhalten unserer Grenze hier vorher nie ein Problem war, nicht ein einziges Mal in den siebzehn Jahren, die Donnie unser Nachbar war."

Der Sheriff nickte. „Bis Manfred mit seinen Söhnen eingezogen ist. Wusstest du, dass Slim und Burgess auch da drüben wohnen?"

„Das wusste ich nicht. Das erklärt einiges", seufzte Hailey. „Was können wir tun? Offensichtlich hast du selbst Ärger."

Raleigh warf einen Blick in Richtung seines Deputy. „Es ist ein bisschen schlimmer als das. Ich glaube, mein Büro und das ganze Department sind verwanzt."

Hailey bemerkte, wie Carter nach Luft schnappte. „Wow. Dazu muss man verdammt unverfroren sein. Können Sie einen anderen Bezirksrichter bitten, einzuschreiten oder das mit jemandem über Ihnen besprechen?"

„Ich habe einen Hilferuf ausgesendet", sagte er. „Ich warte darauf, dass jemand kommt. Das Problem ist, dass es nicht so leicht ist."

„Nein, so leicht ist es nie", sagte Carter. „Aber ich werde aufhören, Ihnen auf die Nerven zu gehen, wenn wir klar sehen, dass Sie nicht auf der falschen Seite des Gesetzes stehen. Denn das dulde ich nicht."

„Ich werde jeden Tag gegen die Wand geschleudert. Ich habe manchmal das Gefühl, dass sogar mein Haus verwanzt ist."

„Apropos Wanzen, wir können Ihr Büro überprüfen", sagte Carter. „Ich habe mir Ausrüstung schicken lassen."

Der Sheriff sah ihn mit zusammengekniffenen Augen an. „Machen Sie das. Kommen Sie morgen bei mir vorbei. Wenn Sie was finden, sollten wir auch mein Haus überprüfen. Diskret, wenn möglich. Wenn ich versuche, diese Art von Ausrüstung zu beschaffen, würde jemand es mitbekommen und weiß Gott, was dann passiert."

„Sie haben recht", sagte Carter. „Was glauben wir, wie viele tatsächlich an diesem Übernahmeversuch beteiligt sein?"

„Wie Sie schon erwähnt haben, bezweifle ich, dass es sich um die ältere lebende Longfellow-Generation handelt. Jetzt, wo Fred weg ist, haben wir die Großeltern, die beiden Brüder Donnie und David Longfellow", sagte der Sheriff, „und ihre drei jüngeren Schwestern, aber eine ist gestorben, eine hat Krebs, und die dritte ist ziemlich freundlich. Ich glaube nicht, dass sie daran beteiligt sind, aber jede von ihnen hat mehrere Töchter und Söhne. Die mittlere Generation macht mir auch keine Sorgen. Ich glaube, wir haben Ärger mit den drei Enkeln."

„Also, das wären Slim, Walton und wer?", fragte Carter. „Burgess?"

Raleigh schüttelte den Kopf. „Der ist ein dummer Teenager, dem jemand öfter hätte den Hintern versohlen sollen. Er ist ein Problem, aber er ist sein eigenes Problem. Er ist nicht involviert."

„Das glaube ich auch. Also ist Andy der ältere Enkel", sagte Hailey zu Carter, doch sie wandte sich wieder dem Sheriff zu. „Wir können nicht sicher sein, dass die Frauen ganz aus der Sache raus sind. Aber Slim und Walton sind sicher beteiligt. Walton würde Donnies Farm bekommen, weil Donnie sein Großvater ist. Ihr Vater, Manfred, interessiert sich nicht für das Land. Und Donnie ist nicht mehr derselbe, seit seine Frau gestorben ist."

„Ich glaube, das war der Zeitpunkt, als Walton anfing, übermütig zu werden", sagte der Sheriff. Walton hupte in ihrem Fahrzeug, und der Sheriff starrte in diese Richtung. „Das ist die Art von Scheiße, mit der ich mich rumschlagen muss."

„Womit droht sein Vater Ihnen?", fragte Carter.

„Nicht sein Vater", sagte er. „Es sind immer noch Donnie, David und Brenda, die dafür sorgen, dass es in der Stadt friedlich bleibt. Fred war auch ein wichtiger Friedensstifter, aber er ist jetzt weg, also liegt es in den Händen der anderen drei. Allerdings nicht mehr lange, denke ich. Sobald sie weg sind, fällt es der nächsten Generation zu, aber sie sind nicht das unmittelbare Problem. Diese jüngeren Clowns denken, dass sie clever genug sind, um sich selbst um das Geschäft zu kümmern. Und in gewisser Weise sind sie das auch, aber sie sind unbesonnen und impulsiv. Sie werden die Grenzen überschreiten. Die Gewaltbereitschaft unter ihnen ist hoch."

„Wie bei diesem Burgess, der Diegos Enkelin angegriffen hat", sagte Carter eindringlich.

„Wenn sie zu mir gekommen wäre und mit mir gesprochen hätte, hätte ich etwas dagegen tun können. Aber sie hat es nicht getan." Der Sheriff sah Carter finster an.

„Burgess ist nicht schon auf Ihrem Radar?", fragte Carter.

„Guter Gott. Er ist ein Unruhestifter, ist aber bisher immer gerade so davongekommen."

„Er ist gut zehn Jahre jünger als Slim, das kann sich leicht ändern."

Der Sheriff nickte. „Ich kann mit Donnie und David reden. Ich bin mir aber nicht sicher, ob es was bringen wird."

„Aber sie müssen irgendwas gegen Sie in der Hand haben", sagte Carter. „Und das ist der Grund für all das."

„Was sie haben, ist die Tatsache, dass die Longfellows im Grunde die Stadt besitzen und es ihnen nichts ausmachen würde, alles dicht und alle arbeitslos zu machen. Wir können nicht überleben, wenn das passiert."

„Den Longfellows gehört alles?"

„Sieht so aus", sagte der Sheriff traurig. „Was wir brauchen, ist eine Injektion neuen Geldes. Die Longfellows müssten einige ihrer Beteiligungen verkaufen, damit wir die Besitzverhältnisse in der Stadt verbessern können."

„Was passiert, wenn Sie alle Enkel einsammeln und sie alle der Verbrechen anklagen, die sie begangen haben?"

„Die drei ältesten Longfellows – David, Donnie und Brenda – haben gesagt, sie würden einfach alles schließen. Ich habe mir das vor ein paar Jahren anhören müssen, und ich bezweifle, dass sie ihre Meinung geändert haben. Sie haben gedroht, alle Geschäfte von einem Tag auf den anderen dichtzumachen. Sie sind alt, also ist es ihnen egal. Sie haben Geld auf der hohen Kante, brauchen also keine Einnahmen. Und irgendwann sterben sie sowieso, und wenn ihre Enkelkinder nicht in der Stadt bleiben, glaube ich nicht, dass sie die Stadt unbedingt als etwas betrachten, für das sie weiter kämpfen wollen."

Hailey schüttelte den Kopf. „Wir müssen zur mittleren Generation vordringen, denn sie sind diejenigen, die erkennen müssen, dass all darunter leiden werden."

„Das weiß ich", sagte der Sheriff. „Aber in der Zwischenzeit brauche ich jemanden, der mir dabei helfen kann. Ich müsste alle fünf Longfellow-Jungs festnehmen, Burgess eingeschlossen. Er ist ein kleines Stück Scheiße. Aber ich brauche was von Diego und seiner Enkelin, aber sie will nicht reden. Gleichzeitig muss ich die mittlere Generation kontaktieren und sehen, ob sie bereit sind, etwas gegen die Drohung der älteren Generation, die Stadt einfach dichtzumachen, zu unternehmen. Ich bin mir nicht sicher, ob Manfred und die anderen bei der älteren Generation mehr Gehör haben als bei der jüngeren."

„Wie nah ist die ältere Generation daran, ihre Drohung wahrzumachen?", fragte Carter.

„Ich weiß nicht", sagte der Sheriff. „Zu verdammt nah, wenn Sie mich fragen. Ich denke, die Enkelkinder sind im Moment alle sehr froh, ihren Schutz zu haben, aber ..."

„Was hat das alles mit dem Tod von Phil und Fred zu tun?", unterbrach Hailey.

Raleigh drehte sich um, um in Waltons Richtung zu blicken, und senkte dann die Stimme. „Ich habe gehört, wie Walton mit Slim telefoniert hat. Es scheint, als hätten sie nicht gewusst, dass du das Unternehmen erben würdest."

Sie starrte ihn an. „Wer, dachten sie, würde es bekommen?"

„Sie dachten, ihre Familie würde es erben. Vergiss Fred nicht. Er ist einer von den Alten. Er war der dritte Bruder – technisch gesehen hat er in die Familie eingeheiratet, also war er ihr Schwager. Wie auch immer, Donnie und David Longfellow müssen angenommen haben, Fred würde die Firma der Familie hinterlassen – besonders Slim, da er für ihn gearbeitet hat."

„Warum sollte er das tun?", fragte Hailey stirnrunzelnd. „Wir haben einen Partnerschaftsvertrag gehabt, der etwas anderes vorsieht."

„Weil Fred Slim anscheinend gesagt hat, dass er die Firma erben würde."

Hailey schüttelte den Kopf. „Nein, sowas würde er nicht sagen. Doch Slim könnte sich diese Fantasie ausgedacht haben."

„Ich weiß es nicht", sagte der Sheriff, „aber ich bin mir ziemlich sicher, dass das alles miteinander zusammenhängt."

„Scheiße", fluchte Carter. „Glauben Sie wirklich, dass diese Generation so verdorben ist, dass er Fred töten würde, um die Firma zu bekommen? Möglicherweise auch Phil und Betty?"

Der Sheriff holte tief Luft und nickte dann langsam. „Das Problem ist, dass alle meine Deputies Longfellows sind."

„WANN KOMMT DIE Verstärkung an?"

„Später heute", sagte Raleigh. „Also bin ich mehr oder weniger hier, um euch zu warnen. Ihr müsst außer Sichtweite bleiben. Es könnte ziemlich schlimm werden."

Genau in diesem Moment ertönte eine harte Stimme hinter ihnen. „Was hast du gerade gesagt?"

Raleigh versteifte sich, dann drehte sie sich um und sah Walton an der Tür stehen. „Ich habe doch gesagt, du sollst im Truck bleiben."

„Du gibst hier nicht mehr die Befehle, alter Mann", sagte Walton. „Ich übernehme das Amt des Sheriffs. Gib mir deinen Ausweis. Du bist fertig."

Der Sheriff schüttelte den Kopf. „Junge, du bist so verdammt grün hinter den Ohren, dass du nicht einmal weißt, wo oben und unten ist."

Walton zog seine Waffe und richtete sie auf den Sheriff. „Hast du mich nicht gehört?"

Matzuka war draußen auf der Veranda. Er stand ganz still da und wartete auf ein Handzeichen von Carter. Als er es sah, warf Matzuka einen Blick auf Walton, doch anstatt ihn von vorn anzugreifen, stürzte er sich auf seinen Knöchel, biss hart zu und riss an seinem Bein. Die Bewegung war so schnell, dass Walton vornüber stolperte und fiel. Der Sheriff sprang vor und nahm die Waffe, dann fesselte er Walton schnell mit seinen Handschellen.

Dabei fluchte er. „Verdammtes dummes Kind", schnaubte Raleigh. „Das ist genug von diesem Scheiß."

„Du solltest dir einen Moment Zeit nehmen", sagte Hailey leise zum Sheriff, „und herausfinden, wer sonst noch daran beteiligt ist."

Carter ging vor Walton in die Hocke. „Was soll der ganze Scheiß?"

Walton warf ihnen böse Blicke zu, bevor er sich dem Sheriff zuwandte. „Das ändert nichts, alter Mann. Wenn du denkst, du bist sicher, das bist du nicht. Du bist allein. Wir alle gegen dich. Nicht ein verdammter Deputy in deinem Department, mit dem du rechnen kannst. Alle wissen, dass du fertig bist."

„Herzlichen Dank dafür", sagte der Sheriff leise. Er nahm das Dienstabzeichen aus Waltons Tasche und steckte es an Carters Hemd. „Hier, Junge. Du bist jetzt mein Deputy, ob du es willst oder nicht."

Walton begann zu fluchen. „Das kannst du nicht tun! Oder versuch's einfach. Wir gehen mit ihm in eine ruhige

Straße und knallen ihn ab.“

„Genau wie du es mit Phil und seiner Frau getan hast?“, fragte Hailey.

„Der alte Phil und seine Frau waren Arschlöcher. Sie hätten ihre Anteile an der Firma ihrer Pflegetochter hinterlassen sollen“, sagte er. „Stattdessen ging alles an dich. Was ist das für ein Scheiß? Die Familie kommt immer zuerst.“

Hailey schnappte nach Luft. „Angela? Deine Ex-Freundin?“

„Sie ist nicht meine Ex-Freundin, da wir uns nie getrennt haben“, sagte er. „Wir sehen uns regelmäßig, seit wir das erste Date hatten.“

„Und der einzige Grund, warum du mit ihr befreundet geblieben bist, war, weil du dachtest, sie würde die Anteile der Kanzlei bekommen? Und dann was? Du hattest vor, sie zu heiraten, und dann hätte sie einen bedauerlichen Unfall gehabt?“

Er zuckte mit den Schultern. „Wenn das der schnellste Weg ist, aufzusteigen, sicher. Ich habe kein Problem damit.“

„Haben das die Alten so gemacht? Donnie, David und Fred – haben sie das getan?“, fragte Carter mit schroffer Stimme. „Über Leichen gehen und die ausschalten, die ihnen im Weg stehen, und dann für ein paar Cent alles aufkaufen, was übrig ist?“

„Und ob, das haben alle gemacht – das war damals so. Fred ist im Alter einfach weich geworden. Kommt daher, dass er keine eigene Familie hat. Und dann sind unsere Eltern auch alle weich geworden. Ihnen gefällt das leichte Leben. Sie sitzen nur da und führen ein paar Geschäfte und leben von den Einnahmen. Keine Bestrebungen, größer zu werden. Sie waren bereit, ihre Geschäfte Stück für Stück zu verkaufen, damit sie sich um weniger kümmern mussten.

Was für uns nur weniger Einnahmen bedeutet. Wie soll mir das nutzen?"

„Ich verstehe", sagte Carter. „Also, anstatt deine Eltern in den wohlverdienten Ruhestand gehen zu lassen – wusstest du, dass alte Leute das tun? Sie gehen tatsächlich in den Ruhestand –hat dich nur interessiert, wo in Zukunft dein Geld herkommen würde. Alles, nur nicht von einem Job."

„Natürlich habe ich Geld von ihnen erwartet", sagte Walton mit einem fast empörten Keuchen. „Wofür hältst du mich, einen Narren? Natürlich bin ich mir selbst am nächsten. Alle sind so." Walton schüttelte seine Schultern und seine gefesselten Hände und lächelte dann. „Aber keine Sorge. Das hier ist nichts, weil ich die in kürzester Zeit los sein werde. Mein lieber Granddaddy wird das schon richten."

„Wenn du das sagst", sagte der Sheriff. „Dann lass uns sehen, ob er das wirklich tut."

KAPITEL 13

HAILEY BEOBACHTETE, WIE der Sheriff und Carter Walton in seinen Truck luden. Carter fuhr in seinem eigenen Fahrzeug mit Matzuka auf dem Beifahrersitz hinter dem Sheriff her. Jetzt saß Hailey zu Hause fest und hatte einen Haufen Rancharbeiten zu erledigen, doch sie musste auch ins Krankenhaus, um mit ihrem Bruder zu sprechen. Die E-Mail, die Carter ihr geschickt hatte, war eine Bombe. Sie versuchte immer noch, diese Informationen zu verarbeiten. Dass jemand aus ihrer eigenen Firma für die kreative Buchhaltung verantwortlich war, konnte sie nicht fassen. Sie musste mit Gordon auch darüber reden. Sie zückte ihr Handy und rief Debbie an. „Wie geht's Gordon?", fragte sie.

„Er schläft wieder", sagte Debbie. „Ich habe jetzt ein Notbett im Zimmer. Ich bleibe die ganze Zeit bei ihm."

„Zwischen euch beiden ist alles wieder gut?"

„Ja", antwortete Debbie erleichtert. „Zwischen uns ist alles gut."

„Gut", sagte Hailey, „aber hör zu. Hier unten ist die Kacke am Dampfen. Ich gehe raus und erledige, was zu tun ist, und dann bin ich mir nicht sicher, was ich als Nächstes zu erledigen habe." Sie erzählte Debbie, was mit Walton und dem Sheriff passiert war und was Carter vorhatte.

„Was?", keuchte Debbie. „Im Ernst, kannst du das?"

„Offensichtlich steht uns ein Longfellow-Coup bevor.

Der Sheriff ist kurz davor, abgesetzt zu werden, und wir müssen verhindern, was wir können."

„Carter ist Deputy geworden?", sagte Debbie mit einem Hauch von Belustigung. „Weißt du was? Das ist ein perfekter Job für ihn."

„Ich weiß nicht recht", sagte Hailey. „Er scheint in vielen Dingen verdammt gut zu sein. Er hilft mir, denjenigen zu finden, der in der Kanzlei die Bücher gewaschen hat. Ich glaube, es waren Andy und Slim. Vielleicht mehr, ich bin mir noch nicht sicher. Laut dem, was Carter gefunden hat, fehlen auf einem Konto sechzigtausend und unsere Ranchkonten haben sie so manipuliert, dass es aussieht, als wäre sie nichts wert. Als hätten sie versuchen wollen, sie billig zu übernehmen."

„Oh mein Gott, davon habe ich auch nichts gewusst", sagte Debbie. „Du hast mir nichts gesagt."

„Ich hatte nicht gerade Zeit dazu", sagte Hailey. „Wir arbeiten noch daran."

„Aber jemand hat definitiv Gelder unterschlagen?"

„Lass uns sagen, dass sie die Bücher manipuliert und es so aussehen haben lassen, als wäre das Geschäft besser – oder schlechter gelaufen, je nachdem. Und vielleicht soll es auch den Wert der Kanzlei aufblähen. Ich weiß nicht, wie weit das zurückgeht, aber ich muss der Sache weiter auf den Grund gehen. Das wird nicht einfach."

„Behältst du die Kanzlei?"

„Laut Walton sollte Phils Anteil an seine Pflegetochter Angela gehen."

„Aber ich dachte, du hast gesagt, dass das nicht passieren würde. Die Anteile sollten an die überlebenden Partner gehen."

„Ja, wir haben Partnerschaftsverträge zu diesem Zweck.

Aber vielleicht hat Angela geglaubt, dass sie seinen Anteil bekommen würde, weil sie die einzige Familie war, die Phil hatte."

„Na, gute Gedanken und so ..."

„Genau", sagte Hailey. „Mein Anwalt kennt die Verträge, und er sagt, die Kanzlei gehört mir. Aber ich habe einen riesigen Misthaufen geerbt, durch den ich mich durcharbeiten muss. Eine Menge Unmut und viele misstrauische Blicke. Ich rechne damit, dass ich auch unter den Angestellten ordentlich ausmisten muss. Es wird also Spaß machen, alles in Ordnung zu bringen." Dann hielt Hailey inne. „Aber im Moment muss ich dafür sorgen, dass die Ranch sicher ist und alle satt sind. Und ich muss vorsichtig sein. Ich bin ganz allein hier, abgesehen von einem Cop aus dem Nachbarcounty, der den Zaun an der strittigen Grundstücksgrenze im Blick behält. Die Rancharbeiter sind draußen auf den Weiden. Ich habe keine Möglichkeit, den Cop zu kontaktieren, also bin ich mir nicht sicher, ob er überhaupt noch hier ist. Wie auch immer, ich wollte nur sichergehen, dass du nicht nach Hause fährst und bei Gordon bleibst."

„Mach dir keine Sorgen", sagte Debbie mit fester Stimme. „Wir haben hier auch einen Polizisten als Wache vor der Tür. Niemand kommt nochmal an Gordon ran. Er müsste erst an diesem Officer und an mir vorbei."

„Davor muss ich dich warnen", sagte Hailey. Sie senkte ihre Stimme. „Sie *werden* versuchen, an ihm und dir vorbeizukommen, um zu ihm zu gelangen. Also sei bitte auf der Hut, und pass auf dich auf."

Dann legte sie auf. Sobald sie es getan hatte, lud sie ihre beiden Schrotflinten, die sie auf der Ranch und in ihrem Schlafzimmer aufbewahrte, getrennt von Gordons Waffen, die im Waffenschrank im Wohnzimmer eingeschlossen waren. Nur für den Fall, dass sie im Notfall nicht dorthin konnte. Dann brachte sie eine davon nach draußen, begleitet von den Ranchhunden, und sah nach den anderen Tieren. Wenn man eine Ranch leitete, gab es immer zu tun. Keine freien Tage. Sie scheute sich nie vor ihrem Teil der Arbeit, doch sie überließ Gordon diese Arbeit von Montag bis Freitag, weil sie in der Stadt arbeiten musste.

Sobald sie mit den dringendsten Arbeiten fertig war, ging sie zu Smokey, ihrem Appaloosa-Wallach, und sattelte ihn. Mit der Schrotflinte auf den Oberschenkeln machte sie sich auf einen langsamen Ritt über die Weiden, begleitet von einigen der Ranchhunde. Von dort, wo sie in einem Wäldchen versteckt stand, konnte sie sehen, wo sie Gordon gefunden hatten. Keine Spur von irgendjemandem war zu sehen, und die Hunde schienen sich auch an nichts zu stören.

Der einzige Unterschied zwischen jetzt und gestern war, dass sie jetzt nicht draußen auf dem Feld war, und Gordon war es gewesen. Der Schütze war zwischen den Bäumen gewesen, wo sie jetzt war. Sie ließ langsam den Blick schweifen, aber sie fand nichts. Sie drehte das Pferd um und galoppierte fast den ganzen Weg nach Hause. Danach sattelte sie ihn ab, bürstete Smokey, gab ihm Haferflocken und einen Klaps auf die Schulter und ging dann zum Haus.

Sie hatte seit dem Besuch des Sheriffs keine Anrufe gehabt. Auf der Veranda dachte sie über ihn und Carter nach, als sie die ersten zwei Stufen nahm, dann auf der nächsten Stufe stolperte und ihr Knie gegen die nächste Setzstufe stieß. Als das Holz neben ihrem Kopf splitterte, sprang sie in den Türrahmen und zog die Schrotflinte mit sich. Sie fluchte und hielt dann inne. Das war knapp gewesen. Die Kugel war direkt neben ihr eingeschlagen.

Die Hunde drängten sich um sie, und sie schaffte es, die Tür zuzuschlagen, als alle drin waren. Dann lehnte sie sich mit dem Rücken an die Haustür und rutschte daran herunter. Sie fluchte laut, als sie Carters Nummer wählte. Er nahm beim ersten Klingeln ab. „Jemand schießt auf der Ranch auf mich. Hätte mich fast erwischt", keuchte sie.

Diesmal fluchte er. „Wir sind etwa zehn Minuten entfernt. Pass auf, dass du am Leben bleibst, bis ich da bin."

Sie lachte. „Warum? Ich war die ganze Zeit hier, und es war dir auch scheißegal."

„Das ist jetzt anders", sagte er angespannt.

„Wenn du meinst", lachte sie. Genau in diesem Moment zersplitterte ein Fenster, und Glas regnete auf sie herunter. „Verdammt. Das Fenster hat vierhundert Dollar gekostet!"

„Ich will, dass du dich auch von den Fenstern fernhältst. Muss ich dir das nochmal sagen?"

„Ich kauere hinter der Haustür am Boden, aber ich kann nichts sehen."

„Versuch's erst gar nicht."

„Ja, und was hält den Schützen davon ab, die Verandatreppe hochzukommen und einfach ins Haus zu spazieren? Er hat das Fenster schon zerschossen, also habe ich jetzt eine Möglichkeit, zurückzuschießen." Sie senkte ihre Stimme. Es klang fast so, als würde sie die nächsten Worte herausknurren. „Und du glaubst besser, dass ich ohne Gnade schießen werde. Wenn jemand Falsches einen Fuß auf die Stufe setzt, drücke ich den Abzug."

„Das ist mein Mädchen", sagte Carter. „Aber versuch, sie nicht anzugreifen, bis ich da bin. Bleib einfach am Leben und halt dich von Konfrontationen fern, okay? Sobald du eine Schießerei anfängst, gewinnt niemand."

„Ich verstehe dich, aber in diesem Fall muss etwas Großes in die Luft fliegen, bevor das endet."

„Wir haben sowohl Slim als auch Walton im Gefängnis", sagte er. „Wir müssen noch Andy und Harold abholen. Anscheinend hängen alle vier drin. Burgess ist auch auf der Liste, aber er hat wahrscheinlich nichts damit zu tun."

„Was ist mit dem Gespräch mit den Alten?", fragte Hailey.

„Wir haben mit der mittleren Generation gesprochen. Keiner von ihnen glaubt es, und sie sind alle überzeugt, dass wir uns irren. Donnie und Brenda sind verdächtig still. David ist im Krankenhaus."

„Was ist los mit David?"

„Herzinfarkt", sagte Carter. „Gestern Nacht."

„Ich wette, Slim und Walton haben was damit zu tun."

„Das denken wir auch. Ich vermute, das ist auch der Grund, warum Brenda und Donnie so still sind. Es gibt definitiv einen Machtkampf, und er ist noch nicht vorbei."

„Wenn ihr zwei der Arschlöcher weggesperrt habt, dann habe ich wahrscheinlich die anderen beiden hier auf der Ranch. Aber einer ist nur ein Arschloch und der andere ein Möchtegern-Drogendealer", sagte Hailey. „Schade, dass du Matzuka nicht hiergelassen hast."

„Ich lasse ihn gleich am Tor raus. Ich komme die Auffahrt runter."

„Warum lässt du den Hund raus?"

„Weil er viel kleiner und schwerer zu treffen ist. Sie werden nicht mit ihm rechnen. Wenn sie den Truck sehen, fangen sie an zu schießen, sobald ich in Reichweite bin."

Dann legte sie auf. Die Hunde zu sich zu rufen, sie ruhig und aus der Schusslinie zu halten, war wichtig für sie. Matzuka war vielleicht für den Kampf ausgebildet, aber die anderen nicht. Doch sie würden sie verteidigen, wenn jemand ins Haus käme.

Sie sah sich im Wohnzimmer um und suchte nach einer Position, aus der sie besser sehen könnte, wer und was auf sie zukam. Auf Händen und Knien kroch sie vorsichtig unter dem zerbrochenen Fenster hindurch auf die andere Seite, dann weiter unter dem zweiten Fenster, neben dem sich ein halbhoher Raumteiler aus Baumstämmen befand. Dort richtete sie sich auf und spähte durchs Fenster.

Die beiden Männer waren bei der Scheune, einer auf jeder Seite. Warum griffen sie sie an? War es, weil der Sheriff sie vorhin gewarnt hatte? Oder weil sie der Grund war, warum sie die Kanzlei nicht bekamen? Doch wie sie darauf kamen, dass sie sie jetzt bekommen würden, wusste sie nicht. Ihr Anwalt hatte schon alles geregelt. Im Falle ihres Todes würde die Kanzlei an ihren Bruder und an Carter gehen, obwohl Carter nichts von seinem „Glück" wusste. Hatten die Longfellow-Enkel vor, sie und Gordon auszuschalten, um sich ihre Ranch unter den Nagel zu reißen? Denn auch das würde nicht funktionieren. Sie mussten ziemlich dumm sein, wenn sie glaubten, sie könnten sie und ihren Bruder ermorden und damit davonkommen.

Eine weitere Kugel zischte und blieb harmlos im Türrahmen stecken. Sie beobachtete nur und wartete, denn was die Schützen nicht wussten, war, dass sie bald von hinten angegriffen werden würden. Sie beobachtete, wie Carters Truck neben dem des Sheriffs in Sicht kam. Anstatt die Straße herunterzukommen und eine Staubwolke aufzuwirbeln, fuhren sie langsam über die Weide. Es sah so aus, als hätten sie die Motoren abgestellt und rollten jetzt nur den Hang hinter der Scheune hinunter. Von der anderen Seite konnte sie auch sehen, wie Matzuka auf eine Seite der Scheune zu rannte.

Sie hörte einen scharfen Pfiff und blickte dann zu Carter hinüber. Matzuka war an seiner Seite, als Carter und Raleigh sich aufteilten und um die Scheune herumschlichen. Hailey hob die Schrotflinte, aus Angst, dass die beiden Männer sie bemerken könnten, denn diese beiden Arschlöcher müssten sich nur umdrehen und könnten beide Männer ausschalten. Der jüngere Idiot, der plötzlich etwas zu hören schien, drehte sich um und schoss. Er feuerte wieder und wieder, doch sie sah, wie seine Waffe in die Luft flog. Matzuka stürzte sich auf ihn und grub seine Zähne in die Schulter des Mannes. Schreiend stolperte Andy zurück und fiel unter dem Gewicht des Hundes zu Boden.

„Matzuka, aus!", befahl Carter.

Doch Matzuka schien nicht zu hören. Er knurrte und schüttelte den schreienden Mann an der Schulter. Carter redete ruhig auf Matzuka ein und befahl noch einmal, ihn loszulassen.

Diesmal gehorchte Matzuka und ließ Andy, der jetzt bewusstlos am Boden lag, los, dann setzte er sich hin und bewachte ihn. Carter stand über dem Mann.

Während Carter jedoch damit beschäftigt war, den bewusstlosen Mann umzudrehen und zu fesseln, trat Harold hinter ihn, hob seine Waffe und hielt sie gegen Carters Kopf.

Während sie die Szene beobachtete, schnürte sich ihre Kehle vor Angst zu, doch plötzlich drehte Carter den Spieß um. Es war fast wie in einer Komödie, doch nichts war lustig daran. Sie konnte die Worte der beiden Männer nicht hören, aber sie konnte sich vorstellen, was sie sagten ... und gerade als sie dachte, alles sei verloren, kam der Sheriff von hinten und drückte Harold seine Waffe an den Rücken. Hailey stieß den Atem aus, von dem sie nicht gewusst hatte, dass sie ihn angehalten hatte. Sie schüttelte den Kopf und schob die

Haustür auf.

„Nur für den Fall, dass du denkst, dass er allein ist!", rief Hailey und deutete hinter Harold, wobei ihre erhobene Schrotflinte ebenfalls auf ihn zielte. „Das ist er nicht."

Der Möchtegern-Drogendealer drehte sich zu ihr um und starrte sie an.

Sie zuckte mit den Schultern. „Zumindest solltest du erkennen, wenn du geschlagen bist. Und jetzt runter auf den Boden, neben deinen Arschloch-Cousin da."

Da ihm keine andere Wahl blieb, kniete er sich langsam nieder. Genau in diesem Moment kam ein Schuss von der Seite des Hauses und verfehlte Hailey nur knapp. Sie duckte sich und rannte hinter dem Geländer auf den Schützen zu, den sie nicht sehen konnte, obwohl Carter ihr signalisiert hatte, sie solle ins Haus in Deckung gehen. Doch da der Sheriff seine Waffe auf Harold richtete, musste Carter die beiden Männer, die sie festgenommen hatten, fesseln, also musste sie diejenige sein, die handelte. Sie ging um das Haus herum und wäre fast mit einer weiteren Gestalt zusammengestoßen.

„Nun, sieh dir das an – Angela, Phils herzallerliebste Pflegetochter. Hast du wirklich geglaubt, Phil würde dir seinen Anteil hinterlassen?", fragte Hailey.

Angela starrte sie mit lodernder Feindseligkeit an. „Natürlich. Ich bin die einzige Familie, die er hat."

„Du meinst, die Einzige, die noch am Leben ist?"

„Ja, also gehört alles mir. Genauso wie sein Haus und all der Scheiß da drin. Er hat mir gesagt, dass ich alles erben würde."

„Nicht mehr. Ich denke, du wirst feststellen, dass er es mit einer Grundschuld belastet hat, um seine Krebsbehandlung zu bezahlen."

„Unsinn. Sie hatten Vermögen."

„Aber seine Behandlung war teuer", sagte Hailey sanft. „Das ist einer der Gründe, warum Phil immer noch gearbeitet hat, auch wenn er schon lange aufhören wollte. Hast du wirklich beide ermorden müssen?"

Angela zuckte mit den Schultern. „Wen interessiert das? Die alte Schachtel war dem Tod genauso nah wie Phil."

„Wenn du noch ein bisschen gewartet hättest, wäre sie von allein gestorben. Dann hättest du dich jetzt nicht wegen dreier Morde verantworten müssen."

Hailey hielt immer noch die Schrotflinte, während die andere Frau einen kleinen Revolver auf sie gerichtet hielt. Sie waren definitiv in einer Pattsituation. Hailey konnte auf Angela schießen und sie aus nächster Nähe in Fetzen sprengen, doch Hailey würde wahrscheinlich auch eine Kugel abbekommen.

Wo war Matzuka? Hailey war versucht, sich umzusehen, wagte es aber nicht, den Blick von der gierigen, herzlosen jungen Frau vor sich abzuwenden.

„Wir haben sie beide ausgeschaltet, weil ich so alles erben würde. Warum warten, bis er mehr ausgibt? Phil war schon mit einem Fuß im Grab. Was für eine Geldverschwendung."

Die Kälte ihrer Worte ließ Hailey für einen Moment innehalten. So viel Anspruchsdenken und Hass. So ein Mangel an Liebe. … Hatte Angela kein Mitgefühl mit dem, was dieses Paar durchmachen musste? „Was ist mit dem armen Fred? Hatte er es deiner Meinung nach auch verdient, ermordet zu werden?"

„Oh ja", keifte Angela. „Was soll der Scheiß mit diesen alten Säcken, die hier bleiben müssen und nicht sterben wollen, damit die jüngere Generation tatsächlich eine

Chance hat, irgendwohin zu kommen? Glaubst du, wir wollen dasitzen und Däumchen drehen, bis sie endlich den Löffel abgeben?"

„Das hättest du versuchen können", sagte Hailey. „Du vergisst, dass es noch eine Generation gibt."

„Ja", sagte Angela, „aber die sind nutzlos. Sie sind zu weich, und sie waren lange Zeit Marionetten. Die ältere Generation war dominant. Und sie haben die nächste Generation schwach gemacht." Dann kicherte sie. „Aber das ist in Ordnung, denn die nächste Generation ist stark. Wir müssen nicht einmal die mittlere Generation ausschalten. Wir übernehmen einfach alles. Verdammt einfach. Sie haben bisher nicht den geringsten Widerstand geleistet."

„Ich denke, das liegt daran, dass sie nicht wussten, was ihr getan habt", sagte Hailey. „Also, ja, vielleicht waren sie blind. Und vielleicht dachten sie auch nicht, dass ihre geliebten Kinder sowas tun würden. Ich frage mich, was sie tun werden, wenn sie erfahren, dass ihr ihre Eltern ermordet habt."

Angela zuckte mit den Schultern. „Egal."

„Und Fred. Warum habt ihr Fred getötet? Weil ihr fünf gedacht habt, einer von euch könnte seinen Anteil an der Firma erben?"

„Fred hat Slim gesagt, dass er ihn bekommt. Ich sollte Phils Anteil bekommen und er den von Fred. Wir wollten, dass Andy die Bücher manipuliert, um den Wert aufzublähen, und sie dann verkaufen. Andy hat seit ein paar Jahren Geld für uns alle abgeschöpft. Doch er darf nicht erwischt werden, also werden wir im Chaos nach dem Tod der Partner verkaufen. Und wir werden ein leichtes Leben haben …" Sie schnaubte. „Glaub mir, während die Anwälte das alles regeln, wirst du zusammen mit den anderen bankrottgehen."

Hinter Angela konnte Hailey sehen, dass sich Matzuka und Carter näherten. Sie war erleichtert, dass die Pattsituation enden würde, doch nervös, dass noch immer etwas schiefgehen könnte, und bemühte sich, Angelas Aufmerksamkeit auf sich zu halten. „Oh, ich glaube nicht, aber das ist okay. Wir sehen uns vor Gericht. Natürlich werdet du und deine Freunde hinter Gittern landen, nachdem ihr drei Menschen ermordet habt."

Angela lachte. „Niemand kann beweisen, dass ich irgendwas damit zu tun hatte."

„Das sagst du", sagte Hailey fröhlich. „Ihr werdet alle wegen gemeinschaftlichen Mordes und diverser anderer Anklagepunkte verurteilt werden."

Und einfach so hob Angela den Revolver und spannte den Hahn. „Das werde ich jetzt einfach alles beenden, indem ich dich verdammt nochmal erschieße. Es ist mir egal."

Matzuka jaulte tief in seiner Kehle auf, ein Geräusch, das jedem das Blut in den Adern gefrieren musste. Und er war direkt hinter Angela.

„Scheiße", keuchte Angela, als sie sich umsah.

„Ich würde mich an deiner Stelle nicht bewegen", sagte Hailey sanft. „Matzuka ist gerade ein bisschen gereizt."

Angelas zitternde Finger lagen auf dem Abzug, doch dann wurde hinter ihr eine Waffe entsichert. Sie erstarrte und durchbohrte Hailey mit Blicken. „Wer zum Teufel ist sonst noch hier? Gibt es nicht schon verdammt genug von euch? Und Harolds Hund zu stehlen – das ist einfach falsch …"

„Wenn ich sie korrigieren darf, das ist unser Hund", sagte Carter hinter Angela. Er hielt ihr die Waffe direkt an den Kopf. „Bitte gib mir einen Grund, dir eine Kugel in den

Kopf zu jagen, aber wenn du noch ein bisschen leben willst, nimmst du die Waffe runter und lässt sie auf den Boden fallen."

Sie zögerte.

„Oder ich kann Matzuka befehlen, anzugreifen, und er kann dir die Schulter zerreißen. Dann wird dein rechter Arm für den Rest deines erbärmlichen Lebens verdammt wehtun."

Sie starrte Hailey an, die immer noch vor ihr stand.

Hailey konnte sehen, wie Angela über ihre Möglichkeiten nachdachte, bis Matzuka zu knurren begann, ein heiserer, kehliger Ton, der Angela dazu brachte, ihre Waffe schnell wegzuwerfen. „Kein Ding. Wir haben Geld und Anwälte. Sie werden uns niemals einsperren."

Carter lachte. „Raleigh ist schon dabei. Und ihr habt kein Geld mehr. Euer Geld scheint sich in Luft aufgelöst zu haben."

„Was zum Teufel?", zeterte Angela und drehte sich zu Carter um.

„Ja, euer Mann Andy hat die Bücher mit seiner kreativen Buchhaltung gewaschen. Obwohl der Versuch, Haileys und Gordons Ranch in die Pleite zu treiben, selbst unter eurer Würde war. Seine Zahlen sind nichts als Hokuspokus. Und diese Anwälte, von denen du sprichst?"

Angela runzelte die Stirn.

„Wahrscheinlich werden sie dafür, dass sie den Longfellows geholfen haben, diese Stadt jahrzehntelang zu drangsalieren, ihre Zulassung verlieren. Also, wie Hailey sagte, werdet ihr angeklagt und dürft euch wahrscheinlich einen Pflichtverteidiger teilen. Viel Glück damit."

Endlich konnte Hailey spüren, wie sich ihre Anspannung löste.

Carter ignorierte Angela für den Moment und konzentrierte sich auf Hailey. „Bist du okay?"

„Ja, das bin ich", sagte sie. „Es hat sich herausgestellt, dass diese kleine Hexe an den Morden beteiligt war. Oh, und, Angela, unsere Ranch hat nichts mit der Kanzlei zu tun. Ich habe meinen Anteil Cash bezahlt. Ihr habt also umsonst die Bücher meiner Ranch manipuliert. Und die Ranch ist genauso voll bezahlt wie die Kanzlei – meine Kanzlei, nicht deine. Und ich habe die Verträge, um sicherzustellen, dass du sie nie in deine schmutzigen Finger bekommst. Und wenn ihr mich tötet, erben Carter und mein Bruder alles. Dein Geständnis deiner Beteiligung an den Morden, Andys und Slims Versuch, mich auf der Straße in die Zange zu nehmen, um mich auszuschalten, der Versuch, meinen Bruder zu erschießen … all das sollte dich und die anderen lebenslang hinter Gitter bringen."

Angela starrte sie an, und alle Farbe wich aus ihrem Gesicht.

Carter trat an ihre Seite. „Mindestens so lange." Er lächelte Angela an. „Lass uns gehen."

„Ihr könnt dem Sheriff erzählen, was ihr wollt", sagte Angela. „Ich werde es einfach abstreiten. Ihr beide seid sowieso nicht ganz klar im Kopf, auf euch wird eh niemand hören."

„Nun, selbst wenn dem so wäre, ist da immer noch das." Carter hielt sein Handy hoch und spielte die Aufnahme von Anfang an ab. Angelas höhnische Stimme war klar zu erkennen, als sie über den Tod von Fred, Phil und Betty sprach.

Angelas Augen weiteten sich geschockt, und sie fluchte.

Danach führte Carter Angela dorthin, wo die anderen beiden am Boden lagen. Während nun alle drei warteten, verladen zu werden, spielte Carter die Aufnahme für den Sheriff ab.

Raleigh schüttelte angewidert den Kopf. „Guter Gott."

„Was ist nun mit deinen Deputies?", fragte Carter.

„Die Jungs aus dem Nachbarcounty sind da. Sie sind wieder im Büro", sagte der Sheriff. „Die anderen beiden Deputies stehen unter Hausarrest, bis wir sie vernehmen können. Was Walton angeht, nach dem, was er heute vor mir abgezogen hat, und mit dieser Aufzeichnung, wird es lange dauern, bis er jemals wieder das Tageslicht sieht." Dann hielt er inne und sah Carter und Hailey an. „Ich weiß, dass du hierbleiben willst, aber …"

„Geh", sagte Hailey lächelnd zu Carter. „Diese Leute müssen ins Gefängnis. Und mir wäre lieb zu wissen, dass der Sheriff auch in Sicherheit ist."

Carter sah sie an und runzelte die Stirn.

„Geh", sagte sie.

Er zog sie an sich und küsste sie hart. „Schau, dass du da bist, wenn ich zurückkomme."

Sie klimperte mit den Wimpern. „Wir haben ein paar Tage Zeit, bis Gordon aus dem Krankenhaus nach Hause kommt, also komm du besser schnell nach Hause."

Der Sheriff seufzte. „Könnt ihr zwei den Turteltaubenkitsch für später aufsparen? Wir haben zu arbeiten."

Carter schmunzelte, bevor er die beiden Männern vom Boden hochzog. Er half ihnen auf die Beine und führte sie zum Fahrzeug des Sheriffs. Dort schob er sie auf den Rücksitz, während Raleigh Angela auf dem Vordersitz zwischen ihnen Platz nehmen ließ. Carter drehte sich zu Hailey um. „Willst du uns im Ranch-Truck hinterherfahren? Ich fahre mit dem Sheriff, um sicherzugehen, dass niemand irgendwelche Spielchen versucht." Er wartete jedoch nicht auf ihre Antwort. Er hob die Waffen auf, die sie beschlagnahmt hatten, und verstaute sie auf dem Ladebett, bevor Carter auf dem Beifahrersitz Platz nahm.

Hailey lächelte. Das war eine gute Idee. Sie öffnete die Beifahrertür von Gordons Truck und rief dann nach Matzuka. Matzuka kam zusammen mit Bonnie und Clyde, den beiden Border Collies von Hailey. Alle drei Hunde ließen sich auf dem Vordersitz nieder. Sie lächelte, als sie losfuhr.

Debbie rief sie ein paar Augenblicke später an und sagte: „Hast du irgendwas gehört?"

Sie lachte und informierte ihre Schwägerin. „Ja, es ist vorbei. Es war die junge Generation. Alle fünf."

„Oh mein Gott!", rief Debbie. „Wenn man bedenkt, dass das alles passiert ist, während wir hier waren."

„Ja, wir bringen sie ins Gefängnis, damit das endlich vorbei ist", sagte Hailey. „Und dann fahren Carter und ich nach Hause und werden das Bett tagelang nicht verlassen."

Daraufhin lachte Debbie. „Heißt das, Gordon muss noch ein paar Tage länger im Krankenhaus bleiben?"

„Lass ihn ein oder zwei Wochen da", kicherte Hailey. „Carter und ich haben viel nachzuholen."

„Ich freue mich sehr für dich", sagte Debbie herzlich. „Ich weiß, dass du dir das schon lange gewünscht hast."

„Das habe ich. Ich weiß nur nicht, wie ich ihn dazu bringen soll, zu bleiben."

„Ich denke nicht, dass du ihn davon überzeugen musst", sagte Debbie. „Das wollte er auch immer. Er hatte einfach zu große Angst, er könnte seine Freundschaft mit Gordon ruinieren."

Hailey starrte auf das Handy. „Weißt du was? Genau das hat Carter mir vorhin auch gesagt, aber ich habe ihm nicht geglaubt."

„Das ist schade", sagte Debbie, „weil es wahr ist. Und jetzt genieß deine Zukunft."

„Oh, das habe ich vor. Und du kümmerst dich für mich um Gordon."

„Natürlich."

EPILOG

WESTON THURLOW GING in das Büro der Titanium Corp., warf sich dann auf einen Stuhl und sagte: „Ich will mitmachen."

Cade warf ihm einen verständnislosen Blick zu.

Dann sah Erick, der zwischen den beiden stand, Weston an und fragte: „Wobei?"

„Was auch immer das für ein Deal ist, bei dem all diese Typen verschwinden."

Erick sah Cade an, und beide wandten sich Weston zu. „Was meinst du?", fragten beide gleichzeitig.

„Oh, nein, nein", sagte Weston. „Ich habe alles Mögliche gehört, also keine Spielchen."

„Alles Mögliche?"

„Pierce, Blaze, Zane, Parker, Lucas und sogar Ethan", sagte er. „Was zum Teufel ist da los? Ich habe irgendwas über Hunde gehört."

„Warum? Interessierst du dich für Hunde?", fragte Erick.

In diesem Moment kam Geir herein. „Was war das mit Hunden?", fragte er, bevor er eine Akte vor sie auf den Tisch warf. An der Vorderseite war ein Bild von Carter, der an einem Zaun lehnte, die Arme einer Frau um ihn geschlungen, ihre Gesichter aneinander gepresst. Sie sahen beide wahnsinnig glücklich aus.

Cade sah es an und grinste. „Und wieder einer am

Arsch", sagte er.

„Oder wir könnten sagen: *Noch eine sehr erfolgreiche Geschichte*", korrigierte Erick und stieß ihn mit der Schulter an.

Cade nickte. „Oder wir könnten sagen: *Sie sehen glücklich zusammen aus.*"

„Nicht wahr?" Weston stand auf und ging herum, um einen Blick auf das Foto zu werfen. „Hey, das *ist* Carter. Was zum Teufel hat er in letzter Zeit getrieben? Und wer ist die Frau?"

„Die Schwester seines besten Kumpels", sagte Geir. „Er musste zurückgehen und ein paar Sachen gerade biegen. Und hat dabei gefunden, wo sein Herz wirklich schlägt."

„Oh, Gefühlskram", sagte Weston und schnitt eine Grimasse. „Aber was machen die Jungs für Jobs? Weißt du, wie langweilig es ist, tagein, tagaus hier zu sein? Ich baue tagsüber Häuser und spiele abends meine Musik."

„Und doch bist du hier und suchst nicht nach einem anderen Job, oder soll ich das als Anfrage betrachten?", sagte Cade.

Weston zuckte mit den Schultern. „Ja, weil mir langweilig ist. Hast du nichts Besseres für mich zu tun?"

„Hast du Erfahrung mit Hunden?"

„Ein bisschen. Ich habe eine Weile in einer K9-Einheit gearbeitet."

„Nur eine Weile?"

„Ich wurde befördert", sagte er. „Und dann bin ich in die Luft gesprengt worden. Du weißt, wie das läuft. Das Leben führt dich auf einen Weg, den du nicht erwartet hast." Und natürlich wusste er, dass sie es wussten. Sie alle waren einen Weg gegangen, auf den niemand vorbereitet gewesen war.

Geir lächelte ihn an. „Aus welchem Teil des Landes

kommst du?"

„Warum?"

„Weil wir im ganzen Land Hunde haben und versuchen, Leute, die einen Grund haben, irgendwohin zu gehen, diese Hunde aufspüren zu lassen. Ich habe wenig bis gar kein Budget dafür." Er erklärte mit wenigen Worten das nicht mehr existierende Kriegshunde-Programm.

Weston kniff die Augen zusammen; dann grinste er schief. „Wow. Klingt nach einer echten Scheißsituation."

„Genau das ist es. Und wir haben schon sieben Leute verloren und fünf weitere vor uns."

„Sind alle CONUS?"

„Du meinst, auf dem Kontinent?"

Er nickte. „Ja, das meine ich."

„Wir haben einen in Alaska und einen anderen auf Hawaii. Hilft das?"

Weston stand auf. „Ich nehme den in Alaska. Anchorage?"

„Dorthin wurde er geflogen. Aber soweit ich weiß, ging er an eine Familie mit einem Einsiedlerhof."

„Das ist okay", sagte er. „Ich komme aus Alaska und wollte schon immer mal wieder zurück."

„Hast du da auch eine lange verlorene Liebe zurückgelassen?"

Er zuckte zusammen. „Nicht wirklich."

„Was meinst du?"

„Ich habe eine kleine Tochter da zurückgelassen", sagte er, „die von einer sehr netten Familie adoptiert wurde. Nur weiß ich, dass vor nicht allzu langer Zeit der Ehemann gestorben ist. Das war vielleicht vor einem Jahr? Und sie haben mich gefragt, ob ich vorbeikommen könnte, weil mein kleines Mädchen ihren leiblichen Vater kennenlernen möchte, nachdem ihr anderer Vater weg ist."

Die Männer sahen ihn überrascht an.

„Ich weiß", sagte er. „Ich habe nicht wirklich damit gerechnet, ein Kind zu bekommen. Aber als mir mein One-Night-Stand ein Jahr später erzählt hat, dass sie ein Kind bekommen und es zur Adoption freigegeben hatte, ja, das war nicht gerade der krönende Moment meines Lebens."

„Wir können dir nichts dafür zahlen, aber du bekommst jede Unterstützung, die wir dir geben können."

„Das spielt keine Rolle", sagte Weston. „Es ist definitiv an der Zeit, mich meinem kleinen Mädchen zu stellen."

„Gut", sagte Geir. „Und der Hund in Alaska? Ihr Name ist Shambhala, und sie könnte wirklich jemanden gebrauchen, der vielleicht für sie spielt."

„Warum?"

„Weil sie auf einem Auge blind ist und hinkt. Aber sie hat ein ausgezeichnetes Gehör und liebt Musik." Geir blätterte durch den Aktenstapel. Dann zog er einen heraus und reichte ihn Weston. „Du bekommst eine Kopie davon. Mehr haben wir nicht."

Weston lächelte. „Ich mach' das."

Damit ist Buch 7 der K9 Akten: Carter abgeschlossen.
Lesen Sie im Folgenden mehr über: Die K9-Akten: Weston, Buch 8

Die K9-Akten: Weston (Buch #8)

Willkommen zur brandneuen K9-Akten-Serie mit den unvergesslichen Männern aus SEALs of Steel in einer neuen Serie voller actiongeladener, romantischer Spannung, die Fans von USA TODAY-Bestsellerautorin Dale Mayer erwarten. Pssst … Sie werden auch andere Lieblingscharaktere aus SEALs of Honor und Heroes for Hire treffen!

Weston befand sich in einer Sackgasse in seinem Leben, nachdem er von seiner Tochter, die er nie kennengelernt hat und die von einer anderen Familie adoptiert worden ist, hört. Nur ist inzwischen ihr neuer Vater verstorben … Darum nimmt er die Mission an, die vermisste, auf einem Auge blinde, hinkende K9-Hündin namens Shambhala aufzuspüren, in Alaska, dem Ort, an dem er sein muss, um dieses andere Problem in seinem Leben zu lösen. Es stellt sich heraus, dass es leichter ist, den Hund zu finden, als Weston erwartet hat, doch herauszufinden, wie und warum die Besitzer dieses Hundes ermordet wurden, ist eine ganz andere Frage.

Als Witwe weiß Daniela, dass ihre Tochter einen Vater braucht, also hat sie Kontakt mit Weston aufgenommen, nicht sicher, ob er überhaupt von der Existenz des Mädchens weiß. Als er sagt, er sei unterwegs, macht sie sich Sorgen darüber, was sie angestoßen hat, und diese Sorge macht Entsetzen Platz, als Saris leibliche Mutter vor Danielas Tür auftaucht und ihre Tochter sehen will.

Die Situation wird hässlich, als Westons K9-Ermittlung

Auswirkungen auf das Leben seiner Tochter und ihrer neuen Mutter hat. Er muss etwas tun, oder alles, was er endlich gefunden hat, ist verloren.

Buch 8 finden Sie hier!
Um mehr zu erfahren, besuchen Sie die Website von
Dale Mayer.
https://geni.us/DMSGRWeston

Anmerkung der Autorin

Danke, dass Sie Die K9-Akten: Carter, Buch 7 aus der K9-Akten-Serie gelesen haben! Wenn Ihnen das Buch gefallen hat, nehmen Sie sich bitte einen Moment Zeit, und hinterlassen Sie eine kurze Rezension.

Liebe Leser*Innen,

ich freue mich, von Lesern zu hören, und Sie können mich auf meiner Website kontaktieren: www.dalemayer.com oder auf meiner Autorenseite auf Facebook. Um über Neuerscheinungen und Sonderangebote informiert zu werden, melden Sie sich für meinen Newsletter an, oder folgen Sie mir auf BookBub. Und wenn Sie daran interessiert sind, der Lesergruppe von Dale Mayer beizutreten, finden Sie hier die Facebook-Anmeldeseite.
http://geni.us/DaleMayerFBGroup

Bis zum nächsten Mal,
Dale Mayer

Über die Autorin

Dale Mayer ist eine USA Today-Bestsellerautorin, die vor allem für ihre Serien „Psychic Visions" und „Family Blood Ties" bekannt ist. Ihre zeitgenössischen Liebesromane sind ungeschminkt und voller Leidenschaft und Emotionen (Second Chances, SKIN), ihre Thriller werden Sie rätseln lassen (By Death-Serie) und ihre romantischen Komödien werden Sie zum Kichern bringen (It's a Dog's Life-Serie und Charmin Marvin-Serie).

Sie macht den Geschichten, die ihr einfallen, Ehre – und einige von ihnen sind verrückt und brechen alle Regeln und überschreiten mehrere Genres!

Neben Belletristik schreibt sie auch Sachbücher in vielen verschiedenen Bereichen mit Büchern zum Verfassen von Lebensläufen, Gartenarbeit und dem US-Hypothekensystem. Vor Kurzem hat sie ihre „Career Essentials"-Serie veröffentlicht. Alle ihre Bücher sind im Print- und E-Book-Format erhältlich.

Treten Sie online mit Dale Mayer in Kontakt

Dale's Website – www.dalemayer.com
Twitter – @DaleMayer
Facebook Page – geni.us/DaleMayerFBFanPage
Facebook Group – geni.us/DaleMayerFBGroup
BookBub – geni.us/DaleMayerBookbub
Instagram – geni.us/DaleMayerInstagram
Goodreads – geni.us/DaleMayerGoodreads
Newsletter – geni.us/DaleNews